D.YHOLLAND & CAMILAC.RAMOS

ILLUSION

CROSSOVER 01: A SAGA IRMÃOS HAWKS & REINO LAPIDADO

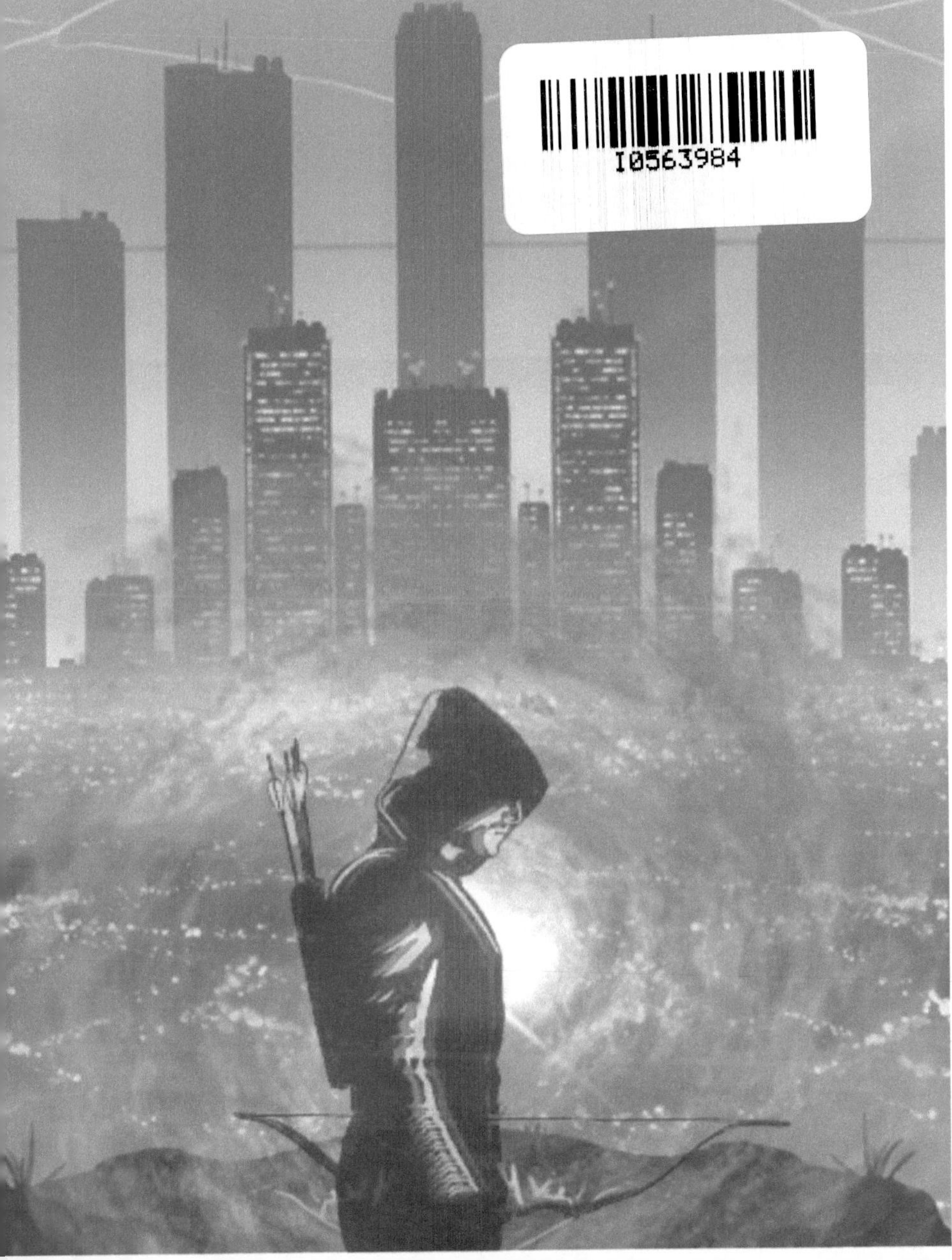

‘

Illusion

Crossover 01: A saga irmãos Hawks & Reino lapidado

Uma obra de:

D.YHolland & Camila C.Ramos

Capa   D.Holland

Diagramação   D.Holland

Revisão   D.Holland & Camila
                         C.Ramos

D7341 D.YHolland & Camila C.Ramos
Ilussion – Crossover 01: A saga irmãos Hawks & Reino Lapidado/
D.YHolland & Camila C.Ramos 1. Ed - - São Paulo, SP
Esta obra é uma produção independente.
Copyright [2019] by
D.HollandISBN:
9781670876515
Todos os direitos desta edição reservados ao autor da obra.

1.Ficção Cientifica — Brasil.   2. Literatura brasileira

Índice para catálogo sistemático

1. Romance – Brasil CDD 869.93
2. Literatura brasileira CDD B869.34

A realidade é construída a partir das nossas ações

CONTEÚDO

O QUE ACONTECEU ATÉ O MOMENTO ?

A SAGA IRMÃOS HAWKS

Em 2024 a X-Bios criou um soro capaz de conter tudo e qualquer tipo de celular de doença, porém isso fugiu do controle da empresa quando uma bactéria a partir do soro surge se mesclando com os tipos sanguíneo O, transformando as pessoas em criaturas que caminham sobre a terras destruindo tudo e todos em seu caminho se alimentando de nossas carnes e espalhando o vírus por onde passa, porém os que se deram com o soro despertou um poder elementar. Desde então o mundo caminha em rumo ao apocalipse e extinção humana, os poucos que restaram lutam pela sobrevivência, conquistando áreas, reunindo forças e novas civilizações, porém o que mais tem poder é o que vai reinar nas terras sem fim, as criaturas a cada dia, mês e ano sofre uma mutação que está longe de nosso controle, nossos poderes ainda são limitados, evolui-los é algo que leva tempo e ainda estamos aprendendo.

A última empresa da X-Bios fica no subsolo da antiga NY e mesmo após o caos criado por eles parecem estar se movendo nas sombras para dominar o pouco que restara, eu e meu irmão Dante seguimos lutando ao de poucas pessoas e confiança que surgiu em nossos caminhos, mas a medida que chegamos perto da verdade parece que ficamos mais longe da resposta e caminho a qual desejamos.

Ponto de partida – Livro 01: Após os irmãos tomarem o soro elementar despertam seus poderes, porém sua mãe acaba se tornando uma das criaturas e morta acidentalmente por eles. Os irmãos seguem em partida em meio ao caos atrás do pai, porém trombam com duas jovens irmãs que perderam seu pai, o mesmo se sacrificou pela fuga delas, eles seguem para a antiga NY porém no meio do caminho as jovens somem misteriosamente e os irmãos se veem encurralados pelas criaturas. Ao receberem ajuda de um grupo de mulheres guerreiras eles descobrem mais da nova realidade e mundo ao qual agora vivem.

Divergências – Livro 02: Snow e Sue estão presas no mercado negro de Heracity, as jovens se veem em extremo perigo ao descobrir as verdadeiras intenções do líder do distrito, provocando uma rebelião junto aos demais elementarys apenas Sue consegue escapar e encontrar com as Grimorys. Dan desperta uma nova chama, porém não compreende e doma por completo o novo poder que poderia ajudar não só ele como o vilarejo a resgatar os elementarys capturados por Kaysar líder do distrito Heracity. Rey líder das Grimorys (Vilarejo das mulheres guerreiras) descobre mais com o novo poder de Dan e a intenção da X-Bios em capturar elementarys do tipo X(Pessoas que controlam elementos como Gelo, Raio, Luz e Trevas) e sai em missão com alguns deles para evitar que o alvo da empresa seja levado nas ruinas do leste.

Redenção – Livro 3: Dante se vê sozinho agora com a perda de seu irmão, após três anos tudo parece se complicar ainda mais, o vilarejo sendo alvo de dois distritos o inimigo parece não se limitar apenas as criaturas e falta de suplementos, em meio as missões Dante reencontra uma antigo affair a qual desperta novamente nele sentimentos. Porém confiar nela em meio a tudo isso pode ser arriscado e distancia-lo do foco de achar respostas pela morte de seu irmão.

Lost City – Livro 4: Nas terras da américa do norte Dan conhece os líderes do distrito do ar e da água, Bruno e Diana se mostram interessados em juntar forças contra a empresa e distritos corruptos, mas as criaturas se mostram evoluir e se tornarem fortes através dos anos, em treinamentos e missões Dan conhece mais da antiga Brasil, fazendo aliados e entendo mais de seu poder que não se limitava apenas a um estágio comum, as notícias das terras do sul se mostram tensa e ele mais do que nunca precisa seguir seu caminho de volta para casa ao descobrir os perigos que rondam as pessoas próxima a si e sua suposta morte.

Leia agora os primeiros livros da saga até o ponto do Crossover, desperte seu poder elementar nas melhores plataformas e se junte na luta pela sobrevivência.

.

O REINO LAPIDADO
A VINGANÇA DO REINO ÔNIX

Reino Lapidado conta a história de Ethan Haavik um homem que vivia uma vida pacifica na fazenda junto com seus avós, porém tudo isso muda quando a mesma é destruída com fogo e sangue pela ordem lapidada. Após os eventos trágicos ele sevê sem memória, apenas sabendo o que aconteceu com ele e em sua vida por terceiros, confuso e perdido com tudo isso temque lidar com o fato de ter que participar de um torneio de vidro, ser treinado por uma carrasca a qual tem uma relação deamor e ódio e lidar com a briga entre reinos. Entre treinamentos e missões flashes de sua vida correm em sua mente tornando sua jornada algo a se pôr em dúvida, a medidacom que as coisas vão acontecendo e ele vai descobrindo maisna vida por dentro das muralhas, mas ele se questiona sobre qual lado é o certo. Seus poderes podem ajuda-lo ou
sentencia-lo. isso dependera das escolhas e caminho a qual ele irá seguir.

Descubra mais sobre o personagem e sua jornada lendo a trilogia Reino Lapidado, disponível no Wattpad e em breve na Kindle – Amazon.

GUIA DOS
PERSONAGENS

TRIANA SOON MI YA

Idade: 18 Anos

Poder: Ilusório

Altura: 1.60

Peso: 56 Kg

Data de nascimento: 15/06/2014

Aparência: Pele cinza, olhos roxos, cabelo longo meio branco e meio negro com uma franja do lado esquerdo longo que cobre parte de seu rosto, possui chifres de altura mediana que reluzem assim como seus olhos quando seu poder e aura são usados. Grande parte sua roupa remete a uniformes asiáticos, porém muda quando sua aura se torna mais ameaçadora tornando uma roupa de couro mais justa a seu corpo com vários laços entrelaçados na cor roxa e preta.

Um pouco sobre: Triana é a sétima e última cavaleira do caos e filha do Doutor Xross, a jovem tem 18 anos porém fora encontrada pelo doutor quando tinha 7 anos, aos 12 fora

modificada biologicamente mudando sua identidade visual e sendo implementada nos planos da empresa junto aos demais jovens resgatado pelo homem mundo a fora. Triana possui uma aura elementar que lhe permitir prender seus alvos e inimigos em uma ilusão, a média que a pessoa atingida começa a sentir dor e medo seu poder e força vai aumentando gradativamente.

Com uma personalidade forte a jovem gosta criar joguinhos, sendo levemente sádica em suas abordagens, se irrita fácil e isso lhe causa problemas em combates.

DIANA LIMA De ALBUQUeRQUe

Idade: 28 anos

Poder: Ar

Altura: 1.68

Peso: 62 Kg

Data de aniversário: 17/03/2000

Aparência: Corpo esbelto com curvas bem acentuadas, cabelos na altura da cintura ondulados e loiros, olhos claros e bem desenhados em um tom puxado para o prateado devido a seu elemento, lábios carnudos e bem avermelhados, roupas curtas e justas ao corpo realçando sua beleza natural. Em alguns momentos usa vestidos longos que deixam seu corpo mais a vontade e cabelos presos em rabo de cavalo deixando mechas soltas ao lado de seu rosto.

Um pouco sobre: Diana é uma elementar X/Y dominadora total da orbe do elemento ar, nascida e criada na cidade do Rio de janeiro a jovem teve uma vida desde pequena difícil tendo que lidar com o pior lado da vida. Quando se viu encurralada por uma oportunidade concedida pela empresa no pior ano de sua vida ela decidiu ser a cobaia humana para experimento do soro. Mas no momento de uma rebelião e o caos tomando conta do mundo fundou Aircity nos céus acima do Cristo redentor a cidade do Ar foi fundada e ela reina auxiliando e treinando elementares do mesmo elemento que o dela.

A mulher possui uma personalidade bipolar alternando entre amor e ódio dependendo de seu humor, na maior parte do tempo ela é amigável e extrovertida, tendo pontos de vistas bem aleatórios e diferente dos demais, arrancando fácil risadas e sabendo se impor em momentos e situações a qual lhe convém mostrar para o que veio.

ELIZABETH SUMMER CROSS

Idade: 14 anos   **Poder:** Manipulação   **Altura:** 1.34
Peso: 40 Kg   **Data de aniversário:** 07/11/2014

Aparência: Pele cinza em um tom levemente mais escuro, olhos em tom salmão, cabelos curtos e loiros presos em maria Chiquinha de pelúcia de coelhos com a boca costurada como ponto hospitalar. Se veste com um macacão jeans surrado, por baixo uma blusa branca com listras rosas com pequenos rasgos deixando a mostra parte de seus ombros. Sempre está comendo

24

algum doce enquanto carrega alguma de suas pelúcias no estilo halloween fofo.

Um pouco sobre: Beth como seu pai e líder dos cavaleiros do caos a chama tem uma personalidade mimada e se irrita quando as coisas fogem de seus planos ou controle, buscando sempre chamar a atenção de seu pai ela busca se destacar em meio aos irmãos, sua nacionalidade inglesa esconde seu passado sombrio e de sua família que está ligada secretamente a empresa .

SAMMUEL DI PAULO

Idade: 17 anos **Poder:** Domínio das almas
Altura: 1.78 **Peso:** 72Kg
Data de nascimento: 11/02/2010

Aparência: Com uma boa altura e corpo definido o quarto cavaleiro do caos se veste apenas com uma calça jeans surrada e pequenos cortes divididos ao longo do tecido, seu corpo é coberto por uma fina capa negra que cobre seu torço e um capuz sua cabeça, cabelos grandes cobrem parte de seus olhos brancos e

26

vazios, oito bocas ficam espalhadas por seu corpo de tom cinza claro, delas saem as almas e espectros de seus adversários que foram mortos por ele. Ao desferir um corte em seu inimigo com o domínio de seu sangue pode sentencia-lo a punição de um dos sete pecados capitais até leva-lo a morte e roubar sua alma e poder para si.

Um pouco sobre: Sammuel é nascido na Itália porém foi criado pela mãe na Austrália após o divórcio de seus pais, sua personalidade sádica e irônica mostra as consequências nas falhas da vida do filho, com a perca da mãe e voltando a trabalhar na Itália o pai do jovem é morto pela máfia italiana e o jovem é vendido no mercado negro, aonde conhece o Doutor Xross. Sendo um dos irmãos mais velhos e o quarto mais forte seu poder se passeia em sentenciar as almas de acordo com seus podres enquanto as escraviza e usa de suas habilidades e poderes.

ETHAN HAAVIK

Idade: 28 anos

Poder: Diamantense

Altura: 1.90

Peso: 85Kg

Data de Aniversário: Desconhecido

Aparência: Homem de pele branca e alto, corpo bem definido e forte marcando sob sua roupa de couro e armadura, seus olhos são claros e sua beleza nítida, típica de sua raça diamantense. O homem usa armadura de ferro e roupa de couro abaixo que se mescla junto a sua vasta extensão de poderes, são roupas feitas com materiais específicos, ele usa luvas e um capuz junto a sua capa completa o visual com sua máscara que contém apenas uma pequena fresta para lhe dar visão, impossibilitando outros descobrirem sua identidade. Sempre acompanhado de sua espada, adaga e arco, devido a ocultar seus poderes e evitar ser descoberto por aqueles que caça sua especie.

Um pouco sobre: Ethan é um homem de personalidade fechada, introvertido e até que se ganhe sua confiança e lealdade ele é extremamente antissocial, ficando mais na sua e analisando o local e situação. Devido a traição em seu passado e perco a memória ele apenas conta consigo próprio em sua jornada. Para não envolver os poucos a qual trilharam parte de sua jornada ao seu lado, seu maior sacrifício foi se afastar deles enquanto luta por um caminho de dor e solidão afim de não tornar a vida deles tão triste e trágica quanto a dele.

Possuindo habilidades com arma branca e sua força diamantense ele busca por justiça nas terras lapidadas e pelo fim do reinado de dor e morte entre os reinos que disputam pelo poder que corre em suas veias, a causa é nobre mas nem todos os caminhos o permitem ser, sua caminhada irá colocar o homem a prova de justiça e coração, pois nem todos ele conseguira salvar.

PREFÁCIO

— Senhor é uma boa ideia acordá-los? — A insolente da minha auxiliar questiona minha decisão. Sua voz não passava confiança em seu superior, seu corpo dava sinais e exalava o cheiro podre de medo, um cheiro e sentimento o qual eu não tinha há anos.

Estendo minha mão em sua direção do chão fitas negras surgem forçando seu corpo a se curvar de joelhos diante de mim, ela solta gritos de pavor e seus olhos transmitem o sentimento de pânico.

— O que isso significa isso? Me desculpe se lhe ofendi com algo que falei. Seus olhos começam a se encher de lágrimas, súplicas só mostram o quão fraco e sem determinação ela era. A fito com repúdio em meu semblante, me aproximo dela lançando uma fita sobre seu pescoço pressionando pouco a pouco e lentamente vou fechando minhas mãos. Ela parecia não entender minha atitude e se forçava a respirar e não perder sua insignificante vida.

— Declarará sua morte no momento que me contrariar. — Toco em meu Infopad abrindo as celas dos sete cavaleiros do caos, a fito nos olhos de maneira fria, os vejo se aproximarem de mim para contemplar o fim da vida da mulher insolente. — Vejam, o brilho da vida se apagando lentamente dos olhos dela, o som dos batimentos diminuindo e a força de seu corpo se acabando pouco a pouco em uma tentativa falha de lutar para viver.

— Humana imunda. — Um deles cospe sobre o rosto dela, eu sorrio e falo o repreendendo.

— Vamos manter o nível, ser superior é saber o momento certo de mostrar a diferenças entre você e criaturas da era passada, agir de tal modo só mostra que está em níveis primitivos. — A mulher enfim perde a vida e a liberto das fitas negras, seu corpo cai sem vida e mole sobre o chão a nossa frente.

— Por que nos libertará, meu senhor? — Yumiko se aproxima de mim, saltitando, seu olhar e semblante mostrava sua sede por sangue. — Tem algo interessante para matar nosso tédio? — Ela gargalha de forma psicótica enquanto olha suas mãos magras e manchada com os sangues de suas vítimas. — Preciso torturar e saciar essa sede de sangue a qual está tirando meu sono — Ela olha a sua volta lançando um olhar ameaçador e medonho sobre os demais. — Não quero ter que ferir meus irmãos — Ela volta seu olhar para mim. — Mas chegará um momento que meu desejo será maior que meu raciocínio.

Toco sobre o rosto pálido da garota fitando seus olhos vermelhos em tom rubro falando próximo de seu rosto em um tom calmo, porém firme e que impunha sobre ela a tensão de medo e respeito imposto por diferença de força. — Terá o seu momento, minha cara, porém se mantenha na linha, não quero tomar medidas de força contra uma filha tão especial e rara quanto você, seria uma grande perda a seu pai. — Seguro em seu pescoço com minha mão esquerda a apertando e forçando um sorriso enquanto olhava no fundo, de seus olhos falando de forma mais grossa. — Não deseja ver seu pai bravo não é mesmo? — A solto a lançando para o lado e sigo saindo do meio deles ficando à frente os encarando.

— Peço desculpas meu pai — Ela faz uma reverência e fala mordendo seu lábio fino e inferior causando um leve corte, passando com a língua sobre o pouco de sangue que surgia. — Isso não voltará a acontecer, irei controlar minha sede.

— O que desejo falar com os senhores é sobre algo grande e que tenho plena certeza que irão conseguir trazer a seu pai — Toco sobre a tela do aparelho, um pequeno holograma surge na sala escura com pouca iluminação e ar frio, aumento a imagem a deixando acima de nós, pequenos mundos surgem em uma dimensão galáctica. — Recentemente descobri que nosso mundo não é o único com fonte de poder bruta — Vejo sorrisos maldosos surgindo no rosto de alguns, enquanto outros pareciam concentrados — Dois deles e dos mais próximos à nossa terra possuem poderes ao qual seria de grande importância para mim e a vocês na batalha que se aproxima de nós em um futuro não tão distante assim.

— O senhor deseja esse poder em suas mãos.

— Irá nos enviar a esses mundos para buscarmos a fonte de poder deles.

— Nem todos vocês — Falo aquilo dando um zoom no reino de Adamantem, toco sobre o vasto mundo e reino mostrando a fonte de poder que aquele povo possuía, mas não tinham entendimento e a tecnologia correta para usá-lo em sua capacidade máxima.

— Pai poderia nos dar mais informações?

— Claro — Toco sobre o Caadal que está sob posse de uma rainha que pretende usá-lo em uma guerra futura contra um povo chamado diamentenses. — Esse pequeno artefato carrega o poder da imortalidade, porém não precisamos necessariamente dele, afinal de contas travar uma guerra contra um reino fútil seria tempo desnecessário e um massacre a essa altura da história seria tolice. — Solto uma risada maldosa, mudando o curso do mapa e focando em um vilarejo onde um cavaleiro daquele mundo vagava e lutava sozinho, de bom porte e com um domínio bom em lutas e aperfeiçoando seu poder o fitamos em tempo real, toco sobre a imagem dele, informações e cenas de suas últimas lutas surgem em quadros ao lado.

— O homem a qual estamos vendo se chama Ethan Haavik, ele nada mais do que é um Caadal.

— Ele possui poder equivalente ao do artefato?

— Correto, porém não possui tal informação por completo. — Suspiro prosseguindo. — Como podem ver ele possui fortes habilidades de combate, porém prossegue em sua jornada sozinho, mas isso não o torna alvo fácil. Precisamos de um frasco do sangue desse homem. — Mostro o Dna do jovem e o que poderia fazer com o sangue dele. — Criar uma dose ampliadora do soro elementar desse homem nos traria uma regeneração mais rápida e poder ilimitado de nossos elementos, não posso afirmar que imortalidade se conseguirá apenas a partir do DNA dele, apenas com o rapaz em mãos e depois de uma bateria de testes e exames que teria tal certeza. — Me aproximo deles forçando um tom de preocupação. — Mas não desejo perdê-los em tal missão, apenas um frasco em mão já nos daria vantagem e o upgrade necessário.

— E quem irá senhor para tal missão? Seria todos nós?

— Claro que não, desperdiçar seus poderes em vão não é algo que eu faria. — Olho para jovem Triana me aproximando dela, toco em seu rosto de modo carinhoso o erguendo para que seus olhos se encontrassem com os meus, de modo cavaleiro falo com ela. — Daria a honra de ir a essa missão em nome de seu pai. — O olhar dela era como um enigma assim como seus poderes que quebravam as leis da ciência genética, domá-la não fora fácil, mas quando se sabe as fraquezas emocionais e racionais de uma pessoa é fácil manipulá-las e tê-las em suas mãos.

— Não falharei com o senhor meu pai. — Ela faz uma reverência em frente à minha pessoa erguendo seu rosto e fitando a imagem do homem que caminhava por uma floresta fechada e com criaturas que estavam à sua espreita, mas aquilo não parecia o deter ou despertar medo. — Tal posse não será mantida quando enfrentar os fantasmas de sua mente Sr. Haavik, morrer nessa floresta para essas criaturas seria melhor do que estar preso em um mundo com seus piores pesadelos.

Coloco a mão nos ombros dela seguindo para o portal a qual iniciaria a colisão dos mundos, os demais são dispensado e ordeno que estudem mais sobre os demais mundos e se prepararem para suas futuras missões, Triana parecia determinada a qualquer custo a se provar mais útil do que atualmente a mim. Isso era bom, porém temia que fendas fossem abertas e o que eu não desejasse fosse drenado junto na colisão, era uma preocupação a se ter devido aos resultados dos testes, mas a julgar a essa altura seria o preço mínimo a se pagar, assim como em 2024.

CAPÍTULO 1: IMPACTO

DAN

— Para um garoto de 18 anos até que você está fortinho. — Diana me provoca falando em seu tom irônico enquanto flutua a minha frente.

— Está falando isso por estar em vantagem. — Esbravejo.

— Aí para de chorar Hawks, estou no ar, mas você também está. — Ela dá de ombros e segue provocando. — Não tenho culpa que não domina tão bem a locomoção aérea. — Ela me mostra a língua lançando uma piscadela.

Lanço-me na direção dela lançando uma sequência de chutes e socos envoltos ao meu elemento, mesmo lançando jatos de fogo em meio aos golpes ela era rápida e seu elemento continha o calor e ataque contra seu corpo, fora que ela brincava comigo sem sequer suar, Diana era uma líder muito poderosa, assim como Rey, seus níveis de combate e poder estavam longes de serem

36

alcançados por mim, o povo do ar se divertia vendo meu esforço e todas minhas tentativas em acerta-la, mas nesses dois anos que estou aqui com ela parecia que minha evolução era lenta, mas talvez poderia ser apenas minha ansiedade costumeira.

— Por hoje chega Dan. — Ela cessa seus golpes e suspira dando seu ultimato.

— Mas eu já estava gravando sua sequência de ataques.

— Por isso mesmo eu disse chega. — Ela coloca o braço envolta a meu pescoço e sigo andando junto a ela arena afora, passamos no meio dos habitantes de Aircity enquanto conversamos. — Sequência não significa vitória, surpreenda a você e seu inimigo em combate, hoje enfrenta um inimigo tipo ar, amanhã tipo terra, são estilos de luta diferentes e elementos diferentes o que funcionou com Rey não rola comigo, então tira isso de cabeça garoto.

— Pensa que não sei disso? — Meu tom saiu levemente alterado.

Ela gargalha de modo irônico e logo corta falando curta e grossa. — Não é o que mostra em combate — Ela dá de ombros e segue tirando uma. — Mas se você diz que não, quem sou eu para lhe contrariar.

— Mesmo você sendo um pé no saco as vezes — Contorno a situação para que não ficasse feio para mim.

— Obrigado pela parte que me toca — Ela me interrompe com

seu tom humorado.

— Como eu falava — Passo um olhar para ela sorrindo com o jeito dela incomodado — Valeu por me acolher e sei que está fazendo isso, pois o que pretendo fazer é loucura.

— Como a ideia suicida de Rey da última vez. — Ela solta essa bomba sem pensar duas vezes, olho para ela e ainda não acreditava nas últimas notícias a qual tivemos.

— Vamos deixar isso para trás. — Suspiro balançando a cabeça dando uma risadinha de canto. — Mas não posso deixá-la lá. — Concluo.

— Foi uma escolha dela Dan. — Ela faz sinal para mim me sentar junto a ela sob uma nuvem, fitamos do alto a cidade do rio de janeiro ou o que sobrara dela, o cristo estava em ruínas, porém as praias se mantinham intactas, o ponto turístico mesmo que danificado se manterá presente em meio ao caos. — Talvez essa decisão dela fora para lhe manter salvo, afinal da última vez que você tentou salvá-la quase perdera a vida.

— Entendo o ponto de vista — Cerro meus punhos os encarando. — Mas não faria sentido eu ter esses meus novos poderes e essa força se eu não puder manter ao meu lado pessoas a qual me importo e desejo proteger. — Olho para ela sorrindo com meus olhos enquanto mostro confiança com a expressão em meu rosto.

— Acho isso uma graça, mas sei que não posso impedi-lo. — Ela dá um peteleco em minha cabeça e prossegue. — Só cabe a mim lhe ensinar algumas técnicas em batalha e testar junto a você sua chama rosa.

— Parece pouco, mas já me ajuda muito. — Sorrio ao agradecê-la.

— O prazer é meu, foi estranho o modo como nos conhecemos, mas entendi o motivo de agir de modo bruto, seu reverso não, é alguém fácil de lidar, mas eu faria o mesmo na situação ao qual você estava. — Diana fala de modo despreocupado e era muito confortável e divertido falar com ela.

Olho para baixo buscando enxergar o que se acontecia no solo das terras do norte, porém minha visão mesmo melhor não me dava tal legalidade. Me perguntava se todos os brasileiros eram tão acolhedores quanto ela, a julgar pelo pouco que sabia sobre o país posso dizer que sim.

— O que está pensando garoto? — Ela me encara curiosa.

— Nada demais. — Solto sem rodeios.

— Não me venha com essa, algo se passa nessa sua mente — Ela se aproxima de mim, me deixando desconfortável ao sentir o toque de seus seios em meu braço. Fico corado de imediato e ela nem sequer percebe o motivo.

— Ficou vermelho novamente, não entendo essa vergonha em me ter por perto. — Ela comenta de modo normal.

— Seus — Ela junto a mim na mesma direção do meu braço direito, dando risada com minha reação e modo como meu rosto ficava vermelho como um pimentão.

Diana gesticula enquanto ri alto me deixando com mais vergonha. — Esqueci que não está acostumado com mulheres e corpões muito perto de você. — Ela aproxima seu rosto do meu me olhando perto a perto, era possível senti o cheiro de algodão que sua pele possuía e seus lábios com um cheiro de cereja que a tornava um pedaço do pecado a qual todos não resistiriam. A beleza da Diana poderia ser considerada um poder, assim como os olimpos diziam sobre a Deusa da beleza Afrodite, eu a via dessa forma.

— Posso lhe torna homem, assim seus dezoito anos fará mais sentido e não ficará tão tenso e com medo de tocar em uma mulher Dan. — Sinto o toque de sua mão em meu peitoral, ela sentia a tensão que criava em mim e parecia gostar, meu coração batia tanto que eu parecia que ia infartar. — Tudo bem vou parar de lhe provocar, mas sabe que tem sinal verde comigo, será um imenso prazer estrear sua vida sexual. E sinta-se sortudo por ter uma primeira vez com uma mulher como eu. — Sinto o toque dos seus lábios próximos do meu e engulo em seco quase caindo duro para trás com a mente a mil.

— Agradeço a oferta, mas tenho em mente que tal momento só deva acontecer quando achar a pessoa certa. — Minha voz falha, porém sai firme assim como minha convicção.

— Que gracinha, mas olha as escolhas são limitadas na nossa

geração. — Diana lança uma piscadela para mim.

— Você não perde a chance. — Acabo rindo com o jeito aleatório dela, era até difícil acreditar que ela era a líder suprema do povo do ar.

— Claro que não, homens com caráter e que valha a pena estão quase que extintos. — Ela olha para trás e pensa alto. — Se bem que seu irmão não perde em nada.

— Que nojo Diana. — Faço cara de nojo balançando a cabeça em desaprovação. — Me poupe desses assuntos ainda mais se tratando do Dante.

Ela ri da minha reação, porém seu rosto muda quando nota que a pressão do ar se torna densa e sombria, o entardecer começara a ficar nublado, os habitantes de Aircity olham uns para os outros todos ficando em alerta, meu irmão caminha a passos longos até nós a beira da cidade do ar. Ele parecia preocupado com o que sentia questionando a seguir Diana.

— Essa pressão demonstra uma grande fonte de poder. — O tom da mulher se tornará preocupado, enquanto intercalava olhares entre os próximos a nós.

— Tudo aponta para o centro do universo. — Dante comenta conosco.

— Preciso me aproximar para saber ao exato o causador disso, é improvável que Axels tenha algo a ver com isso. — Diana se lança no ar indo em direção a pressão que surgiu nos céus.

— Diana ir em direção ao desconhecido é perigoso demais. — Alerto-a ficando de pé estendendo a mão falhando em segurá-la.

— Ficar sem saber com o que vamos enfrentar também. — Ela pára no ar se virando e me encara, meu irmão não entendia a lógica da líder de seu elemento e tão pouco eu, mas concordava com seus dizeres.

— Vem com a gente? — Dante me questiona voando envolto a seu elemento me olhando pelo, o ombro.

— Estava tudo muito calmo para minha felicidade. — Envolvo meus braços em chamas disparando jatos de fogo abaixo de mim, voando ao lado dele, seguíamos atrás de Diana que parecia estar nervosa pelo desconhecido e temível novo.

Thomas

Adentramos a sala de testes a qual as fendas interdimensionais estavam sendo testadas o mais rápido possível, o cheiro dos equipamentos novos e fios eram iminentes, o ambiente quente e bem iluminado nos davam a sensação de segurança e ampla tecnologia. Alguns olhavam a peculiaridade de Triana ao meu lado, coloco minha mão sobre o ombro dela trazendo para perto de mim enquanto lanço um olhar para os que agiam de tal maneira os repreendendo.

— Filha não se preocupe com tais seres insignificantes, sabe que esses olhares são de ratos com medo de nossos poderes.

— Não possuem medo do meu poder — Ela estende as mãos a sua frente as olhando seguindo a me olhar completando sua frase. — Mas sim do que me tornara externamente, minha aparência causa o medo e não meu poder.

Sorrio enquanto acaricio seus cabelos. — Sua aparência é tão bela quanto a força de seu poder, minha querida. Não precisa da amizade ou aceitação deles e sim da obediência e respeito. Conquiste isso custe o que custar, não olhe o preço, mas tome com suas mãos.

— Com licença Senhor. — Uma das engenheiras das fendas me aponta a de número 3 está com carga completa. — Assim como pediu ela está pronta para nosso primeiro teste prático.

— Como assim meu pai? — Triana parece preocupada.

— Esse verme — Olho irritado e lançando uma aura de meu poder em direção a mulher que sente um peso lançando na atmosfera de seu ar. — Não consegue sequer usar as palavras corretas.

— Me desculpe por tamanha falha senhor — Sua voz demonstra sua falta de ar e dor sobre seu corpo.

— Suma! — Olho frio e com desprezo a vendo se reverenciar e seguir caminho as presas, volto meu olhar para a jovem e prossigo. — Me desculpe me ver agindo de tal forma, mas preciso manter a pose de mal ou viraremos as presas.

— De acordo meu pai.

— Confio em você nessa missão e como disse antes não a colocaria em perigo — toco em seu rosto de forma carinhosa a vendo com um olhar grato em seu rosto de tom acinzentado. — Jamais aceitaria perder um de meus filhos por conta de um Caadal.

— Sei disso.

— Se eu pudesse iria eu mesmo, mas se sair daqui tudo desmorona como em 2024.

— Não desejo isso a mais ninguém senhor. Farei isso custe o que custar. — Havia determinação nos olhos dela.

— Se as coisas ficarem feias não hesite em me chamar. — Lanço a ordem para que ela não hesitasse caso as coisas fugissem de seu controle.

— Não será necessário — Ela se coloca de joelhos em reverência e completa. — Completarei a missão com êxito meu pai, trarei honra e orgulho ao senhor a concluindo.

— Não tenho dúvidas. — Sorrio com um olhar e semblante maldoso.

A jovem adentra a fenda envolta a seu elemento partindo em sua missão a vejo sumir dentro da luz azul-celeste que a toma por completo a levando ao desconhecido. Meus assistentes passam os dados e progresso a qual ela fazia, a medida que ela avançava sobre a linha dos mundos mais carga e matéria elementar era drenada da orbe roxa, fico tenso e preocupado se a mesma iria aguentar até que ela chegasse do outro lado.

"Mais rápido inútil!" — Esbravejo em pensamento batendo com o punho sobre a mesa mordendo meu lábio inferior.

— Senhor pequenas fendas aleatórias foram abertas nos mundos. — O tom do assistente traz receio e medo.

Me viro olhando para ele lhe acertando um tapa e paro em frente ao holograma que continha várias imagens, vídeos e mapas dos mundos monitorados em tempo real.

Começo a gargalhar de forma frenética e assustadora, eles me olham com medo e receio das minhas atitudes seguintes, começo a respirar de forma pesada buscando o ar e algo que me acalmasse. — Tudo está indo bem por enquanto, façam que continue assim ou essa sala irá tomar o tom rubro do sangue de vocês ratos!

Sigo saindo da sala ao ver que a jovem chegará no mundo zero aonde ela iria dar vida com sua ilusão, Ethan sua presa seria levada em breve até o mundo ilusório da garota, era questão de tempo até ter em minhas mãos os poderes do Caadal. Mas pensava com receio do que poderia ser levado no mundo zero devido às fendas indesejáveis abertas em vários pontos dos outros mundos, isso poderia atrasar meus planos, se isso acontecer medidas indesejadas teriam que ser tomadas, tudo em prol do plano C-94.

Triana

Frio, iluminado, viscoso, imersivo e desconhecido, eram as sensações que tive quando entrei na fenda interdimensional, não temia, pois, sabia que meu pai não iria me lançar em direção a morte. Tinha confiança nele, afinal de contas fora ele que me resgatou quando ninguém mais sequer notava minha existência, se ele me pedisse minha vida eu entregaria, afinal de contas ela só teve sentido quando o conheci.

Meu corpo despenca cortando o ar frio e colidindo sobre o solo de um mundo branco, me lembrava uma grande tela, ansiando pelo seu autor para vida e cor dá-las, para a sorte deste mundo sem graça e vida eu fora a escolhida para tal.

Começo a me colocar de pé, meus cabelos longos e negros cobriam parte do meu rosto, meus olhos fitam o espaço, a minha frente, estendo minha mão esquerda uma esfera roxa começa a surgir de forma pequena, com meu poder vou aumentando ela gradualmente, o ar começa a se movimentar sobre o local indo ao encontro da mesma, meus cabelos esvoaçam devido à força que estava sendo gerada.

— Oh! Desejo de ilusão tome forma e vida através desse sacrifício. — Desfiro um corte em meu braço direito com a unha do indicador, uma gota escorre caindo sobre o solo antes branco e impecável agora com uma gota de sangue rubro. Giro meu corpo lançando a esfera no local a qual o sangue cairá. Sinto um pequeno tremor assim que o ataque acerta o chão, o mesmo suga o ataque assim que sentira o impacto.

Uma onda é criada na terra assim que o solo engolira a esfera, o tom mais escuro do roxo começa a tingir cada canto que toma cor e forma da terra sem o caos de 2024 o amplo espaço toma a forma da cidade de Paris, com suas cores extravagantes e detalhes de requintes a cidade do amor e romance começa a tomar vidas, as ruas movimentadas e com muita gente era algo adorável de se ver, o entardecer dava o tom nos céus mesclando o rosa com laranja o cheiro do chocolate quente tingia o ar com o vento frio, mas não incomodo, as pessoas bem vestidas curtiam o fim de tarde e cada detalhe fazia a diferença no mundo ilusório criado por mim.

— Seria incrível se não fosse de mentira, mas não se pode mudar o que já aconteceu. — Falo em tom triste e solene enquanto levito para o alto observando o local abaixo de mim, diminuindo pouco a pouco.

— Fenda mundo 2 aberta a sua direita Srta. — Uma voz me avisa no ponto em meu ouvido esquerdo.

— Entendido — Assim que recebo as instruções um buraco negro

surge ao meu lado, me lanço sobre ele aguardando a chegada em Adamantem.

...

Meu corpo saí do portal em direção ao país de meu alvo, o inverno era rigoroso e não demonstrava piedade pela tempestade de neve que cai forte, o vento forte causaria arrepios, congelamentos em simples seres humanos, porém as pequenas gotas de neve evaporaram ao tocar em minha pele que emanava minha aura, do alto avistava o lindo branco que cobria toda aquela floresta e árvores, o branco era uma linda paisagem a meus olhos, porém estava louca para dar tons fortes como o vermelho de um sangue que pretendia derramar sobre aquela bela neve caso ele não cooperasse com os planos de meu pai.

Meus cabelos esvoaçam assim como minha saia balançava de um lado para o outro, pairando estendo minhas duas mãos a frente de meu corpo, meus olhos queimam no tom mais puro do roxo claro chegando a seu tom lilás, meus cabelos esvoaçam para o alto junto a aura que se torna intensa com minha conjuração de poder e o ataque que me daria o controle de ilusão da mente das criaturas vivas naquela floresta.

A temperatura do meu corpo começa a se elevar, começo a ocultar minha presença enquanto minha aura começa a escorrer pelos meus braços até a ponta dos meus dedos, pequenas esferas são criadas ficando envolta a meu corpo, girando e levitando, um sopro quente sai em meio a meus lábios como um suspiro de prazer.

— Confunda-o — Com um movimento de meu braço direito em direção ao centro da floresta as esferas de aura saem cortando o ar se dividindo a vários pontos da floresta a procura dos seres vivos e criaturas daquele mundo, ursos e lobos são dominados assim que as esferas atingem seus corpos como um tiro, a aura ao atingi-los os envolvem em uma fumaça roxa adentrando suas narinas, as criaturas cambaleiam ao sentir uma breve falta de ar, seus olhos reluzem o tom de minha aura, dando me a sensação de estar no controle de três matilhas de lobos, abraço meu corpo em sinal de satisfação sorrindo maliciosamente os direcionando para o leste da floresta onde meu alvo seguia sem pressa, sinto o cheiro de sua respiração quente, seus batimentos elevados devido ao frio e a tentativa de seu corpo de se manter aquecido, porém à medida que os lobos se aproximavam para cercá-los correndo de modo rápido em direção a sua presa, pisando pesadamente sobre a neve macia que repelia a medida que suas patas pisavam sobre as mesmas, o líder uiva e parte deles se dividem, suas presas estavam a mostra sedentos para rasgar uma carne, porém seus desejos primitivos estavam sob meu controle, mas negá-los naquele momento criaria um conflito entre meu poder e o instinto deles, e se havia algo naquele momento que eu não tinha era isso.

O homem se abaixa empunhando seu arco e flecha, ele escalou rapidamente o galho de uma árvore ficando em uma altura considerável para evitar as criaturas, a máscara a qual ele usava cobria seu rosto por completo, a pequena fresta não me deixava afirmar por seus olhos se ele de fato era Ethan, porém sua atitude já me mostrara que sim, um mero mortal ou outro ser de seu mundo não teria a mesma precisão de movimento, ou sensibilidade para notar a distância de um inimigo, eu tinha que ser ágil, pois o alvo a qual meu pai tanto ansiava estava mais próximo de mim do que nunca, ele precisava ter o quanto antes este homem em mãos. O primeiro disparo é feito fazendo o lobo recuar e rosnar para ele, de primeira ele não desconfiava, me parecendo que era comum tal tipo de embate, porém ele analisa vendo que estava cercado por seis deles, a sua árvore ficará ao meio das criaturas.

O vejo colocar em meio aos dedos três flechas, sob a ponta delas ele ateia fogo com suas mãos conjurando sua magia, mordo meus lábios vendo o quão interessante poderia ser seus poderes, diferiam e o modo como ele os usava era contrário do de meu mundo. As flechas são colocadas no arco, escuto as puxando pronto para lançá-las as chamas reluziam a sua luz sobre a máscara branca e com marcas de batalha, ele as disparas nos lobos a frente dele, os mesmos desviam, porém com o mover de sua mão, as chamas antes de atingirem a neve e se apagarem aumentam de tamanho, o vejo fazer um movimento e uma parede de fogo é criada alcançando as criaturas, as chamas encontram com seus corpos, os pelos das criaturas começam a arder em fogo, elas se debatem e rolam contra o chão enquanto seus corpos são consumidos pelo fogo, os uivos de dor aumenta a ira dos outros maiores, dois deles pulam abaixo do homem, suas presas estavam próximas do galho onde seu corpo estava apoiado, ele olhava para baixo, cogita atirar mais algumas flechas, porém ele é mais perspicaz do que eu imaginara, seu corpo diminuirá a temperatura, uma fumaça fria era emanada de seu corpo agachado sobre o galho, no saltar dos dois lobos ele estende sua mão em direção ao rosto das criaturas que estava para abocanhar o galho e o derrubá-lo, uma forte rajada azul-celeste sai da palma das mãos dele atingindo-as por completo, seus corpos começam a ser consumidos por completo pelo jato de gelo, elas começam a ficar como estátuas congeladas, o corpo das criaturas caem abaixo quebrando em vários pedaços de gelo, suas carnes se despedaçam friamente, gotas de sangue tinge o branco da neve abaixo dele.

Seus joelhos tensionados impulsiona o corpo dele, na direção onde havia menos lobos, ele passa correndo em meio aos que ardem e queimam em chamas, os outros dois que sobraram seguem correndo atrás dele, o vejo apontar com flecha para trás atirando na direção deles, porém eles intercalam suas corridas em meio às árvores, de suas presas corriam salivas que respingaram pelo trajeto a qual percorriam, Ethan é atingido por um lobo que vinha a sua direita, seu corpo colide com uma árvore e um corte em sua roupa negra é feito com as garras das criaturas, ele se ergue novamente, porém agora empunhava sua adaga Haavik em suas mãos.

Os lobos vão à frente para atacá-lo o garoto desvia de um deles desferindo um corte no estômago de um, que é chutado por ele para sua esquerda, o sangue escorre no rosto dele enquanto a criatura solta seu último uivo. Controlo o lobo pela minha aura em seu corpo, o garoto estava prestes por conjurar uma parede de neve, porém ordeno que o lobo esquive e desvie dos ataques correndo rápido em meio às árvores.

Outro vem na direção de Ethan, seus movimentos eram ágeis e

com precisão não sendo problema para ele, Ethan ia desviando dos ataques e desferindo cortes na criatura que reclamava, parte da neve tinha o tom do vermelho do sangue derramado dos seres manipulados por mim, o cheiro do sangue dava uma sensação de sentido para mim.

Fico levemente irritada ao ver que ele estava vencendo algo que a meu ver poderia cercá-lo, porém subestimar sua habilidade, minhas mãos vão à frente de meu corpo conjurando um círculo com minha aura, a puxou como se fosse uma grande goma de mascar e assim que a solto flechas de minha aura cortam o ar frio na direção do homem que estava lutando com sua adaga contra as duas matilhas que o rondavam e o atacavam em simultâneo, controlo pela minha mente o lobo que corria a espreita do homem em meio às árvores e salta na direção de sua canela esquerda a mordendo, ele responde com raiva ao desferir um corte em um dos olhos do lobo que uiva e queria recuar para não morrer perfurado em seu crânio, porém minhas ordens em sua mente eram firmes e ordeno que puxe com mais força sua perna a fim de fazê-lo cair sobre a neve, seus dentes cravados perfuram sua carne, a cada arranco mais sangue saia do furo causado pelas presas do lobo, o homem cai com um dos joelhos sobre a neve fofa, ele gira com a adaga em sua mão empunhando-a e perfurando o crânio do lobo que cai sem vida a sua frente, Ethan gira para o lado desviando da abocanhada do outro em direção a seu pescoço, as flechas o fazem recuar para o lado o perseguindo, Ethan se vê encurralado naquele espaço da floresta, ele desvia de duas flechas, porém se arrisca ser acertado por uma delas assim que nota ser a única opção de matar de uma vez por todas, ele desfere um golpe no crânio da criatura conjurando uma grande labareda de fogo que sai de suas mãos até o rosto do lobo que cai de forma pesada e brusca sobre o chão com a força do golpe do homem, naquele momento a flecha acerta seu ombro direito, ela explode e uma fumaça de minha aura envolta todo o corpo dele, ele parece levemente tonto com o efeito de meu poder, ele cambaleia, porém, lutava com suas forças para se manter focado e acordado, ele sai da fumaça e parecia que sua vista estava turva, pois andava sem rumo.

Puxo uma grande quantidade do ar frio em meus pulmões, minha aura emana por todo meu corpo, faço um bico soprando uma onda grande e densa da névoa de meu elemento floresta abaixo, a mesma o deixaria mais confuso e dificultaria sua visão, fora que pequenos raios corriam por todo aquele ataque de acordo com minha vontade e prazer.

— Quero ver como irá escapar disso. — Faço sinal para que os lobos irem na direção dele, sinto sua determinação, o poder correndo em suas veias e sua respiração ficando mais forte.

"Ainda pensa que vai escapar?" — Penso comigo, rindo mentalmente. Ele desvia de dois ataques dos lobos esquivando para a direita e logo em seguida a direita, ele cambaleia ao pisar na raiz grossa de uma árvore e seu pé afunda sobre a neve, ao tentar retomar seu equilíbrio um dos lobos abocanha seu pulso fortemente o puxando para baixo, Ethan com sua adaga empunhada na mão esquerda resiste estando prestes a atacar a criatura, porém outro surge pegando seu outro braço, o homem cai de joelhos enquanto os demais o rondam a espreita, direciono um dos raios roxos a atingir seu corpo, ele grita internamente enquanto seus dentes cerram atrás da máscara, seus olhos são fechados para conter sua dor e não demonstrar fraqueza perante seu inimigo, ele relutava em segurar sua respiração e inalar o mínimo possível da névoa que o deixava tonto e fraco, porém seu poder sequer havia sido mostrado em potência máxima, seu sangue diamantense escorria em meio as presas das criaturas, escorrendo por suas mãos e dedos atingindo o solo branco abaixo de seu corpo.

— Apareça! — Ele esbraveja — Um ser que luta distante em meio às sombras, nada mais é que um covarde.

Nesse momento risco com a ponta de minha unha o ar criando uma fenda me lançando para trás com um movimento circense, o portal me dá a saída da árvore a qual Ethan estava de costas, meus braços saem pelo portal de modo aberto, assim que o alcanço o abraço apoiando meu rosto em seu ombro e falando próximo a seu rosto e ouvido.

Solto uma risadinha cínica junto a expressão em meu rosto e sussurro próximo de seus ouvidos — Prazer deus diamantense Ethan Haavik. — Ele vira seu rosto levemente e encaro as pequenas frestas da máscara em uma tentativa de encará-lo nos olhos do homem, muitos dizem que um diamantense é reconhecido pelos seus olhos e poder, segundo as informações seus olhos mudam de acordo com seu poder. — Meu pai deseja seu poder — Passo com a unha sobre seu pescoço próximo a sua veia, enquanto falo minha língua umedeci meus lábios — E nada mais do que justo eu o presentear com seu corpo, faria a honra de ser o presente dele? — Brinco o encarando e sorrio ironicamente

— Por que estou lhe dando a opção de escolha, se nem sequer irei permitir me contrariar — Toco com minha mão em sua máscara — Agora me mostre seus olhos, me mostre um pouco desse poder que ele tanto almeja — Nesse momento sinto os lobos apertando mais seus dentes na carne dele, resistindo e lutando contra o homem, uma aura ameaçadora emana do corpo dele, no momento que toquei em sua máscara, sem mais delongas sinto uma forte pressão lançando a mim e as criaturas para longe dele, voamos e nesse momento o vejo livre de mim e dos lobos no ponto anterior se erguendo em meio a sua força, pressiono o máximo possível de meu poder a sola de meus pés os impulsionando no ar para meu corpo parar e não ficar tão longe dele.

"Maldito!" — Penso brava comigo, lançando o portal abaixo de nós, em um movimento rápido conjuro uma aura na direção do homem, ele tenta para-la com suas mãos e poder, porém a mesma o atravessa, a torno firme quando a mesma envolta o pescoço dele, direciono meu corpo para próximo do portal, ele relutava comigo, firmando seus pés sobre o chão.

"Você não será o motivo de desonra para mim, desgraçado!" — Ordeno que dois lobos avancem na direção dele, ele solta a corrente de aura em seu pescoço lançando duas estacas de gelo sobre o corpo dos lobos que saltava de ambos os lados em sua direção, com um movimento rápido giro saltado enrolando as mesmas em meu corpo, a forte força e vento do portal nos suga para dentro.

O homem não desiste de lutar contra mim, desfaço as correntes em meu corpo as direcionando para ele enrolando seu corpo, sua aura se mostra de uma forma bruta, repelindo os ataques, suas mãos vêm em direção a meu pescoço enquanto nossos corpos caem sobre um buraco azul-meia-noite, explodo minha aura o lançando um pouco longe de meu corpo, seus dois punhos são envoltos com minha aura e quando noto sinto um forte chute da parte dele em meu estômago me afastando de perto dele, prendo uma fita em seu pescoço me puxando para perto dele novamente, passo por cima dele sentando em seus ombros, prendendo seu pescoço com minha perna.

O portal abre no mundo zero ao qual uma Paris ilusória fora criada por mim, nossos corpos colidem atracados sobre a cobertura de um prédio de elite, saímos rolando e separados um do outro, minha irritação fica eminente em minha aura e semblante por ele estar mostrando força e relutando contra seu destino.

— Se quer do modo difícil que assim seja! — Estendo minhas duas mãos ao lado de meu corpo emanando minha aura a minha volta.

— Espero que contemple minha fase — Ele retira a máscara de seu rosto deixando a mostra sua cicatriz e lentamente abre seus olhos que reluzem em um tom azul cristalino, era lindo de se ver e algo que de fato chamaria atenção, compreendo o porquê de um ser como ele manter isso as sombras, seus olhos semicerram focando em mim sua cicatriz dá um tom mais sério a sua expressão. — Esses olhos serão a última coisa que irá ver. — Seu tom arrogante me provoca, a máscara fica presa em seu cinto, suas mãos emanam uma fumaça fria, assim como sua respiração demonstra que a temperatura de seu corpo caia, o forte vento balançava sua capa ambos nos encaramos nos olhos esperando um movimento para nosso embate se iniciar naquela sacada.

Meu pai me pedira para levar seu corpo, porém não colocará observação alguma se era vivo.

CAPÍTULO 2: PORTAIS

DIANA

— Essa massa de poder, está vindo desse ponto. — Me viro olhando para os meninos que me seguiram, volto a olhar para aquele ponto do céu estendendo a mão indo em direção ao local.

— Diana tem certeza disso.

— Preciso fazer ou a vida do povo do céu estará em risco. — Digo sem me virar e olhar para Dante tocando no ponto, sinto algo viscoso envolvendo minha mão e uma pressão sendo lançada a partir dali. — Isso me lembra a mesma explosão de 24 de setembro. — Falo em tom baixo com meu semblante surpreso, Dante Dan se aproximam de mim ao ver que paralisei em frente a fenda que ia tomando forma à minha frente.

— DIANA CUIDADO! — Ambos gritam tentando tocar em meus braços viro meu rosto lentamente sentindo um forte vento nos puxando para dentro.

Meu corpo ia caindo enquanto gira, abro meus braços me entregando ao vasto branco e pensamentos vazios, os meninos pareciam preocupados, ao menos era o que as feições em seus rostos mostravam, olho para eles sorrindo e comentando de modo descontraído.

— Relaxem, surtem depois quando chegarmos ao fim desta passagem.

— Como consegue ficar à vontade nessa situação?

Gargalho descontraída me divertindo com o tom de preocupação de Dan que forçava parar em meio ao ar, porém suas chamas foram apagadas devido à força corrente do vento no local. — Me precipitar me deixa ansiosa, ansiedade me priva de raciocinar e pensar de forma lógica e efetiva.

— Devo concordar. — Dante fecha seus olhos forçando seu corpo para baixo, vejo que o garoto entenderá como o fluxo do "portão" funcionava, sorriu lançando uma piscadela para ele me juntando a sua teoria.

— Ei não me deixem AQUIII! — Dan grita para nós, era cômico ver ele usar suas chamas que não surtiam efeito algum naquele local.

— Relaxa esquentadinho. — Envolto ele em uma esfera do elemento ar o puxando junto comigo, pelo longo caminho.

— Mas o que é isso? — Dante para em sobre o céu que tomava

os tons estrelados e em azul-escuro, o vento frio se aproximava deixando para trás o morno da tarde que ainda era possível ser sentido por nós elementarys do ar. — Como isso é possível? — Dante parecia não crer no cenário abaixo de nós, assim como eu e Dan.

— Isso é

— P-A-R-I-S — Dan completa falando de forma pausada. Em minha distração não noto que desfizeram a esfera de ar sobre o Dan.

Dan despenca céu abaixo impulsionando seu corpo com seu elemento, o mesmo demora um pouco para se estabilizar antes de colidir com um prédio alto. Eu e Dante seguimos na direção dele, dou uma risadinha sem graça escondendo meus lábios com a mão direita.

— Foi mal por isso, mas — Estendo as mãos dando uma giradinha. — Paris querido.

— Paris não vale minha vida Diana. — Dan fala descrente com minha reação.

— Não sei não Dan, sempre tive o sonho de vir aqui. — Falo de modo brincalhão deixando o garoto sem reação.

— Quem é você? — Dante questiona uma mulher de pele acinzentada e chifres, seus cabelos eram longos, ela possuía chifres me lembrando aos da vilã e minha favorita da Disney malévola, ela vestia um vestido bem colado ao seu corpo, porém da cintura para baixo era bem rodado, usava meias finas na altura da coxa, uma sapatilha simples me lembrando a mesma que garotas usam em escolas japonesas, ela parecia ser portadora de uma magia desconhecida por todos nós, seus olhos no tom lilás nos encaravam junto a sua expressão que nada demonstrava, sua mão esquerda estava erguida junto a seu poder num tom forte e muito belo de um roxo puxado para o violeta.

— Incompetente poderia me informar o que elementarys do nosso mundo fazem no mundo zero? — Ela fala no ponto em seu ouvido esquerdo ignorando completamente a pergunta de Dante nossa presença.

— Foi ignorado pela bonitinha peculiar — Dan caçoa de seu irmão rindo no momento mais inoportuno possível, não resisto e solto brevemente uma risada retomando minha postura fingindo estar bem séria, sendo que não estava.

— Caraca quem é o gostoso ali todo encapuzado me lembrando um ninja de uma paródia pornô. — Solto meu pensamento alto deixando todos com um olhar e rosto estranho para mim. — Nem venham que sei que vocês garotos via muito disso na época da internet, sinto o cheiro do queijo daqui meninos vindo da calça de vocês.

— Desnecessário tal comentário. — Dante repreende de imediato ficando sem graça com minha fala.

— Ei eu cuido bem das minhas partes. — Dan se defende do meu comentário parecendo preocupado em ficar com fama de piu piu fedido.

— Ratos, não eram para estar aqui. — Ela envolve sua mão direita com a aura, olhamos em volta notando que ela estava arrancando os exaustores e ar condicionando os direcionando de modo brusco e rápido em nossa direção, um a um, esquivamos e logo usamos de nossos elementos para revidar ao ataque da garota que parecia não estar para brincadeira.

Estendo meus braços ao alto trazendo os ventos do ponto mais alto do céu em direção ao terraço do prédio repelindo os ataques dela, Dante estende sua mão drenando parte do vortex de ar a minha volta tomando impulso pegando velocidade e lançando uma esfera de impacto em volta a seu corpo na direção da mulher.

Ela nota a velocidade de Dante se forçando a soltar sua vítima ao chão atrás de si, a vejo morder os lábios de forma irritada, conjurando uma barreira à sua frente, devido à velocidade a mesma não surtirá o efeito esperado por ela a lançando contra a caixa d'água. Seu corpo bate com impacto causando um leve amassar, ela flutua suspirando pesado, seus olhos tomam a cor de sua aura e sua fala demonstra sua irritação com o imprevisto do seu plano.

— Dan tente descobrir com o homem que mundo é esse e o porquê daquela mulher e ele estarem lutando — Olho para ele dando sinais de estar bem atenta a situação que presenciamos assim que chegamos nesse mundo. — Acredito que assim como nós, ele não topou com a ideia de ser levado de seu mundo.

— Tudo bem. — O garoto segue em direção ao homem que estava prestes a retomar a luta com a mulher que deveria ser a causadora de tudo isso que estava rolando conosco.

— Não estava em meus planos mortes a essa altura, mas será bom para meu pai ver que não perdi minhas habilidades durante esse tempo presa.

— O que deseja conosco? — Dan grita ativando suas chamas, três tons em formato de esfera surgem flutuando a altura de seu ombro.

— Tal assunto está longe de sua compreensão — A mulher abre uma fenda arranhando a paisagem ao seu lado enfiando seu braço direito sobre o mesmo, sinto uma pressão no ar como se o mesmo me indicasse que aquilo fosse um ataque.

— DAN! Cuidado. — Grito me lançando na direção do garoto que não sentia o mesmo que nós elementarys do ar. A mão da garota surge ao lado do rosto de Dan que se virava rapidamente com uma expressão de espanto por nunca ter visto algo do tipo assim como todos nós.

— Não tão rápido criatura. — Dante surge empunhando sua espada desferindo um corte na mão da mulher que grita recuando. Dante se vira olhando para seu irmão e falando de modo sério o corrigindo. — Sei que está perdido com tudo o que rolou ainda e não dominou por completo seus poderes, mas as chamas azuis devem lhe dar a localização de onde vem os ataques dessa criatura.

— Maldito seja, como ousa me insultar, como ousa me chamar de criatura, derramando o sangue de um ser superior a você. — Sua expressão e voz em tom alto mostrava que ela tinha algo de diferente, ela olha para sua mão há apertando. Ela fecha seu punho e seus olhos pressionando para que uma fina linha de camada de sangue caísse sobre o solo. — Não queria usar isso, mas não tenho tempo a perder brincando com seres de tal nível como vocês.

— Antes que seja tarde preciso acabar com isso. — Dante e eu falamos ao mesmo tempo, se lançando de pontos diferentes a criatura que flutuava não muito distante de nós.

Os olhos de Dan queimavam com suas chamas azuis, o garoto abria seus olhos lentamente, via a cena passando em câmera lenta em meus olhos e só escuto o soar das palavras daquela criatura.

— Time Machine — Assim que ela termina sinto uma forte pressão percorrendo o local, sinto meu corpo paralisando em meio ao ar, meu coração acelera com a tamanha pressão do poder da garota. A vejo caminhar em meio ao ar vindo em nossa direção.

Ela estende sua aura as canalizando para as pontas de seus dedos criando longas linhas com o sacolejar de suas mãos as mesmas são balançadas e lançadas em nossa direção. — Morram escória.

"Que grande merda morrer dessa forma, uma delicinha como eu

64

morrer para uma piralha demônia bem na hora que conseguiria conhecer Paris e talvez dá uma com aquele forte vestido de ninja striper." — Penso comigo, gritando internamente." Eu poderia realizar a fantasia de dar uma na torre eiffel com um cara vestido de couro preto. Ah! Mas se eu conseguir escapar vou dar uma surra nela para nunca mais mexer com uma brasileira com desejos sexuais."

— Não acabamos o que começamos a pouco. — Escuto um tom de voz rude e grosso, um homem surge a minha frente impedindo o ataque da garota, o frio emanava de seu corpo de grande porte.

"Não pode ser." — Penso comigo o encarando até aonde meus olhos paralisado assim como meu corpo conseguia ver.

— Para onde me trouxera — Ele olhava a sua volta enquanto segurava em suas mãos a aura da garota em forma condensada. — Me leve de volta e talvez assim eu tenha misericórdia de sua alma.

— Não roube palavras de minha boca diamantense. — A garota fala direcionando sua aura até mim, utilizando das linhas para prender o corpo dele o envolvendo por completo. — Se renda e talvez veja o fim do dia e o propósito de sua vida medíocre.

— Deseja continuar sabendo o que sou? — O homem a provoca.

— O que é em breve não significará nada. — Ela retruca contendo sua irritação.

— Como deseja criatura tola. — o ar que saia em meio a seus lábios eram frios e ele e a garota vão de encontro para um combate que apenas os dois se encontravam no palco daquele plano e tempo, não entendia quem ele era e como era o único que escapa do ataque dela, mas sabia que seu poder e pessoa tinha algo especial e isso despertara em mim uma curiosidade em saber mais sobre ele.

Triana

"Como isso é possível, o quanto de poder esse homem possui. Aquele baque derrubaria um elefante." — Penso ficando levemente irritada. Me viro olhando para os invasores cerrando meus punhos. — "Irei acabar com cada um pouco a pouco por me atrapalharem, querem me desonrar na missão a qual meu pai confiou a mim."

Sinto em meio aos lábios dele um ar frio sendo soprado, um forte barulho escuto vindo do solo e ele usa um ataque rápido e preciso para se livrar das fitas de aura a qual prendiam seu corpo. — "não me diga que..." — Quando termino de pensar seu corpo surge acima de mim junto a sua adaga empunhada em sua mão. — "Não me menospreze seu tolo." — Penso irritada por ele se achar melhor do que eu com seu ataque de teleporte. — Faço um movimento de ginasta com meu corpo flexível me lançando a fenda atrás de mim.

O homem olha confuso procurando por mim, não demonstrava medo, ou preocupação, para uma batalha ele parecia muito calmo e confiante de si, suas habilidades e movimentos seguintes.

Abro uma fenda passando com a unha abaixo dos pés do homem que se lança para o alto recuando. Mergulho para a fenda abrindo outra nas costas dele enquanto ainda no ar, conjuro garras com minha aura prestes a desferir um ataque em suas costas vejo seu corpo girar sobre o ar, o homem lança adagas a minha direção, impulsiona seu corpo a partir do elemento gelo o lançando para o alto, rapidamente ele atira estacas do alto e na medida que seu corpo caia por trás de mim três flechas são atiradas, com tais movimentos sinto sua respiração ficar ofegante mediante ao esforço de me encurralar.

Lanço mais uma camada de aura e pressão sobre o ar, o ritmo se torna mais lento e a pressão no corpo dele criada pelo meu poder o torna mais pesado e lento, seus ataques caem sobre o solo abaixo de mim, me viro olhando para ele com meus cabelos caído nas laterais de meu rosto, um breve sorriso segue em meu rosto ao ver ele retomando sua postura se erguendo e ficando com seu corpo reto novamente.

— Que aberração seria você? Por que me trouxera a esse lugar? Quais suas intenções fedelha? — Seu tom demonstrava sua impaciência e seu semblante confusão e dúvida.

— Você tem um propósito e por que reluta contra — Meu corpo queima por completo com minha aura atiro esferas para todos os lados criando fendas no terraço a nossa volta o cercando. — Se prefere a dor, assim farei. — Avanço para a fenda a minha esquerda, forço meu corpo junto a minha aura saltando por todos

67

os lados confundindo o homem que me seguia de modo preciso com seus olhos, o vejo fincar no chão suas flechas as colocando em seu arco tentando atira-las em mim, sinto que ele tentava diminuir a temperatura e não entendi o por que dele relutar e tentar usar a capacidade máxima de seu poder, começava a cogitar que ele não me levasse a sério e aquilo me irritava, porém, poderia ser uma tentativa fútil de me fazer perder o foco e concentração.

Saio da fenda indo ao centro, do alto estendo minha mão lançando uma fita de minha aura a mesma se divide em várias saindo por todas as fendas indo na direção do homem ao centro, ele usa sua centelha, atacando de modo frenético e sem pausa, ele mesclava alguns ataques físico com seu poder, vejo uma pequena chama sendo lançada por sua mão em minha direção, ele relutava, era acertado por algumas das fitas que o chicoteavam, porém em momento algum ele emitia o som de sua dor parece não incomodá-lo ou até mesmo já estar acostumado com tal.

Sinto um dos ataques dele vindo pela fenda as minhas costas recuo de imediato para a esquerda, envolvendo a fita em meu braço a puxando e direcionando junto a meu corpo, lançando-as novamente na direção dele que as segura com suas mãos as congelando. Sem me atentar o quente se colide com o frio, uma massa de vapor toma conta do local dificultando minha visão.

"Jogada sábia Ethan." — Penso sentindo algo cortando o vento e vindo em minha direção, quando menos espero vejo os olhos azuis cristais do homem encarando os meus de perto, sinto sua mão grossa com luva pegar meu pescoço me lançando para baixo.

Meu corpo caia em meio ao ar de modo brusco.

Balanço meu braços redirecionando as fitas as prendendo nas pernas dele enquanto as giro em meu corpo, ficamos próximos um do outro ambos colidindo juntos sobre o chão, fico sentada por cima dele prendendo seus braços e pernas com as fitas sobre o solo, desfiro um corte na maçã de seu rosto com minha unha do indicador, a fina camada de sangue e corte o fazem questionar o porquê daquilo, ele era silencioso e misterioso, porém seus olhos escondiam dor, solidão e dúvida.

— Até quando vai prender seu poder dentro de você? — Experimento a gota do sangue dele que ficará pendurada a ponta da minha unha, meu corpo todo queimar no mesmo instante, sinto um ardor em todos os cantos, aperto minhas pernas e mãos sobre o tecido de meu vestido soltando um leve gemido. — Incrível, me sinto mais viva do que nunca, é como se meus poderes fossem elevados a 3x mais. — Aperto suas bochechas inclinando meu corpo e falando perto dele. — Para um deus de um mundo distante você me cheira a mais humano do que deus. — Suspiro e prossigo falando próximo a seus ouvidos. — Posso lhe poupar se decidir me mostrar e falar mais sobre essa fonte de energia bruta de poder que carrega — Passo com as unhas sobre seu peitoral direito acima de seu coração. — Dentro de você.

CAPÍTULO 3:

LUTANDO PELO CERTO

DIANA

Estava inspirando todo o ar, mesmo ele tendo se tornado uma massa mais pesada e densa a poucos minutos atrás, quanto mais o puxava em meus pulmões, mais minha aura elementar queimava e se tornava densa, marcas da minha forma deusa começam a desenhar sobre minha pele, faltava pouco para eu me libertar dessa droga de ataque.

"Essa garota é forte, o fortão ali tá tendo dificuldades, preciso chegar já metendo a bicuda na cara desse satanás." — Meu poder dera alerta que estava prestes a explodir quebrando essa barreira de tempo congelada. Uma explosão chamará a atenção deles, rapidamente meu corpo ficará maior e mais forte, meus seios eram cobertos por um tecido fino remetente a uma nuvem assim como minhas partes íntimas e nádegas, salto sobre o ar e do alto impulsionei meu corpo indo na direção da mulher que atacava o homem que se encontrava preso a seu ataque masoquista com fitas.

70

Envolto minhas mãos com elementos lançando uma esfera na direção dela, ela logo se vira e cria uma barreira, antes da mesma colidir e perder seu efeito estalo meus dedos a mesma se desfaz ativando meu ataque, a pequena esfera se torna um tornado sugando a garota para o centro dele a lançando para o alto, ela vai girando e subindo rapidamente de modo que não conseguia parar seu corpo.

O homem solto vem na minha direção lançando golpes corpo a corpo fico confusa e sem entender o porquê dele reagir assim com alguém que o acabara de ajudar.

— Tem algum problema comigo? Acabei de lhe ajudar bonitão.

— Não irei cair nos jogos seus, vocês estão atrás de mim pelo que sou, não permitirei ser pego, mesmo que isso custe minha vida ou que eu tenha que ficar aqui.

— A única coisa que tenho interesse é nesse corpo sem roupa e por que iria roubar um cara, geralmente eles me roubam. — Comento me defendendo da sequência de ataques dele, ele filtrava meu estilo de luta, notei ao seguir seus olhos e como me dava brechas para desferir ataques. — Nosso inimigo é ela, também estou aqui contra a minha vontade.

— Até que se prove o contrário irei lutar com ambas. — Ele era firme em sua decisão, diferente de mim que mudava só de ver uma pessoa.

— Odeio macho teimoso. — Giro meu corpo em meio ao ar envolto ao ar indo na direção dele desferindo um chute que ele defende se forçando a contra-atacar, mesmo com meu elemento o ferindo e rasgando as vestes de sua roupa só pela sua resistência prova que ele era mais forte do que pensara. Ele é lançado contra a parede que levava a área interna do prédio e as escadas, às quebrando e caindo em meio aos escombros.

Sinto algo se prendendo ao meu pescoço e me enforcando — "VACA!" — Exclamo com raiva ao sentir meu corpo sendo puxado para trás pela mulher que estava furiosa comigo por me interferir nos planos dela.

Forço meu corpo para a frente indo de contra a direção dela, começo a sugar todo o ar a minha volta criando um vortex, em meio ao ar surge o garoto saltando com duas adagas empunhadas vindo me atacar, envolto minhas mãos com o ar defendendo das lâminas que ricocheteiam, ele usa uma habilidade de teletransporte às pegando novamente e vindo me contra-atacar.

- Tá de brincadeira comigo homem. — Impulsiono de modo brusco meu corpo para o alto puxando a mulher de modo brusco a lançando a frente dele, os corpos se colidem, quando lanço uma rajada de ar os dois usam habilidades semelhantes sumindo diante dos meus olhos.

— Agora viraram X-men? Tão de zoeira comigo. — Meus cabelos longos e loiros esvoaçam junto a meu elemento que me rodeia.

Caminho atentamente em direção aos meninos para canalizar minha aura de deusa elemental do ar e quebrar o efeito da mulher sobre eles, aperto meus passos já concentrando sobre meu corpo, minha aura, sinto uma leve pressão vindo debaixo de mim, os cabelos da garota escorrem sobre o chão e em meio a eles saem sua mão, preparo uma rajada de ar, porém o mesmo portal se fecha, impulsiono voando até os meninos. Me abaixo em meio ao ar e a adaga junto ao corpo de Scott passa tirando fina com meu corpo, porém antes dele passar por completo por mim, sinto um chute na região do meu estômago, meu corpo perde o equilíbrio, meu corpo pelo chão abaixo, impulsionar o elemento lançando-me novamente ao ar. Finalmente consigo chegar até os garotos, toco nas costas de ambos canalizando parte de meu poder, quebrar o efeito daquele ataque requer uma boa dose de poder elementar, mas sozinha será difícil.

— Ainda bem que as princesas auroras acordaram, as coisas aqui estão feias.

— Foi mal Diana, não esperava esse tipo de poder.

— Nem mesmo eu.

- Porque o cara que estamos ajudando está com um olhar e instinto assassino para cima de nós? — Dan me questiona.

— Ele nos verá assim até que provemos o contrário, mas não o subestimem ele tem muito poder e habilidade de combate. — Comento me lembrando das lutas a pouco com ele.

— Não será problema Diana.

— Dante não facilite com ele. — Sigo para trás dos meninos indo na direção da mulher que se materializa ao lado contrário deles. — Deixarei-o por conta de vocês.

— Não morra Diana.

— Me respeitem — Sorrio de modo preocupado partindo para o combate a minha frente.

— Será mais rápido desta forma.

— Como diz nas minhas terras, quem muito fala pouco faz. — Me lanço para o alto desferindo dois chutes no ar, duas rajadas de ar vão de encontro a ela. A mulher logo cria uma esfera com sua aura, desfazendo a mesma logo em seguida criando esferas e lançando em minhas direções, passo voando em meio a elas seguindo a sua direção, noto que ela utilizará da aura abaixo de seus pés redirecionado fitas por debaixo do solo que saem abaixo de mim, contorno meu voo subindo para o alto, gostaria de ver até onde seria o alcance das mesmas.

"Cinco metros" — Sorrio, dando saltos altos. Me aproximando dela mais rápido do que seus olhos conseguissem me seguir. Fico atrás dela acertando um tapa no rosto da garota que cambaleia, antes flutuando cai sobre o solo, levando sua mão no rosto.

— Você não disse que seria rápida ? — Novamente uso de meu salto, me aproximando dela, desfere um chute nela a lançando

para o alto, a seguro pelo seus cabelos a levando cada vez mais para o alto, a ergo deixando seu rosto a altura do meu a encarando nos olhos, seu rosto estava para baixo, parte de seus cabelos cobriam seu rosto, a lua iluminava parte da face dela, um pequeno corte causara com meu tapa e golpe no lábio superior dela, a escuto sorrir e sua aura aumentou de repente, me afasto a soltando, não ficando muito longe. Sua aura se torna mais poderosa e ameaçadora, uma esfera surge abaixo de si, ela se senta sobre a imensa esfera de aura roxa, passa suas mãos sobre ela pegando um pouco da mesma.

— Não tem por que brincar com você Diana Santos, filha de um bandido da favela do alemão, órfã de mãe — Ela gargalha de forma maldosa enquanto me provocava falando de meu passado. Fico paralisada ao ouvir aquilo dela, como ela sabia, ninguém sabia além do meu falecido esposo. — Mas não foi melhor ela morrer, afinal de contas nem mesma você a queria viva naquela situação deplorável.

Seus olhos carregados do mais profundo e negro sentimento de desespero vem ao encontro do meu, sua aura me envolve e me vejo presa nas lembranças a qual ela acabara de proferir.

— Morra dentro de um pesadelo a qual nunca superou — Ela passa o indicador em seus lábios enquanto me via cercada por vasto limbo negro, corro em direção a saída do local a qual mal havia visto se formar por mim, a medida que corria me tornava menor, quando bati contra uma parede negra olho para baixo e encontro minha pequenas mãos, as mesmas mãos da época que tinha dez anos de idade, me viro olhando para trás, o local negro tomava forma pouco a pouco, caminhava com medo por já saber o que iria encontrar.

Não sabia ao certo se os fantasmas do meu passado seriam capazes de me matar, mas se acontecesse pelo menos essa dor teria seu devido fim, aonde começou iria terminar.

Dante

— Dan precisamos fazer ele entender que não somos os inimigos.

— Comento com meu irmão passando rapidamente um olhar para ele, sinto a pressão do ar se tornar ameaçadora, o corpo daquele homem emanava muito poder, era tão bruto que eu poderia julgá-lo a mesmo nível de um líder de distrito, como Diana ou até mesmo como a criatura que a enfrentava.

— Perderão seu tempo — De repente o corpo do homem começa a reluzir de uma forma forte a luz seria semelhante à luz do sol nos forçando a fechar os olhos. — Já tenho uma opinião formada.

— Sinto ele se aproximando de mim, lançando um chute meu na porta do estômago, noto que ele se teleporta, cada vez que ele se teleportava era criado uma espécie de portal esmeralda. Meu corpo era lançado no ar, forço o meu elemento em minhas costas, cruzo meus braços forçando meu elemento sobre eles para não levar muito dano, porém ele novamente some a minha frente surgindo logo acima. Seu corpo para de brilhar, porém com a palma de sua mão esquerda ele lançará acima de mim uma grande quantidade de efeito sonoro me lançando novamente para baixo, coloco minhas duas mãos na cabeça, meu corpo todo vibrar devido à quantidade forte e altura do som, não conseguia me concentrar para conjurar meu poder elementar e contra-atacá-lo.

Meu corpo sem demoras colide com o solo do prédio quebrando-o e me fazendo cair dentro do apartamento na cobertura, sinto o gosto amargo do sangue que escorria nas laterais de minha boca, meus ouvidos zumbiam de modo forte, não conseguia ouvir o que o afobado do meu irmão falava comigo, passo com os dedos sobre meus ouvidos vendo que neles também saiam sangue, havia tomado uma surra daquelas, porém me reerguer novamente, em questão de segundos o vejo vindo saltando em nossa direção, meus olhos demonstram espanto e empurro meu irmão com uma rajada de ar me lançando para o lado contrário.

"Que diabos é esse cara." — Me questiono mentalmente.

Ele se vira olhando para mim me encarando, não demonstrava nada em seu semblante, porém seu corpo emanava um forte desejo de acabar conosco ali mesmo, sua determinação e modo de luta apenas afirmavam o que seu poder emitia.

Dan

— DANTE!! — Grito ao vê-lo caído sobre o chão, ele havia acabado de tomar uma surra feia, nunca havia visto ele tão ferido e então curto espaço de tempo, ele parecia esta disperso, distante, havia sangue saindo de seus ouvidos e boca, a forte luz e som lançados pelo homem havia o acertado em cheio, eu estava meio atordoado pela força dos ataques e olha que não fui atingido em cheio. – Tá me escutando? — Antes de terminar de falar aquilo o homem vem com tudo em nossa direção, seu corpo estava pesado devido ter tomado a forma do gelo, sou lançado pelo meu irmão e isso me mostra que ele não estava derrotado por completo, mas sua situação atual me preocupava. Noto que o corpo dele voltara ao normal o gelo se desfizeram pouco a pouco, era como se voltasse para dentro do corpo dele.

— Ei, vamos conversar antes de lutar. Não faz sentido você lutar conosco, não te atacamos em momento algum.

— Sua inocência é formidável, mas isso não me prova ser de confiança, me mostre como sair daqui, talvez assim eu possa pegar leve em nosso combate. — Seu tom era firme assim como sua decisão.

— Ele vem caminhando em minha direção passos pesados e com seu braço esquerdo ele conjurar novamente o gelo o tornado rígido como pedra e reluzente como um diamante, um vapor frio saia dele, seus olhos focaram em mim como um leão foca em sua presa, não escondo que senti um frio na barriga, se ele fizera aquilo com meu irmão imagina comigo. — Max você seria de grande ajuda aqui com seu elemento. — Falo rindo nervosamente.

— Tomou sua decisão? — Ele para diante de mim, era notável sua altura comparada com a minha, mesmo que eu não seja um anão, ele era bem alto e parrudo, tinha um cheirinho bem do ruim, como se não tomasse banho a alguns dias, cheirava a suor e selva, seria ele algum tipo de índio, como os que conheci com Diana no Brasil? Não sei informar, só sei que engoli em seco e falei tomando coragem o encarando em seus olhos azuis como cristais. — Me desculpe, mas se quiser sair desse mundo teremos que procurar juntos a saída.

— Resposta errada. — Seu punho vem em direção ao meu rosto rapidamente.

"Me ajudem formas do fogo!' — Grito em minha mente as três esferas de chamas que voavam atrás de mim, tomam minha forma segurando o punho do homem, ela se torna maiores o forçando a ficar de joelho, a chama azul me alerta que ele ainda não estava em sua capacidade máxima de combate.

— Como assim? — A questiono preocupado.

"Ele é uma fonte de poder bruta, caso ele venha a lutar com todo seu poder, nem mesmo ele sobreviverá, ou esse mundo e até mesmo nenhum de nós." — Ela comenta sobrando em minha mente. — Olho preocupado para meu irmão que vinha saltando tomando altura, disparando uma rajada de cima para baixo nele ajudando minhas chamas a derrubá-lo no chão.

Uso da língua de sinais para me comunicar com ele e passar o que a Blue descobrira. Ele parece irritado com a situação, mas parecia ter algo em mente e me pedira para seguir seus passos e caso tivesse algo em mente para compartilhar com ele, talvez assim nossos poderes poderiam se equiparar com o dele de tal forma.

— Irritantes! — Ele toma a se reerguer, seu pé direito bate sobre o solo e uma rajada de gelo toma todo o espaço da cobertura, a temperatura cai, seu corpo é tomado pela sua forma de gelo, me questionava se era gelo mesmo ou um diamante bruto. — Irei força-los a partir da dor a abrir a maldita boca de vocês, não precisava de tal, mas irão saber o verdadeiro poder de um diamantense.

— DAN! — Dante grita me alertando, sinto o punho dele pressionando meu pescoço me erguendo para o alto, começo a me debater, porém, viro minhas mãos ao tentar acertar o rosto dele, sinto ar se perdendo em meus pulmões enquanto o encaro.

Dante vem até mim, usando seu poder mesclado a seus golpes, porém os mesmos ricocheteiam sobre o corpo do homem.

"Deixe-me tomar o controle." — Pink flame surge no limbo de minha mente sentado sobre o penhasco de Atlanta, o mesmo a qual eu fiquei quando escrevia o início da jornada.

"Por que deveria? Você mesmo disse que não me apoiaria com seu poder." — A questiono no pior momento possível.

"E não vou mesmo, mas se você morrer eu morro e preciso desse seu tolo e limitado corpo para cumprir com minha missão." — Ela salta caindo sobre o solo e a fina camada de água fria que nele continha vindo em minha direção, sua mão é estendida para mim, seu sorriso era prepotente e sua voz tão mesquinha quanto seu ser.
— "A conta virá depois, tudo bem?"

Fico com raiva, porém não tinha tempo para debater com ela. — "Tudo bem!" — Falo irritado apertando a mão da mesma, as demais chamas sorriem como se já soubessem como aquilo iria acabar, meus cabelos queimam em um rosa-forte das chamas se movimentando de acordo com meu humor, meus olhos e feições mudam tomando a forma arrogante da chama rosa.

— Se importaria de me emprestar um pouquinho desse poder bruto? — Falo em um tom irônico tocando o rosto do homem. — Sucção! — Conjuro falando alto, das palmas da minha mão saem uma labareda de chama rosa consumindo o rosto de gelo do homem, a mesma parece incomodá-lo e rapidamente alertá-lo de que seu poder estava sendo drenado por mim, ele recua intrigado com a mudança repentina minha e do meu poder, caiu sobre o solo batendo uma mão na outra com um sorriso prepotente no rosto falando ao sentir toda aquela energia no meu corpo.

— Esse poder todo — Gargalho fitando a mina de ouro a minha frente. — E como adrenalina correndo por todo o meu corpo, eu desejo mais senhor. — Bato com meu punho na mão esquerda ativando as chamas sobre meus punhos e pés. — Compartilharia comigo?

CAPÍTULO 4:

PINKUFLAME SURGE

DANTE

"Isso não é bom. Dan entregou o controle de seu corpo ao poder." — Olho para ele que parecia estar ainda controlando o poder drenado do homem, suas chamas produziam um forte calor no local e estavam maiores que a de costume.

Vejo o homem sumindo novamente através deste portal esmeralda uso de meu elemento saltando sobre o ar ficando próximo de Dan, as suas costas e comento de modo breve com ele, meu coração batia um pouco mais rápido, meus olhos corriam pelo local procurando o ponto a qual ele viria a surgir e nos atacar, minha mão direita estava próxima à bainha de minha katana. — Já sei a resposta, mas mesmo assim vou perguntar. Não é meu irmão no controle, certo?

— Ele quis isso e agora entendo o porquê — Seus olhos rosas encontram com os meus de canto, sua voz mesmo que em um tom arrogante falava em tom firme certo e convicto do que falara. — Ele não possui um poder simples de se entender como o nosso, e caso ele use por completo será como uma bomba nuclear, não podemos vencê-lo serei direto, mas podemos conte-lo por algum tempo e mostrar que o inimigo aqui não é nós. — Dan olha para cima criando uma forte labareda repelindo o corpo dele para longe. — Ataques rápidos e de impacto serão seu forte, ataque corpo a corpo e de pouco alcance irão causar a cena anterior. — O vejo sair em disparada a minha frente deixando um recado. — Deixe o corpo a corpo comigo, pelo menos por enquanto.

Dan segue correndo em direção ao homem que permanecia parado, não era comum, mas para alguém com a força bruta dele, ele esperava que nós, mais fracos fossem de encontro a ele. Meu irmão dispara saltando no alto chutes nas horizontais e verticais lançando rajadas de fogo que são defendidas por ele parecendo não causar muito efeito.

— Vai ficar na defesa até quando? — Ele o questiona, mas o homem apenas o analisava.

"Acredito que o mesmo que fizemos com herangno deve prendê-lo por um tempo." — Sigo correndo planando sobre o ar indo na direção dele, conjuro uma quantidade boa do meu elemento a minha volta os direcionando para meus braços, os cruzo e lanço um vortex de ar na horizontal abrindo meus braços focando no homem ao centro após Dan se lançar para trás de suas costas. O mesmo o acerta precisamente, abro minhas mãos as puxando envolta meu elemento na vertical, o vortex se torna maior o cobrindo por completo saindo da cobertura. O forte vento começa a movimentar tudo dentro do apartamento e lançar para o lado de fora.

— Lance a maior rajada de seu poder do alto no centro do vortex.

— TUDO BEM! — Meu irmão usa suas mãos criando impulso com suas tochas de fogo no punho subindo até o alto, noto que ao centro ele permanece atento e mesmo recebendo danos mínimos por enquanto estava analisando a nós, nossos ataques e movimentos.

Dan ao chegar no alto suspenderá seu voo, seu corpo reluzia a luz rosa de suas chamas e suas mãos tomam um tom mais forte pouco a pouco, assim que ele abre seus punhos uma forte quantidade de chamas cai ao meio do vortex atingindo o homem em cheio, as chamas começam a mesclar com o vento e forço-me a conter a grande quantidade de massa de ar quente ela ia subindo pouco a pouco e um tornado de fogo surge diante de nossos olhos, a claridade do fogo deveria estar chamando a atenção de muitos que estavam próximos aquele prédio na França.

Sinto uma resistência repentina, algo querendo explodir do centro dele forço o meu elemento a contê-lo no centro de nosso ataque, mas logo somos lançados para longe um do outro e daquele local, sendo jogados para fora, uma bomba de ar quente, um grande vapor toma conta do local a qual estávamos anteriormente, meu corpo caia em queda livre e sinto uma falta de ar repentina, forço meu elemento a ponta dos meus pés, junto minhas mãos junto ao corpo e forço-me a subir o mais rápido possível, ao retornar ao antigo local conjuro uma esfera de ar grande a lançando e soprando para longe todo aquele vapor que esvoaça e some rapidamente, em meio ao vapor pouco a pouco vai surgindo a imagem dele, inabalável e imóvel como antes.

— IMPOSSÍVEL! — Esbravejo.

Empunhei minha espada em mãos, arranco do meu corpo minha camisa ou que restara dela de tão surrupiada que se encontrava depois das sequências de ataques do homem, inspiro fundo o ar buscando concentração e controlando minha raiva dele e de sua imortalidade e força.

"Seja o elemento, siga a direção do elemento, se torne o elemento Dante." — Medito tais palavras em minha mente, sinto meus olhos arderem e os abro pouco a pouco.

Sua coloração ganhará um tom prata, minha aura reluzia por todo meu corpo em um tom verde água, sinto que meu elemento fora recarregado e os dois caminhos fora ativado.

— Speedo — Sussurro meu ataque centrando em meu alvo, o caminho surge sobre o ar em meus olhos e o sigo com a velocidade do vento, o vejo direcionar um ataque com o elemento terra vindo em minha direção, desvio para a direita desferindo um corte no braço a qual ele lançará o ataque, ele rapidamente recua lançando um novo ataque, raízes fortes e grossas prendem meu tornozelo, me vejo pego pelo seu ataque e prossigo com um contra-ataque.

— Repillium — Círculos de ar cortante envolvem meu corpo

destruindo as raízes em vários pedaços, me lanço para trás de modo rápido o observando, seu sangue escorre pelo seu braço caindo sobre o solo abaixo de si, ele olha e parecia não se importar.

"Não me diga que ele se regenera." — Questiono-me mentalmente.

— Dante não de tempo para ele pensar, com esse nível de poder não duvido que ele tenha algum tipo de poder de regeneração. — Dante começa a disparar esferas na direção do homem, ele as repele e ricocheteia para o lado. — Obrigado por posicioná-las. — Correntes flamejantes! — Meu irmão fala levemente alto devido aos danos de sua audição seu poder elementar iria levar um certo tempo para regenerar seus danos auditivos e eu teria que me acostumar com sua voz levemente elevada. O vejo estalar os dedos erguendo seus braços em seguida, as esferas que antes queimavam próximas ao homem explodem tomando formas de correntes e se entrelaçando pelas pernas e braços dele o forçando a ficar de joelho o deixando esticado e imóvel.

Eu e meu irmão corremos na direção dele rapidamente ficando a sua frente ele nos encara com seus olhos irritados, sua respiração transmitia sua raiva em estarmos se levantando e resistindo tanto.

— Consegue usar?

— Irei pedir ao Blue para tomar controle, está longe do meu alcance — Vejo os olhos do meu irmão mudam a tonalidade, logo a chama azul surge em seu olho direito e sua personalidade se torna ríspida e independente. — É esse o cara que está causando todo burburio?

Quando ia responder vejo seus olhos me encarar e suspiro irritado não falando nada.

— Se afaste por favor, não quero ferir o irmãozinho fraco dele.

— Cale a boca e cumpra com seu propósito.

— Me contrarie e o deixo acabar com os dois, pouco me importo de viver.

Suspiro novamente me afastando, porém, alerta para os dois engraçadinhos tentarem algo, não confiava no Blue e o visitante muito menos, mas ele era a chave para voltarmos a nossa "normalidade".

— Isso será incomodo, mas eu gosto de causar dor — O vejo ficar cara a cara e olho a olho com o homem. — Pelos seus olhos e cicatriz no olho já está acostumado com a dor, é como respirar para você. — Ele retoma a postura ereta, suas mãos queimam a chama azul no seu tom celeste e vão de encontro a cabeça do homem, rapidamente elas se tornam maiores e mais altas, os olhos, boca e ouvidos do homem começam a ser tomadas parte por parte da chama e uma explosão ocorre e ambos caem desacordados.

— Enfim a paz. — Comento comigo mesmo sabendo que ambos estavam na dimensão das lembranças e memorias de Dan. Sigo caminhando para próximo deles e vendo pelo grande buraco no teto a luta acima de nós rolando entre as duas, as coisas por lá também pareciam não estar fácil, retomo meu folego pouco a pouco me sentando sobre o destroço cuidando do corpo de ambos e me questionando quem seria o autor desse maldito plano e que controlava a guria demônio.

Triana

Em meio a grandes bolhas em uma água negra e escura iluminada apenas pela luz do luar o frio toma conta do meu corpo e toda minha pele enquanto caminho dentro da água passando pelas piores memórias da mulher intitulada deusa elementar do ar, olho para trás a vendo acorrentada com correntes de minha aura, a mesma estava desacordada, seu rosto caído e inclinado para a frente com suas longas madeixas loiras.

— Para uma mulher que luta em busca da felicidade você teve uma vida um tanto quanto triste — contorno com meu corpo flutuando até ela, toco com minha mão em seu rosto o erguendo e demonstrando meu incômodo com a personalidade dela. — Me explica o sentido — Gargalho sozinha, não uma risada maldosa ou de alegria em vê-la de tal forma, mas uma triste ao não entender como alguém que teve a vida tão ruim quanto eu continuar lutando em prol de algo superficial como a felicidade, e o pior em prol não dela só, mas de todos a volta dela. Com o estalar de dedos a desperto do transe, ela acorda assustada olhando a sua volta se debatendo para se soltar. Acerto um tapa no rosto dela falando em um tom alto e autoritário. — Pare com isso vadia imunda — Ergo o rosto dela apertando suas bochechas o erguendo e trazendo em direção ao meu, falando olhando nos olhos dela. — O que lhe motiva a ir contra mim em prol de alguém que nem sequer sabe quem você é? — dou uma risada triste e forçada deixando claro em meu semblante meu incômodo. — É tão tola que não entende que seria mais fácil sumir de uma vez por todas, por que luta Diana?

— Um ser como você criado apenas para servir ao ego de seu líder jamais entenderia o lado humano. — Ela sacode seu rosto se soltando de minha mão, joga seus cabelos com um movimento para trás e fala de modo prepotente. — Eu poderia passar horas e horas explicando, mas sentimento não, é algo que se coloca em palavras e sim se permite sentir, mas você perdeu seu lado quando virar isso.

Fico irritada com a afronta da mulher minha aura surge por todo meu corpo antes mesmo deu me dar por conta com minha mão aperto mais as correntes causando uma dor incomoda nela, porém retomo minha consciência da situação e me viro de costas seguindo meu caminho em meio as esferas de agua negra com as memórias dolorosas e qual me traria mais prazer e conforto em usa-las para tortura-la.

- Como? Como estamos vendo isso? Que tipo de poder e lugar doentio é esse? — Seu rosto pareceu preocupado e seu tom de voz demonstra o medo que começava a consumi-la ao ver as piores épocas de sua vida emanarem de cada esfera de água negra a nossa volta.

— Que tal começarmos pela sua infância? — Gargalho

direcionando a esfera em direção a ela sentindo o peso e cargo triste que a mesma continha. — Para uma criança o que passou não foi fácil — Inclinou o rosto para o lado falando de modo provocativo. — Morrer não seria tão ruim agora não é mesmo.

— Sua vaca — Ela dera um arranco e tentara conjurar seus poderes. — Meus poderes? Porquê?

— Não os perdeu, mas aqui eles são bloqueados, como? Estamos em um espaço onde minha mente é o que controla e cria tudo, você é apenas minha presa e visitante indefesa, seu corpo físico está preso do lado de fora, sua alma é minha prisioneira e ela sofrerá as sentenças e dores, tudo o que for causado aqui acarretará mundo físico. — Me aproximo dela ficando poucos metros afastada dela flutuando em sua altura. — Será uma boa menina não? — Sinto seu cuspe escorrer em meu rosto e a raiva em seu rosto junto a sua voz que me ofenderam.

— Vai se foder, quando eu sair daqui vai morrer lentamente sem o maldito ar nas porras do seu pulmão fedelha.

Um inimigo meu nunca me ofendera de tal forma, pouco faltara para despertar meu poder por completo, respiro fundo ordenando que a tortura e lembrança a abraçassem, com o movimento de minhas mãos e braços a esfera envolve o corpo dela por completo, seus gritos ecoam por todo o espaço, o mesmo transmite a dor e sensações ao corpo físico dela, ela se debate vou condicionando a esfera através da aura a todo o espaço do seu corpo e alma, logo o mesmo preenche e ela reluz um violeta do meu ataque e poder mostrando que tudo dera certo, ela fica mole sendo apenas sustentada pelas minhas correntes, passo com a mão sobre meu rosto retirando o cuspe de meu rosto e lançando abaixo de mim.

" — Querida, seu poder ele é algo divino. — Meu pai toca em meu rosto tentando me acalmar, chorava por ver o que havia feito. — Seu poder faz com que se tornem mais fortes superando seus fantasmas do passado.

— Mas meu poder só existe através da dor e medo do meu adversário, se eu não causar isso não tenho como lutar — Olho para meu irmão tremendo sobre o chão chorando abraçado a si mesmo. — Não quero ser o monstro que pensam que sou.

— Não existe felicidade sem tristeza, amor sem dor e assim por diante querida. — Ele toca em minhas mãos e erguendo a frente de meu rosto e completa falando de forma serena. — Sua aparência não define quem você é, se não fazer sua parte e usar o dom que lhe foi concedido o mundo ficará em desequilíbrio, você faz parte de algo muito maior e importante do que pensa, agora não consegue ver ou enxergar, mas futuramente tudo fará sentido a seus olhos.

— Serei forte Papai.

— Eu sei que será. — Ele acaricia meus cabelos e segue rapidamente seu caminho, fico olhando para a palma de minhas mãos sujas com o sangue de meu irmão e me viro o encarando pensando no que acabei de escutar de meu pai."

Daquele dia em diante treinei e busquei ser o que meu pai e o mundo que ele almeja seja, o lado a qual ninguém deseja passar,

mas todo devemos vivenciar para nos tornarmos fortes, sou o lado que pende a balança para baixo até ela chegar ao equilíbrio, meus irmãos me chama de Triana a imperatriz do agouro.

— Sofra cadela imunda. — Esbravejo caminhando enquanto conjuro um trono negro de mármore as costas eram desenhadas e atreladas com ossos humanos, subo os três degraus ao sul do espaço me sentando e assistindo sobre a camada d'água a dor lembranças negativas da mulher que se iniciaram.

Diana

Uma garota magra, com roupas usadas e ganhadas de segunda mão, cabelos embaraçados que intercalam entre o crespo e ondulado, um chinelo em seus últimos dias com prego segurando a correia fina já machucavam meu pé. Estendo minha mão para o céu tampando o sol de quarenta graus que causava um calor insuportável no alemão naquele início de tarde, para uma garota de dez anos aquilo seria o dia perfeito, mas não para mim.

Enquanto meus vizinhos brincavam de tomar banho de mangueira curtindo o dia eu tinha que trabalhar, vender balas, sucos, salgadinhos e refrigerante nas avenidas próximas às grandes praias e pontos turísticos do rio, desde meus sete anos fora assim, saia da escola correndo o único local a qual me alimentava e fazia uma refeição decente. Eu e meus outros dois irmãos éramos encarregados a cuidar um do outro e manter ao menos a luz e a água paga de casa, o que sobrara era para manter o vício de meus pais, eram dependentes químicos a anos, não sabia até quando aguentaria viver aquela situação, mas ver que minha vida tinha um propósito e que ainda tinha meus irmãos me fazia suportar todos os comentários maldosos dos vizinhos, as brincadeiras de mal gosto da escola e a bondade daqueles que nos davam suporte e não nos deixava morrer de fome.

Mas o controle de meus pais já não estava mais muito bom, a cada dia que chegamos com menos do que eles esperavam devíamos nos preparar pois agressões entre eles aconteciam, o ódio e fúria por não ter o dinheiro para o vício naquele dia caia sobre nós, como nessa noite a qual parei no hospital.

— Diana onde está o dinheiro das vendas de hoje? — Sou questionada pelo meu irmão que me dá um leve empurrão no calçadão da praia de Ipanema, era seis horas da tarde e o sol parecia das três, o movimento também não diminuirá, após a pandemia tudo parece ter lotado mais e mais, ser sobrevivente daquilo era algo bom e ver que tudo havia voltado ao normal me dava uma sensação boa de que um futuro melhor estava por me aguarda, mesmo que agora não parecesse, turistas e moradores da minha cidade ainda não queria voltar para casa, queriam aproveitar cada minuto do sol em seu horário prolongado de verão.

— Eu já disse, a polícia levou tudo. — Tento parecer o mais inocente possível, tanto em meu tom quanto em meus movimentos corporais, mas Enzo me conhecia e não acredita em minhas palavras, afinal ele me ensinará todas as malandragens a qual eu conhecia.

— Eu não sei o que planeja fazer com o dinheiro, mas sabe que temos que nos ajudar. E o pior não estou semelhante a apanhar deles hoje, ainda não temos um canto ou lugar para nós, temos que suporta tudo isso juntos. — Ele parece preocupado comigo e com o que poderia rolar quando chegássemos em casa.

— Eu sei — Mas precisava me arriscar para sair de lá o quanto antes, estava cogitando morar na rua, ao menos seria menos pior do que lá, ninguém iria querer cuidar de três irmãos e filhos de drogados.

O vejo suspirar e segue caminho, Alex olha para mim, parecendo bravo com minha atitude, mostro a língua para ele para não mostrar o dedo do meio, ele era o irmão que mais me irritava, mas nos dávamos bem na medida do possível.

...Se aproximava das nove horas da noite, subíamos o morro a pé, pegar a piruá que subia iria custar muitas moedas já que éramos três, confesso que tinha vontade, mas não poderia sozinha, por aonde íamos passando via as famílias dentro de suas casas, finalizando o jantar e curtindo o fim da noite antes de se deitar assistindo as típicas novelas brasileiras juntos, o cheiro dos temperos e comidas tomavam o ar quando eu passava próximo às casas. Aquilo despertava e aguçava ainda mais minha fome, a única coisa que entrara em meu estômago naquele dia era água e um pão com manteiga.

— Podemos comprar algo na vendinha do seu zé para comermos?
— Comento com meus irmãos apertando meus lábios.

— Vai entregar o dinheiro?

— Eu já lhe disse o que ocorreu.

— Então não — Enzo suspira retirando algo de sua bolsa surrupiada. — Toma — Ele estende sua mão para mim me dando algo embrulhado em um papel de pão surrupiado. — Pegue também Alex comprei um para você.

Eu e meu irmão agradecemos e comemos a esfiha fria, porém macia e bem saborosa a qual nosso irmão guardará para nós, logo a devoramos devido à fome, aquilo nos satisfaz e nos alimenta naquele momento, mal percebemos e já havíamos chegado em casa, passamos pelos becos e escadas sem sequer perceber ao ficarmos tão entretidos com a nossa comida da noite. As ruas pouco movimentadas não despertaram nossa atenção, porém ao me virar para trás sempre admiro mesmo que brevemente a paisagem da nossa bela cidade, antes de entrar para casa do morro suspiro apoiando-me na pequena mureta que me dava uma bela visão da minha tão amada rio de janeiro, o vento morno do verão vinha a meu encontro balançando meus cabelos, era lindo admirar as luzes da cidade e casas, admirar o céu estrelado e a lua cheia próxima ao cristo.

Muitos julgavam a minha querida e amada favela, mas eu a defendia e admirava nossa união e beleza de que só quem mora sabe e reconhece, sinto o toque das mãos do meu irmão em meu ombro me chamando para entrar, deixo a visão bela de lado indo de encontro com a outra que me choca e muda todo o contraste, uma pequeno barraco de dois cômodos, a cozinha estava uma bagunça, louça na pia a meses, mosquitos sobrevoando os restos de alimentos, o forte cheiro de coisa azeda tomava conta do pequeno espaço pouco arejado, sobre a sala os dois estavam queimando maconha enquanto preparava uma carreira de cocaína, ao nos avistar cheiram a mesma rapidamente, inclinam a cabeça para trás limpando o nariz deixando resquícios do pó no nariz, minha mãe uma mulher loira com o corpo magro sem muitos meses sem se banhar, se cuidar ou se alimentar direito vem em minha direção com um cheiro incômodo, porém que eu já me acostumava, suas mãos amareladas tocam meu braço me trazendo para perto de si, ela me abraça como se estivesse se debatendo contra um bicho completamente fora de si já tomada pelo vício e droga surtindo efeitos em seu corpo, o cheiro forte de maconha sempre foi e sempre será um incômodo para mim, meu coração aperta ao me lembrar e ver nos olhos da mulher nenhum brilho da vida, apenas uma escrava do vício e uma mulher quebrada, por dentro e por fora.

— Quanto minha anjinha fez hoje — Ela buscava em meus pequenos e apertados bolsos o dinheiro de modo afobado, logo ela muda o semblante ficando irritada e grita mudando seu tom. – Onde está o dinheiro das vendas de hoje?

Meu corpo treme e hesito questionando-me de imediato sobre a decisão que tomei, sinto que minha voz não queria sair, aperto minhas pequenas saias buscando forças mediante ao medo. – Os policiais levaram tudo mamãe, eu não consegui correr o suficiente

— Mordo meus lábios e antes de prosseguir sinto um forte tapa dela em meu rosto, meu pequeno corpo se lança contra uma pilha de tigelas de comidas inacabadas, meus olhos se carregam de lágrimas, minhas mãos cobriam meu rosto, olho em meio aos dedos para meus irmãos que temiam as ações seguintes do meu pai para cima deles.

— Onde estavam que não viram isso acontecer com a irmã de vocês ?

— Pai ela — Alex começava a falar trêmulo com medo ele iria me entregar na mesma hora, Enzo entra na frente o parando e tomando a frente.

— Pai a culpa é minha — Ele engole em seco, mesmo com medo prossegue, sua mão tremia, porém, ele a segura com a outra. — Eu como irmão mais velho me desatento — O vejo me olhar lançando uma piscadela e sorrindo de canto. — Se precisam punir algum de nós aqui, que seja eu — Ele retira de seus bolsos um pequeno bolinho de dinheiro entregando na mão dele, o homem conta o dinheiro o guardando no bolso, ele parecia irritado e descrente com a quantidade e ria feito um louco insano.

— Querida fizeram apenas 350 reais hoje, apenas isso. — Ele se vira para a pequena mesa de centro aonde usavam para preparar as drogas ele a chuta em direção a porta atrás de meus irmãos, sua face já mudara mostrando sua verdadeira identidade, um monstro que todos temíamos, mas que nenhum tinha coragem de enfrentar.

— Teríamos os quinhentos que devemos ao JP da droga se essa vaca não fosse tão burra e perdesse a mercadoria para os coxinhas. — Ela me agarra pelos cabelos me erguendo, me debato chorando e gritando por socorro, tentava me soltar.

— Me desculpa por favor, não me machuque, não foi minha intenção. — Sinto um forte tapa na minha boca e seu grito comigo.

— Cala a boca — Sou lançada no sofá sujo e com mofo, ela começa a me estapear enquanto me ofende verbalmente, meu pai começa a chutar e a dar socos em meus irmãos que se abraçam para as dores serem menores.

O Escuto falar algo com meus irmãos que me preocupa. — Apenas não mato vocês por ainda darem algo, mas se nós dois morrermos por conta da dívida, vocês também morrem, o crime não perdoa ninguém, filhos de viciados morrem com os viciados.

— Essa égua aqui quando maior vai render mais amor — Ela se aproxima do homem falando ofegante, todos chorávamos com o cenário e dor que estávamos sentindo e vivendo. Eles se abraçam enquanto nos olham como objetos inúteis, mas com poucas utilidades. — Deixe ela chegar aos quinze anos e coloco ela para vender o corpo, podemos tirar boa nota com o primeiro programa — Ela ri de modo medíocre e mostrava pouco se importar com isso, eu não entendia o que aquilo significava na época, porém Enzo se levanta irado e tem a arma de nosso pai apontada para sua testa, salto com Alex gritando para pararem.

— Se acredita que deixarei chegar a esse ponto estão fodidamente enganados. — Nunca havia o visto tão irritado como naquele momento.

— Vai fazer o que moleque de merda? — Ele passa um olhar para nossa mãe rindo estupidamente, encostando com a arma na testa de meu irmão que o fulminava com seu olhar de ódio — Eu sou responsável legalmente por vocês e sem nós nem essa vida de merda terão — Ele a guarda e dá alguns tapas no rosto de meu irmão de modo leve. — Fica na sua, não meta o herói ou as coisas serão ainda piores para você, isso aqui não chegou a ser o inferno, mas podemos tornar. — Eles dois saem logo em seguida nos deixando sozinho.

Meu coração se aperta de uma tal forma ao nos ver daquela forma, ao ver o que estava nos fazendo viver nos últimos dias daquela semana, abraço meu irmão chorando com meu rosto contra seu peito o abraçando muito forte chorando abafado e soluçando.

— Me desculpa, por favor, me desculpa. Não vou mais fazer isso, irei desistir, não quero mais que isso aconteça com a gente, eu vou aceitar a vida que tenho, eu juro que vou conseguir — Sou interrompida por ele que acaricia meus cabelos, mesmo chorando sentia força em sua voz e abraço que me aconchega e acalma.

— Você juntou bastante?

Me afasto com o rosto molhado de lágrimas encarando seus olhos. — Por que da pergunta?

— Preciso saber para darmos o próximo passo — Ele olha para Alex o trazendo para perto dele com um abraço.

— Acredito que quase mil.

— Falta pouco com o que tenho, podemos conseguir a passagem

para irmos morar com a vovó em são Paulo, ela não sabe o que passamos aqui e ao chegarmos lá de surpresa e ela vendo nossa situação, com toda certeza irá nos ajudar e tomar nossa guarda. — Ele fala otimista contendo as lágrimas em seus olhos.

Alex chorava sem parar e se afasta de nós, o encaro ao ver sua reação e me preocupo com o modo que ele reagiu. — Isso é um sonho bobo, seria mais fácil se nunca tivéssemos existidos. — Ele se deita no sofá ficando de costas para nós.

— Vamos nos deitar, quando menos esperarmos o dia já estará batendo a nossa porta. — Enzo me coloca para deitar no outro sofá, arrumando um espaço no chão para descansar.

Alex chorou até cair no sono, Enzo fitava o teto incomodado e muito pensativo a noite toda, já eu encarava a beleza da noite pela porta de vidro da sala, o luar iluminava a sala e minha mente sonhava com o dia em que meus sonhos fossem maiores que meus pesadelos.

...

No outro dia acordamos como de costume, nossos pais não haviam chegado ainda, não sabia se aquilo era algo bom ou ruim, Enzo pega a mercadoria no pequeno armário que tínhamos dividindo para nós. Ele nos olha cabisbaixo falando de modo a não nos desanimar. — Hoje não tem nada, mas prometo que a tarde comeremos fora.

— Vai nos levar naquele restaurante? — Falo empolgada me lembrando da comida.

— Diana aquilo é o bom prato, comida popular a preço de 1 real. — Alex ri me corrigindo, ele era um pé no saco comigo, pelo menos levara um peteleco de Enzo enquanto trancava a porta.

— Mas é boa igual de restaurante. — Mostro a língua para ele.

— Mas nunca fomos em um, como sabe? — Seu tom é sarcástico.

— Eu já imagino assim. — Digo sorrindo e saindo a frente com minha caixa de balas de goma no braço, naquela noite não havíamos tomado banho, a empresa de água ficou de religar a água após o pagamento que efetuamos no dia anterior.

Seguíamos caminho morro abaixo, eram oito horas da manhã e nossa batalha diária começara, alguns vizinhos acenavam para nós nos dando oi, víamos algumas crianças fazendo o caminho contrário do nosso indo para escola, sorrio ao me lembrar e ter saudade de algumas coisas de lá, o contraste e diferença de famílias me deixava triste, mas era uma sonhadora e guerreira indomável, como a mulher maravilha a qual tanto admirava e cria que isso mudaria em breve com o nosso recomeço de vida.

Mas não contava com o contratempo e armadilha que a vida havia preparado para mim naquele dia e naquele momento.

...

Era fim de tarde, Enzo corria comigo me segurando nas mãos,

procurávamos pelo meu irmão que havia sumido do farol a qual ele ficava, não era distante e Enzo tinha uma visão boa enquanto todos trabalhávamos, ficava a poucos passos, mas por ser sábado era bem cheio e movimento tanto de carros quanto pessoas era maior dificultando um pouco um de ver o outro.

— Irmão eu vi — Falo alto para ele parar e me dar ouvidos, ele se abaixa segurando em meus ombros.

— O que Diana, o que viu?

— Um homem — hesito e fico preocupada ao me lembrar do que vi. — Ele foi com Alex para trás das rochas da praia, Alex sorriu para mim, fazendo um sinal que tudo bem, eu sorri retribuindo.

— Por que não me disse? — Ele parecia preocupado e com o coração na mão, corremos até o posto policial mais próximo, era perto das três da tarde, o movimento era alto ainda na praia, logo dois guardas correm junto a nós até o local que minha irmã falara.

Enquanto caminhava com ele sentia um aperto no coração, um sentimento triste, que me trazia vontade de chorar, um vazio grande que começava do meu peito e se espalhava por todo o corpo. Quando chegamos até o local o primeiro guarda se depara com a cena fazendo sinal para o outro não nos permitir ir até lá.

Enzo fica paralisado de imediato, suas lágrimas caem rosto abaixo, ele empurra o guarda passando pela rocha maior, seu grito é agonizante de se ouvir, sinto a dor, o desespero, a angústia e tudo se torna cinza a minha volta, as cores não faziam sentido.

Com um alavanco solto minha pequena mão do guarda indo em direção a meu irmão, enquanto corro me deparo com meu irmão do meio Alex despido, suas roupas rasgadas estavam jogadas ao lado de seu corpo, sua cabeça com uma ferida na região da testa, seu corpo com hematomas roxos, seus olhos e rosto demonstravam que seus últimos momentos foram agonizantes, sua pele estava pálida e sem cor, seus olhos encaravam o meu, ambos perderam o brilho lindo da vida, o dele devido a sua morte repentina e cruel, o meu por tê-lo perdido.

Abraço meu irmão naquele momento chorando junto a ele apenas me recordando que minha inocência em vê-lo sendo levado pela morte e apenas desejar um terrível e temível "Até logo!

A vida dele agora pesava em minhas costas e a dor que causei a Enzo também, o fardo e cruz que carrego até hoje. No mesmo dia que isso ocorrerá a polícia ao ligar para nossa casa é atendida pela nossa vizinha Dona Fátima, ao ligarem para dar a péssima e triste notícia se deparam com outra, nossos pais haviam sido julgados pelo tribunal do crime e mortos por dívida de drogas, tudo desmoronou de uma só vez em nós, foi aí que nos vimos sozinhos, com um buraco no peito e literalmente sem nada, apenas um ao outro. Meu irmão estava estático assim como eu, ambos parados fitando o nada, sem sentir nada, apenas respirando e vendo aquele terrível dia passando em nossos olhos. Nossa avó por parte de mãe de são Paulo negara nossa existência não querendo nos ter, nossa tia por parte pai nos recebera, porém, vivemos tratados como lixo até minha adolescência. Chega ser cômico como certos ciclos parecessem não se quebrar não é mesmo?

...

De repente vejo tudo escurecer, corro no meio daquela grande escuridão procurando uma luz ou saída, sentindo apenas meu calor do corpo, minha respiração e vontade de enxergar algo, onde estava e o que queria comigo, escuto a voz da causadora dessa lembrança.

— Por que disso? O que quer com essa maldita lembrança? — Minha voz ecoa pelo espaço.

Ela gargalha e parece estar andando a minha volta, escuto passos e meu corpo sendo empurrado caindo de joelho sobre aquela água fria e de fina camada abaixo de meus pés. — Diga a ele Diana — O cenário se clareia com uma luz fraca negra, vejo o meu irmão Alex com as mesmas roupas do dia de sua morte.

— Não! — Grito balançando a cabeça de forma negativa com as duas mãos sobre elas, recuo dando passos para trás.

— Diana, que saudades tenho de você minha irmã mais nova e irritante.

— Isso não é real! — Grito para mim mesma, caio de joelhos e fecho meus olhos balançando meu corpo para frente e para trás.

— Você morreu — Sinto o toque de suas mãos frias sobre as minhas, ergo meu rosto encarando seu rosto pálido e seus olhos vazios, sua voz estava próxima demais a mim, a sensação era real demais para negar.

— Eu sei e é por sua culpa — Sua mão atravessa meu peito e sinto ele apertar meu coração — Sinta o que eu senti, sofra o que eu sofri e talvez assim alcance o perdão que tanto buscou durante anos.

Grito de forma agonizante me debatendo enquanto escuto a risada fria e vazia a dor da alma era refletida em meu corpo carnal, assim como meus gritos atravessavam aquele mundo ilusório, sofria sozinha como sempre e seria bom, afinal de contas não desejaria mais carregar a morte de ninguém em minhas costas.

CAPÍTULO 5:

O LIMBO DAS MEMÓRIAS

DAN

Era uma sensação estranha, entrar naquele limbo era como se meu corpo não tivesse peso algum, sentia muito leve e uma sensação de paz que nunca havia sentido antes. Não era muito bom, mas também não ruim, estão me entendendo?

— Minha parte foi feita, sabe onde me encontrar — Meu reversoolha para o homem que se colocava de pé atrás de mim, ele não mede seu tom de voz ou a forma arrogante que ela parecera sair, seus olhos o encaravam e o mesmo sequer disfarçara. — Não confie nele.

— Por que diz isso, sabe que sempre dou chances antes de julgar. — Retruco de imediato mostrando em meus rosto e voz não entender o porquê do alerta, logo vindo dele.

— Ele possui poderes semelhantes ao seu, isso pode ser uma faca de dois gumes, apenas fique atento sempre quando estiver ao lado dele. — Ele diz aquilo se desfazendo em meio a chamas azuis

106

voltando para dentro de mim.

O homem vem caminhando em minha direção a passos pesados enquanto encara tudo a nossa volta.

— Que tipo de armadilha é essa?

— Não é armadilha nenhuma, preciso lhe provar que não estamos mentindo e não somos seus inimigos. — O encaro assim que ele para ao meu lado olhando para o corredor extenso a nossa frente com várias portas que flutuavam queimando envoltas as chamas azuis.

— Você manipulou essa magia! — Ele me encara falando de modo ríspido.

— Alguém poderoso como você saberia distinguir algo do tipo. — Ele fica quieto com minha resposta e sigo adiante.

Seguimos caminhando pelo vasto corredor em meio as portas que nos cercavam da direita e esquerda, a média que íamos passando escutamos barulhos das cenas das lembranças nos chamando, cheiro, sentimentos e sensações poderiam ser sentidas por nós e por qualquer outro que estivesse ali presente, as chamas azuis queimavam de forma diferente, como gelo seco sobre a pele cada no começo não é incômodo, mas depois se torna infernal assim como o silêncio no local que começava a ser substituído por muitos gritos, gritos agonizantes, o cheiro de sangue e muitas coisas sendo consumidas pelo fogo.

Me viro para encarar o rosto do homem que me acompanha lado a lado, ele olhava para as portas negras com detalhes dourados do lado direito, parecia incomodado com os sons e barulhos que saia delas, ele olha para mim me encarando com seus olhos sérios, mas ao fundo vazios e tristes, ele olha para as da esquerda que possuem uma tonalidade laranja como do entardecer com detalhes azuis como do céu, a beleza delas escondiam o pior lado de minhas memórias mesclados com os poucos momentos felizes e que a vida me permitirá dando folga.

— Até agora não lhe perguntei seu nome, e aí, como se chama? — Engulo em seco temendo pela reação dele, mas não poderia ficar em silêncio com ele ali por muito tempo, olha que tentei.

Ele demora e parecia não querer falar o escuto suspirar seus olhos me encaram e logo escuto o som abafado da sua voz que tinha um grande sotaque nórdico. — Eu colocaria a sua e a minha vida em risco ao contar o meu nome.

Gargalho de modo espontâneo segurando minha risada junto as mãos, dando um soquinho de leve no ombro dele

— Minha vida é um risco novo a cada dia, mais um não seria um fardo a se carregar. — Ele me encara olhando feio pela minha espontaneidade e ousadia em encostar nele.

— O meu fardo seria algo que consumiria facilmente os seus. — Seus olhos azuis como diamantes encaram os meus de tons verdes claros.

— Olha, se vamos trabalhar juntos o que devemos no mínimo

fazer é criar algum tipo de laço, afinal de contas isso nos fará lutar melhor, fortalecer nossos laços melhorar nossas habilidades em uma luta em equipe. Me entendeu — dou uma risada breve gesticulando. — Não sou muito bom explicando.

— Laços podem nos destruir. — Ele parece pensar em algo e sinto que toquei em uma ferida que parecia não ter ainda cicatrizado ou ter sido aberta recentemente.

— Que triste — Solto — Mas se quiser desabafar sou bom com isso — Faço uma cara de sínico completando minha frase. — Mas essa será uma das coisas a qual não posso cumprir. — Ele semicerra os olhos não entendo aonde eu queria chegar. — Até conseguirmos sair daqui no mínimo o que terei feito é ter ganho sua amizade. — Ele nada fala e logo paramos em frente a uma porta.

A mesma começa a mostrar cenas do dia do surto a imagem corria por todo o espaço da porta até as bordas das chamas adentro a frente fazendo um sinal para ele me seguir, ele vendo que nada acontecera comigo, faz o mesmo logo em seguida.

— O que isso significa, que mundo caótico é esse? — Ele me encara enquanto caminha alguns passos pela grama úmida do quintal de minha casa, ele olha em volta muitos gritos e explosões que criava clarões, buzinas, helicópteros o sentimento de medo instalado por todos os lados eram capazes de serem refletidos em nossas almas naquele limbo. — Ei! Cuidado. — Ele me empurra e uma criatura passa por nós indo em direção do quintal do vizinho saltando e agarrando seu pescoço dando uma mordida funda em seu pescoço, fazendo escorrer pelas paredes o sangue em seu tom vermelho-escuro que escorria tingindo a parede creme em seu tom mais desbotado possível.

Sigo caminhando a frente em silêncio, ele nada fala apenas me segue vindo atrás de mim não muito distante e atento ao cenário à nossa volta, parecia desconfiado e não acreditando muito que tudo ali fosse uma ilusão. Não importava o tempo que havia passado sempre que algo me lembrasse do que aconteceu naquele dia aquela cena era a primeira a vir em minha mente e ser o gatilho para me deixar mal. Era como se eu nunca tivesse deixado cicatrizar em meu peito a dor que esse dia me trouxera.

O cheiro do curry estava ainda no ar, assim como o de sangue sobre o chão de madeira, minha mãe tossia muito da sala. Caminho lentamente naquela direção já temendo o que ver, mesmo sabendo como aquela cena acabaria, a dor e sentimento permaneciam intactos dentro mim, o ritmo de meu coração já aumentara, uma fina camada de suor frio também aparecerá.

Cerro meus punhos ao lado de meu corpo, paro antes de entrar na sala escutando os gritos de desespero não só de minha mãe como meu e do meu irmão, olho para ele ao meu lado que me encara, se questionando o por deu parar e ficar olhando para baixo.

Vejo ele tomar a frente e adentrar o recinto, respiro fundo buscando forças para vivenciar novamente a cena. — Está cena é a cena a qual mostra o início do fim de meu mundo. — Sigo falando respirando fundo novamente controlando meus sentimentos. — Aquele é meu irmão — Sorrio sem graça. — Já conheceu ele, afinal de contas deu uma coça nele — Olho para minha mãe hesitando em encarar sua mutação em andarilho, engulo em seco e minha voz parece falhar, ela tende a sumir e meu corpo paralisar vivenciando todos os sentimentos, todos os medos daquele dia e todas as dores, não só físicas como mentais.

— Essa seria sua...

Antes dele terminar eu completo fechando os olhos e visualizando a imagem dela boa, antes da infecção a mulher sorridente e forte, companheira e amiga dos seus filhos antes disso tudo. — Mãe, isso mesmo — eu o encaro enquanto ele via a gente lutar e relutar com ela que lutava contra si mesmo para não nos matar e nós não a matarmos.

Estendo minha mão direita a frente do meu corpo conjuro a chama azul e ele parece ficar na defensiva encarando-me ainda como inimigo, isso estava começando a me deixar levemente irritado, passo ela a frente na horizontal avançando as cenas pouco a pouco até o momento que estávamos, ele assistia tudo e parecia confuso com a época atual a qual vivia, porém, ele parecia confuso com o modo como os poderes foram nos oferecidos, como a infecção se espalhara e mais confuso ainda com o tanto de tecnologia, a julgar pelas vestimentas dele ele parecia ser de uma época onde só existia poder, cavalos e reinos. Tipo o do senhor dos anéis ou de Nárnia, deixo um sorriso de canto surgir em meu rosto com meus pensamentos e pré-julgamentos, queria poder perguntar mais, porém questiona-lo com dúvidas naquele momento e sem ele não faria muito sentido, falar seria um tanto quanto inapropriado.

— Possui alguma dúvida? — O questiono assim que chegamos à cena e lembrança a qual estava em Aircity treinando com Diana e que fomos sugados por um buraco no céu.

— É tudo muito diferente, porém não tem como eu julgar lembranças de algo que viveu, apesar de sentir o mesmo que você através dessa sua magia estranha. — Ele deixa de ver a cena e dá passos em minha direção estendendo sua mão. — Isso não nos faz amigos ou queira dizer que confio completamente em vocês, mas temos um inimigo em comum e muitos problemas em nossas terras. — Apertamos nossas mãos. — Morrer aqui não é uma opção.

— Está certo — Soltamos nossas mãos e logo estendo a direita envolta as chamas para o alto conjurando todas as minhas lembranças para ela e o centro de apenas uma esfera que continha uma porta ao centro, voltamos ao início e apenas as portas negras com douradas estavam ainda enfileiradas. Estalo os dedos e minhas lembranças se desfazem, caminho lentamente em direção a ela deixando o homem para trás, ao me aproximar noto que um diamante cravejado ao centro dela bem pequeno, mas muito belo e detalhado se encontrava dando mais um detalhe a porta. Uma fresta surge e escuto gritos agonizantes, correria, fogo consumindo um manto trazendo a tona o cheiro em minhas narinas de queimado, cavalos relinchando assustados com a cena e gritos agonizantes de socorro.

— O que aconteceu aqui — Falo em tom baixo para mim mesmo, não me dando conta que minha mão estava indo na direção da porta para abrir. Porém, sinto a mão dele me impedindo de prosseguir apertando fortemente o meu braço, noto que seu olho mudará o tom e sua voz ganhara uma entonação grossa e mais séria do que já havia escutado.

— Não continue, por favor. Não quero ter que quebrar o acordo que fizemos. — Ele me solta de modo ríspido e passo com a outra mão sobre o meu braço. Seu olhar se desvia do meu e sinto que ele não queria deixar exalar ou mostrar mais do que deveria através de suas reações.

— O que aconteceu ali, porque tanta dor logo em sua primeira lembrança? Você era um fazendeiro?

— Não diz respeito a você.

— Quem é você? — Ele ficou em silêncio. — Eu não posso prosseguir com nosso acordo ou andar ao lado de alguém que não sei o nome e de que mundo veio, preciso saber o mínimo para saber por que uma das cavaleiras da X-Bios está atrás de você. — Sinto ele me segurar pelo colarinho de modo brusco me trazendo para próximo de si.

— Sua curiosidade pode lhe matar! — Disse fazendo o seu sotaque vibrar mais. Ele estende sua mão para o lado e grandes raízes envolvem a primeira porta, o fogo parecia não as consumir de imediato, porém elas se tornam mais fortes e grossas a quebrando em vários pedaços. Mas o que ele não sabia que destruí-las libertava as lembranças, a cena se instala no espaço branco, sinto ele me soltando e não entendendo o porquê delas virem a tona, sinto o peso no coração dele, o mesmo parecia ser esmagado e seus olhos percorriam todo o espaço, ele seguia os gritos e vozes, as chamas se alastraram a nossa volta e ao fundo vemos uma fazendo se desfazendo em chamas, pouco a pouco em cinzas e corpos carbonizados em meio aos destroços, o causador disso parecia ser alguém˙ conhecido e próximo a ele. Ele permanece quieto após a mesma se desfazer pouco a pouco diante de nossos olhos e o cenário principal voltar.

— Eu sinto muito, Scott.

— Por que não respeitou a minha decisão?

— Sua decisão precipitada em destruir o que carrega dentro de si que fez vir a tona sua primeira e dolorosa lembrança. — Esbravejo irritado levantando o tom com ele, respiro ao ver que fiquei bravo.

— Você não pode entender! — Ele fala de modo ríspido, caminhando para o lado contrário do meu.

— Nenhum fardo é leve de se levar, ainda mais sozinho como estás tentando! — Me aproximo dele falando irritado. – Julga que conseguira corrigir seja lá o que está rolando contigo ou no seu mundo, sozinho? — Dou uma risada nervoso. — Está agindo como um grande idiota, pode ter mais idade do que eu, mas saiba que adultos também fazem merda e é isso que está fazendo não só com seus amigos, mas consigo mesmo. — Dou leves tapinhas no peitoral dele e concluo. — Pense bem na pessoa que está se tornando e se aquelas pessoas a qual perdeu se orgulhariam do caminho solitário que está tomando? — Reverso nos leves de volta — Peço de modo um pouco mais leve depois de falar com ele.

Passo os olhos de canto para ele, vendo que não demonstrava nada com os seus olhos, sei que carregavam um grande fardo e tristeza em si, apesar de toda força ele era fraco em algumas áreas da vida a qual sozinho nunca conseguiria superar, no fundo, torcia para que as barreiras a qual ele levantou por conta de uma traição fossem quebradas, pois, eu sabia o quanto pesa e dói se sentir deslocado e sozinho em um mundo repleto de gente má e que nos veem apenas como um objeto.

— Scott, quero que pense em algo. — Suspiro e falo de modo amigável. — Sentimentos não nos tornam fracos. — Sorrio de canto concluindo. — Mesmo não me considerando um amigo eu quero que saiba que mesmo não falando muito já te vejo como um, mesmo me estressando agora pouco com sua cabeça dura.

Meu reverso assume o controle, meu corpo incendeia com as chamas azuis em seu tom celestial causando uma explosão no limbo de lembranças levando nossas almas de volta a nossos corpos no mundo real. Sentimos o baque da mesma se encaixando em nossos corpos nos colocando de pé, ficamos meio tontos e cambaleamos, porém, retomamos consciência e ficamos em nossas posturas eretas, nos encaramos e faço para ele um aceno com a cabeça.

— Tudo certo?

— Sim. — Ele é breve em sua resposta.

Dante estava com a espada empunhada e aponta para nós dois intercalando seu olhar para nossa vilã ao alto e Scott. Ele fala de modo breve conosco de modo preciso e sem enrolar em suas palavras o forte vento que vinha de cima e os gritos agonizantes e de socorro de nossa amiga causava um aperto em nosso peito.

— Diana precisa de nós, mas até o momento que fiquei aqui analisando não sei como adentrar aquilo. — Ele fixa seu olhar no homem apontando sua espada o encarando. — Ele entendeu agora Dan?

— Temos um acordo — Olho para ele novamente sorrindo confiante e voltando a olhar a meu irmão — Pode confiar, temos um aliado em nossa luta, temos interesses em comum — Fixo meu olhar na mulher que nota em nós uma ameaça. — Voltar a nossos mundos.

Dante

Olhava intrigado para Dan e o homem a qual a pouco estavam nos atacando, minha intuição me fazia ficar em alerta com ele, não que ele seja do mal, porém pessoas com muito poder tendem a ser perigosas ou serem tomadas por eles, como eu sei disso, vivenciei muito nos últimos tempos. Talvez ele me prove o contrário, mas isso não significa que eu facilitarei, afinal se precaver nunca é demais. Afinal de contas sou o cara que sempre dirá "eu avisei" e não o que escuta isso.

— Dan eu e você distraímos ela. — Sacolejo a mão que empunhava a espada ao me aproximar deles já dando as coordenadas a Dan, ambos se viram me encarando.

— Assim do nada? — Sou questionado por meu irmão que não entenderá o porquê deu me aproximar assim do nada já falando o que faríamos, as vezes acho que ele nunca irá se acostumar com tal.

— Sim — Aponto com a espada para nosso alvo e sigo falando o que observei enquanto ambos estavam ausentes. — A todo momento ela não sairá de perto da esfera a qual prendera Diana, seu ataque parecer requerer muita concentração, mas ele dá a ela muita energia de seu inimigo.

— Então ela está

— Isso mesmo, drenando o poder da Diana para ela.

— Precisamos afastá-la e ganhar tempo

— Para salvá-la. — O homem parece não hesitar ou questionar-me aceitando a ideia numa boa. – Concordo.

— Ele é assim mesmo paciente? — Olho para meu irmão não entendendo muito como ele passou de matador para companheiro.

Dan passa com a mão em seus cabelos fazendo uma pose convencida. — É o meu poder de conversar. — Sinto a mão dele em meu ombro completando sorrindo de modo presunçoso. — Te ensino com o tempo, mas precisará ser mais simpático.

— Mamãe que me perdoe, mas estou prestes a te deixar sem braço — Olho e falo em tom ameaçador o fazendo recuar brevemente, falo de modo irônico agora. — Bem melhor.

— Podemos ir agora — O homem fala olhando para a esfera em roxo escuro, seus olhos e semblante pareciam incômodos, mas não era para menos.

— Diana — Dan ergue seu rosto conjurando suas chamas escarlates se disparando a frente de mim.

— Idiota — Envolto a meu elemento flutuando logo atrás dele, me viro brevemente falando com o homem. — Assim que ela sair de perto da esfera terá sua deixa para resgatar nossa companheira.

— Engulo em seco completando. — Não falhe, contamos com você.

— Eu não falho. — Afirmou e me observou, sério. — Não a deixarei neste sofrimento. — Afirma com a cabeça nos observando sair do apartamento da cobertura, confirmo seu aceno indo em direção a nossa inimiga.

A medida que íamos nos aproximando o vento ficava mais forte e intenso, ele era direcionado a esfera, a mulher sentada ao centro da esfera que emanava sua aura parecia se divertir com sua tortura causada em Diana, seus cabelos esvoaçavam com a força do vento, ela tocava na esfera tirando pequenas esferas de seu elemento levando-os próximos a sua boca sugando-os pouco a pouco, quando concluía seus olhos se abriam queimando em um tom violeta forte, seu rosto esboçava grande prazer e suas bochechas queimavam em um vermelho.

— A dor dela é tão excitante — Seu indicador toca seus lábios enquanto seus olhos brilham com o prazer sentido a pouco por seu ataque

— Solte-a! — Dan esbraveja. — Você não precisa dela, sei que a fonte do seu poder vem daquele homem.

Escuto ela gargalhar quando paramos no ar em sua altura poucos metros longe dela.

— Ela escolheu isso, quer dizer, todos vocês. — Ela salta da esfera flutuando a frente da mesma, ela desliza com sua mão até sua cintura abraçando a si mesma. — Mas guardei um pouco do meu ódio por atrasarem os meus planos e de meu pai para todos vocês. — Rapidamente ela estende suas duas mãos envoltas a sua aura em nossa direção.

O ar se torna denso e mais pesado, me viro rápido gritando a meu irmão. — Vem um ataque Dan, cuidado.

Assim como eu disse, sua aura vira correntes que veem em nossa direção rebato as que vem até mim, defendo-me com a espada a frente de meu corpo as repelindo para a direita com meu elemento.

Dan as agarra com sua mão, elas sobem até seu antebraço e ele as enrola em seus punhos, o vejo fechar seus olhos e logo as chamas rosas tomam seu corpo por completo, assim que ele as abre elas correm em direção a esfera. Triana se mostra surpresa em seu rosto não acreditando na ousadia de meu irmão se mostrando intrigada em testa-lo.

— Quanta ousadia — Ela sorri maliciosamente, uma fenda abre a suas costas e ela some para dentro dela, sua voz ecoa não muito distante de nós, olho a nossa volta focando meu elemento em meu corpo, filtrando a audição no ar e espaço a três metros de nós. Ela surge atrás do meu irmão e suas mãos envolvem o pescoço dele, seu rosto fica lado a lado do meu irmão e seus olhos se encontram, sua língua encosta na bochecha dele seguido do seu tom provocativo. — Mas será que suas chamas são capazes de me queimar garotinho?

— Ela provocou o Pinkuflame — Sorrio de modo prepotente.

O rosto do meu irmão se abaixa e um sorriso se forma em seu rosto, ele ri de modo breve virando seu olho no tom rosa para a mulher, faíscas saem de suas íris e rapidamente sua mão toca no ombro dela a apertando. — Não tem como saber se não fazermos o teste senhorita. — Sua mão no ombro dela dispara uma forte chama. Noto que ela força a fenda que cobria metade do seu corpo a suga-la de novo, porém meu irmão aprendeu de modo firme com sua mão. – Tá com medo? — Ele sorri, a lançando para a frente a puxando totalmente para fora da fenda. — Quero te esquentar agora, afinal de contas me provocou passando sua língua — Ele caminha sobre o ar pisando com suas chamas que reluziam abaixo de suas solas ficando a frente dela. — Nunca brinque com o fogo de um homem se não aguenta.

— Fedelho insolente. — Ela conjura duas esferas roxas com suas mãos retomando sua postura ereta as lançando em direção a meu irmão que recua se defendendo dos golpes e contra atacando-os.

Olho para o homem que vinha na direção da esfera conjurando grandes raízes que o erguiam para o alto, ele enrijeceu os punhos, decidido a quebrá-la com força bruta e estava a poucos segundos de descobrir.

Ele acelera a velocidade e logo o barulho do baque é escutado por todos nós, uma onda de ar vem a nosso encontro e tudo se torna silencioso por poucos segundos, meus olhos não desgrudam do local que subia uma névoa lilás, assim que a mesma começa a se desfazer pouco a pouco noto em meio a elas me aproximando, vejo que Dan não precisaria da minha ajuda, seus poderes e versões dele mesmo estava o ajudando, me aproximo de forma lenta vendo o barulho de correntes sacudindo e Diana gritando tentando se soltar dela, seus olhos reluziam o mesmo tom da aura de Triana. A esfera a volta deles se desfazia do alto até a metade caindo abaixo como cascas de ovo, pouco da névoa ainda pairava a volta.

Vejo o homem tocar nela com seu punho, seus olhos se fechavam, seus punhos novamente tocam-nas tomando virando gelo, as mesmas congelam a um nível muito alto, porém assim que quebram logo são substituídas por outra rapidamente.

— O que é isso? — O questiono, ele me encara parecendo pensar e não me responde ainda, apenas fita as mesmas em meio a suas mãos e os gritos dela que pareciam perturbar sua mente.

Logo somos surpresos por Dan que é lançado em nossa direção e a mulher que estende suas mãos em nossa direção. Da própria esfera saem as correntes pegando meu irmão e os tornozelos do homem, me lanço em disparada na direção dela sem dar tempo dela abrir uma fenda, sua aura defende a palma de suas mãos.

— Não vai ser tão fácil assim.

— Se seu irmão não foi capaz de me parar imagina você. — Ela debocha de mim sem pensar duas vezes

— Não me subestime aberração. — Encosto com a palma da minha mão esquerda nas costas da espada, concentro o ar a nossa volta em meu corpo, um forte vento nos cerca, meus olhos reluzem em um tom prateado, falo de modo sério deixando a entonação de minha voz um pouco grossa. — Sentença dos mil cortes. — um tornado nos cerca, me afasto dela indo para o topo ficando ao centro, clones da minha katana surgem e começam a desferir cortes de modo aleatório nela que era lançada de um lado para o outro com a força do vento, noto que ela tentava abrir portais, porém seu corpo não fixava em um ponto. Porém, ela estava levando pouco dano, para uma criatura da X-Bios ela tinha muita força e resistência.

Illusion

Crossover 01: A saga irmãos Hawks & Reino lapidado

CAPÍTULO 6:

SALVE-A DAS CORRENTES DO PASSADO

DAN

Me mexia tentando me soltar das correntes de Triana que haviam parado de nos aperta e se alastrar em nosso corpo. Olho na direção acima de nós e não muito distante vejo Dante lutando com ela, meu corpo dava sinais de desgastes físicos, então encaro novamente Diana que sofria numa tortura pesada que era causada pela nossa inimiga.

Vejo Scott concentrado em Diana, nitidamente agoniado com a sua dor. A sua mão desliza pelo braço dela devagar, estudando algo desconhecido por mim.

— Tem algo em mente para libertá-la? — Questiono. — Diga que sim, esses gritos — fico entristecido — carregam consigo muita dor acumulada, estou sofrendo com ela.

124

— Sim. — Responde enquanto ainda a avaliava com tristeza. — Tomarei a sua dor para mim.

— Como fará isso?

Ele fica em silêncio. Seus olhos consternados encontram os meus rapidamente e ele aperta as sobrancelhas de forma determinada. Scott fecha os olhos devagar e vejo-o e vejo-o inspirando profundamente o ar, a sua volta, preocupado. Ele aperta mais as sobrancelhas e sua pele começa a ser preenchida por uma aura azul ciano que vai aumentando pouco a pouco.

Seu corpo se inclina para a frente, ele permanece concentrado e em silêncio. Logo a sua testa toca na da mulher e a mesma luz se torna mais forte. A pele de Diana começa a brilhar assim com a do homem e logo ela começa a silenciar os seus gritos e em poucos minutos sua voz silenciou-se e um suspiro de alívio é dado por ela que fica com o corpo mole sendo sustentado pelas correntes de aura de Triana.

Scott, pelo contrário, começa a ser tomado por uma força pesada e dolorosa. Deixa lágrimas silenciosas correram pelos seus rostos cerrando seus punhos e lábios, evidenciando uma grande dor interna. Ele poderia não estar gritando como a nossa amiga a pouco, inicialmente, porém gritos internos tendiam a ser os mais altos e dolorosos, sei disso, pois os contive há muito tempo dentro de mim, estendo minha mão forçando as correntes a me permitirem tocarem o ombro dele.

"Não me atrapalhem malditas." — Digo em mente para mim

mesmo. Assim que o toco falo para ele que olhava para baixo sentindo tudo o que a pouco Diana sentia e sofria.

— Tem a nós agora e nós somos como uma família, lutamos um pelo outro. — Sorrio de modo confiante para ele.

O vejo abrir seus olhos que chamuscam uma luz azul assim como a aura que o preenchia, para observar Diana sã e salva. Ele ainda estava em lágrimas e então seus lábios se abrem devagar e ele não consegue controlar os grunhidos das dores maiores que se formaram por estar absorvendo toda a dor da mulher, até mesmo as feridas em seu corpo.

Os grunhidos de Scott se tornam mais abafados, constantes e dolorosos enquanto ele ainda permanecia com a testa escorada na dela para terminar o seu processo de magia.

Assim que ele brevemente se separa de Diana, as feridas que estavam em Diana assim como o resto do pacote de sentimentos agonizantes continuaram a surgir em seu corpo e ele começou a gritar. Mas não parecia ser de tristeza agora e sim, de raiva.

De súbito avistou as suas mãos caírem para o lado, ele levanta a cabeça ainda chorando de forma torturante e seus dedos começam a emanar um fogo que escorregou para os seus punhos e assim que começam a deslizar pelo solo, a única coisa que consigo fazer para antecipar as nossas mortes, é olhar para Dante e gritar:

— Se proteja!

Dante

Proteja-se! — Era o grito de meu irmão, me viro olhando para ele vendo que algo poderoso viria acontecer, a pressão do ar mudou e o corpo de Diana e Scott brilhavam de modo forte, porém da ponta de seus dedos chamas fortes saiam se alastrando por todo o corpo dele. Anulo meu ataque de imediato em Triana concentrando uma esfera de ar de proteção que repelisse as chamas para o lado de fora. Sem muita demora o ar é puxado com força para próximo dele, sendo lançado com tudo para longe do seu alcance junto a uma massa significativa de fogo que se espalha por cinco metros de distância e altura. O ar se tornara muito quente, era difícil conter e me sentia sufocado e incômodo com a grande quantidade de calor, sentindo meu corpo começar a suar enquanto retinha com meu elemento as chamas do lado de fora.

Escuto os vidros dos prédios a nossa volta se estourarem, gritos da população abaixo assustada e em pânico com o tamanho da explosão acima da cabeça deles que lembrava e remetia a de uma explosão nuclear, noto que a presença da mulher e nossa inimiga sumiram de repente, o ataque dele a obrigou a se retirar, a julgar pelos seus movimentos e poder a pouco acredito que assim como nós ela tenha chegado a um limite, demorou pouco de 5 minutos até as chamas do homem sumirem.

Rapidamente meu irmão e eu vamos até ele e Diana voando eles caiam a queda livre, seguramos eles antes de colidirem com o que sobrara da sacada do apartamento abaixo que lutamos pousando sobre o mesmo os segurando em nossos braços, ambos nos entreolhamos nos encarando se perguntando o tamanho do risco e entendendo o porquê da X-Bios está atrás dele.

Ele era uma arma e nas mãos da empresa seria a chave para a criação do gênesis.

Capítulo 7:

O preço do erro

Triana

Não fui rápida o suficiente, pequenos cortes foram causados pelo garoto deles meus sangue escorriam, minha perna direita fora atingida pela explosão causada pelo homem, meu corpo formigou com a dor, minha mente gritava de ódio e me via humilhada por recuar e falhar logo de início na missão a qual meu pai confiara em mim.

Meu corpo desliza encostado nas paredes escuras de um galpão de estoque próximo do porto de navios da França, o cheiro de óleo queimado, a poeira sobre os albergues grandes e levemente amassados nas laterais me davam a sensação de solidão naquela noite que acabara de cair sobre os céus do mundo a qual criara, a luz da lua cheia iluminava pelas frestas do telhado o local a qual eu me encontrava retomando meu fôlego, toco sobre os cortes usando o que me restara de meu poder para fechar os pequenos cortes, escuto o ponto tocar e a voz que eu não queria ouvir e mais temia no momento ecoa por meus ouvidos, meu rosto transparece meu medo e pavor em como falaria com ele.

— Querida, consegue me escutar? — Senti um frio percorrer por todo meu corpo, minha voz parecia não querer sair em meio aos meus lábios, sentia meu coração acelerando e um frio na minha barriga, toco em minha mão controlando minha tremedeira e engulo em seco tocando sobre o ponto em meu ouvido esquerdo o respondendo, sei o quanto ele odeia demoras e eu era o motivo da de hoje.

— Sim meu pai.

— Como é bom ouvir sua voz — Sinto que estava prestes a quebrar seu humor e amor como filha com as palavras a seguir. — Tem novidades sobre a missão, anseio pelo seu retorno.

— Peço desculpas desde já pela demora meu pai — Ele permanece quieto me ouvindo, isso significará um péssimo sinal, meu pai em silêncio significa que sangue será derramado, que sua curta e breve paciência estava por ir embora e suas atitudes mais primitivas revistaria. — Nosso alvo fugiu, ele demonstrará ser mais poderoso do que os dados a qual vimos — Logo o ponto é desligado e fico com medo do que poderia estar acontecendo no laboratório. – Pai?

Sinto uma fresta se abrindo atrás de mim, fico de pé de imediato usando do que me restara de meu poder conjurando duas esferas, porém logo as desfaço ao ver que eram meus irmãos, acompanhado de meu pai que sai por último do portal, sinto que o alvo dessa visita era eu e minha tola falha, desagradando meu pai e sabendo que viria a ser punida por ele, porém era uma honra pagar o devido preço por subestimar meu inimigo. Me reverencio perante ele que caminha em minha direção, sinto os olhares de repudia de todos sobre mim, pesando em meu ser e escutando os comentários dos demais, maldosos, porém que me tornava mais forte, o desejo de querer acabar com eles e ser a única devota e fiel a meu pai era mais forte a cada comentário.

— Está deplorável lhe ver desta forma Triana.

— Seu poder não equivale ao do inimigo? Isso chega a ser cômico.

— Pai me dê a honra em esquarteja-la em seu nome.

— Que desonra aos cavaleiros do caos.

Meu pai estende sua mão esquerda para o alto sem se virar, todos se calam e apenas o fitam parar diante de mim. — De pé — Assim faço retomando minha postura ereta o encarando em seus olhos, desviar meu olhar dos seus era como desonrar meu criador. — Como me dói ver minha filha em um estado como esse.

— Nada justifica minha falha meu — Sinto seu tapa sobre meu rosto, sou lançada contra um albergue colidindo com meu corpo de modo lateral com a estrutura de ferro.

— Sabe que odeio justificativas vazias — Permaneço quieta me erguendo em meio a poeira que fora levantada, meu corpo doía, mas era suportável, olho a minha volta vendo o elemento trevas de meu pai saindo da sola de seus pés vindo em minha direção, a estrutura de ferro são tomadas pelas trevas tomando a forma que meu pai desejava, uma corrente entrelaça meu pescoço e corpo, o erguendo para o alto me deixando na posição do crucifixo, me levando para próximo dele, meu corpo flutua a sua frente.

O vejo chorando diante de mim, falando em meio as lágrimas. — Odeio ter que tratar um filho meu de tal forma, mas preciso puni-la para aprender que não tolero falha ou atrasos. — Ele se vira sorrindo chorando para os demais prosseguindo. — Imprevistos nas missões acontecem, mas são mais fortes e poderosos do que eles, podes concluí-la sem que atrasem com os objetivos e sonho do pai de vocês. — Sua mão emana a aura negra de seu elemento e sinto a mesma adentrando meu peito e apertando meu coração que pulsava em meio a sua mão que era envolvida com seu elemento e poder.

Sorrio com a dor encarando os olhos dele e falo de modo abafado. — É um prazer meu pai ser torturada pelo senhor, e uma honra aprender através de tal método.

— Marca negra — As correntes começam a aumentar sua temperatura queimando de começo minha pele, meus gritos ecoam por todo o local, meu corpo se inclina e meu rosto fita o alto, observo a lua e sua grandeza no céu limpo sem estrelas com muitas nuvens, sinto o frio da noite junto ao sopro do vento que adentrava o espaço, a temperatura aumenta e minha carne queima, sinto o cheiro de queimado e uma fumava saindo dos pontos presos pelas correntes. Meu pai cessa o poder e meu corpo cai a frente novamente, respiro com dificuldade, mas ele não dera tempo seguindo para o próximo ponto da tortura. — Insane. — Sinto do meu coração uma explosão do poder de meu pai, meu corpo começa a se contorcer, sinto se espalhar pelo meu corpo algo que vai cortando minha carne por debaixo de minha pele se espalhando pouco a pouco até chegar a minha cabeça, minhas forças vão acabando e sinto meus olhos pesar e minha respiração falhar. Sinto o toque de sua mão sobre a minha pele fria, sua mão é tirada de meu peito, as correntes se desfazem e meu corpo cai sobre o chão o vejo inclinar seu corpo para me olhar. — Me perdoe, porém, a culpa fora sua querida, fora burra — Sinto um chute em meu estomago e sua voz brava comigo, meu corpo se vira ficando virado e reto para mim e seu pé esquerdo pisa em meu estomago. — Por que me humilha dessa forma, sou um péssimo pai? Algum momento falhei contigo? Ou não ama a mim, pelo carinho, casa e vida que te dei?

— Eu amo meu pai. — Ele tira seu peso e pé de cima de mim, arrumando seu cabelo para trás.

— Então sem mais delongas, cumpra com sua missão, tem dois dias e nada mais. — Ele lança sobre mim uma seringa com um líquido esverdeado. — Injete isso em si e retomará suas forças.

— Agradecida.

Os vejo saindo logo atrás de meu pai sumindo sobre o portal, fito o silêncio e vazio que sobrara, meu corpo nem sequer conseguia se mexer e vejo tudo tornando branco diante de meus olhos me questionando sobre minha existência.

...

A chuva caia sobre meu rosto lavando minha pele suja com o trabalho árduo que fiz juntando recicláveis para garantir meu alimento daquele dia, para uma garota de dez anos um pão com manteiga e um copo de achocolatado era o grande triunfo, era difícil ser sozinha e invisível aos olhos da humanidade. Conto as moedas que ganhara do ferro-velho as contando para ver se dava dois dólares, era o preço a ser pago para não morrer de fome.

Para minha felicidade, as latinhas e papelão dera aquilo, vou correndo pelas calçadas esburacadas e empoçadas com a água da chuva no lado pobre de Chinatown, molhada, mal vestida e não cheirando muito bem sou alertada pelo atendimento à espera do lado de fora.

— Mas eu tenho o dinheiro. — Mostro a ele estendendo a mão.

— Eu sei, mas está encharcada, irei trazer aqui a promoção de hoje. — Ele faz sinal com as mãos para mim enquanto fala.

— Eu não posso comer aí dentro, está ventando e chovendo, estou com frio. — Junto as mãos pedindo de modo educado e sincero.

— Se eu deixar quem vai estar aí com você serei eu, foi mal pequena. — Ele parece sentir muito, mas não queria colocá-lo em uma situação como essa, se era difícil para mim, imagina para ele que tem mais pessoas a qual se preocupava, para alguém novo ele já tinha uma família e pessoas a cuidar, diferente de mim que lutava por mim e apenas para mim. Afirmo sorrindo de canto falando que entendi.

Logo o vejo chegar com ambos em mão me entregando dentro de um saco. — Aqui está, coloquei mais um pão.

— Mas não tenho como pagar, só tenho para um.

— Relaxa, sei como é duro a vida na rua.

— Já foi como eu?

— Durante a adolescência — Ele escuta alguém gritando e logo se vira dando um tchau para mim, seguindo seu caminho, entrego as moedas para ele rapidamente que as recebe as deixando sobre o balcão para a caixa que era marruda fazendo um sinal para eu dar o fora, mostro a língua para ela correndo em meio a chuva e barulhenta cidade pequena. Corro até o beco a qual dormia procurando meu cantinho de madeira e papelão me enfiando sobre o mesmo para me proteger da chuva e vento leve, o dia nublado me dava pouca visão para comer.

- Tá com um cheirinho tão bom — Minha barriga confirma o que eu falei com um ronco. Abro o saco de modo tão afobado que um cai sobre o chão molhado e sujo, fico levemente irritada comigo mesmo, o pego rapidamente para que não molhasse por completo e só uma parte dele. Bato com a mão no lado que molhou e tinha um pouco de areia. — Não posso me dar ao luxo de desperdiçar

— Fecho os olhos deixando de lado o nojo e dando uma boa mordida ignorando o molhado e sentindo o gostinho da manteiga quente. — Não está de todo mal — Comento de boca cheia, escuto um miado vindo em minha direção, inclino a cabeça vendo que era um filhote adentrando o que eu chamava de casa. — Está com fome? — Ele mia novamente passando seu corpo sobre minha perna se aconchegando ao meio delas. Olho para meu pão e para ele suspirando e tirando um pedaço estendendo para ele. — Toma, é pouco, mas também está com fome, deu sorte que o tio nos deu um de brinde. — Sorrio brevemente, afinal a rua me dera um amigo, estava me sentindo muito só durante aquele ano.

Uma pena que a Crystal seria levada em breve pela maldade humana e a maneira como trata aqueles que vivem na rua.

...

Dois meses se passaram, aonde eu ia Crystal me seguia, éramos inseparáveis, mas uma armadilha da vida naquele dia iria levá-la de mim, causando uma ferida grande em meu coração.

Estava como de costume procurando coisas no lixo e ruas para vender para garantir nossa comida daquele dia, porém um grupo de garotos que estavam saindo da escola decidiram implicar com minha gata e comigo no beco da décima com a quinta avenida. Eles começam a provocá-la, ela recua mostrando suas garras e dentes para eles, eu os empurro mais não adiantava muito, eles debocham de mim e me humilham com palavras.

— Sai daqui sua suja, a gente só está brincando com sua gata.

— Prefere que brinquemos com você?

— Credo, vai que pego uma doença.

Crystal arranha o rosto de um deles que a olha furioso ao ver que sangue saia das costas de sua mão.

— Deixem-na em paz! — Grito, porém quando estava por chegar perto vejo o que fora arranhado por ela dar uma bicuda nela a lançando contra o muro, ela era pequena e seu corpo colide com o muro de modo brusco a fazendo quebrar o pescoço, ela cai mole no chão e eles seguem seu caminho.

— Aí está sua amiga, seu lixo. — Escuto ele falando passando por mim.

Meu corpo havia paralisado, caminho lentamente sem sequer piscar, não conseguia expressar minha dor e indignação com tamanha crueldade contra nós que apenas lutamos para sobreviver, porque tiraram o único ponto de felicidade de minha vida.

- Crystal? — A chamo fitando-a já sem vida a minha frente.

— Crystal — Sorrio com os olhos cheios de lágrimas — Está me ouvindo não? — Mordo os lábios tentando conter minhas lágrimas, não queria aceitar tal fato, porém era impossível, o grande buraco e vazio em meu peito se alastrava por todo meu corpo. Caio de joelhos a pegando mole em meus braços, choro em silêncio a abraçando junto a meu corpo soluçando de modo quieto, ninguém nunca nos ajudou e não seria agora que ajudariam. A carregar olhando triste pelas ruas até um jardim abandonado ali perto, cavo com as mãos um pequeno buraco a enterrando ali, minhas lágrimas caem sobre o pequeno corpo dela, no buraco e começou a enterrá-la pouco a pouco a cobrindo com terra, solto um grito alto ali olhando para o céu cinza do inverno, me coloco de pé com pensamentos tristes que mudam para um cheio de raiva e ódio, na minha mente vem o porquê daqueles garotos fazerem aquilo, o que os levaram a matar o único ser que me via, o único ser que me dava o amor que não tinha a anos. Não importava se eu era boa ou ruim, eu nunca seria vista ou reconhecida, tudo de bom que eu conquistava a vida achava um jeito de tirar. Eu tentei ser honesta e boa, mas o pior sempre me achava, decidi retribuir tudo de ruim que ela me trazia e começaria pelos garotos.

Sigo correndo dali buscando alcançá-los na avenida principal, corria de modo rápido chorando de raiva, passando pelas pessoas que esbarravam em mim quase me fazendo tropeçar e cair, lembrava de como eles me trataram e a cena que levou minha gata a óbito, aquilo nutria algo quente em meu peito e me dava uma força que não sabia que tinha.

— Te encontrei filho da mãe. — O chutou nas costas o fazendo cair com tudo com o rosto no chão, batendo com seu nariz na calçada escutando o estalar do mesmo se quebrando e seu grito abafado de dor, os outros dois se viram olhando para mim.

— Ficou maluca porra! — Um deles vem em minha direção, olho a minha volta procurando algo para feri-lo, próximo a um poste havia uma barra de ferro de uma cadeira quebrada, a pego em mãos apontando para ele o encarando chorando de raiva.

— Encosta em mim como fez com minha gata — Bato com ela em sua perna o fazendo inclinar seu corpo e colocar a mão sobre ela. — Estou doida para fazer o mesmo com vocês, se lembram do que fizeram com ela.

— Sai de perto da gente mendiga — Não percebo o outro me agarrar por trás e me lançar para avenida. Perco o equilíbrio sendo atingida por um carro todo blindado e com vidros escuros, sou lançada por cima dele caindo atrás, o mesmo breca e sinto minha vista se tornando turva, as portas se abrem e os vejo correrem com medo de serem acusados de me matar, sorrio vendo o quão cuzões eles eram.

Um homem surge me pegando no colo, ele não demonstra nojo e logo me leva para dentro do carro me deitando sobre o banco de couro preto, sinto o ar condicionado de dentro refrescando minha pele quente.

— Irei sujar ao senhor e seu carro, eu estou bem, pode me — sou interrompida por ele e sua voz que me acalma.

— Irei cuidar de você, irei levá-la a minha clínica criança não se preocupe. Sou assim como você, alguém que aprendeu apanhando da vida, não vejo você como perdedora ou suja, mas sim uma criança que vencia os desafios da vida dia após dia do jeito mais difícil. — Sinto o toque dele em meus cabelos sujos e embaçados me fazendo carinho, sinto meus olhos encherem de lágrimas, porém desmaio no momento, porém sinto que encontrei alguém bom e que podia confiar, mas se ele não fosse também não seria tão ruim morrer naquele momento, perdi o único ponto de felicidade de minha vida e saber que poderia encontrá-la não seria de todo o mal.

...

Acordo sobre uma cama macia, fortes luzes vinham do teto iluminando meu ser deitado, viro lentamente com a cabeça ao lado vendo a sala toda branca e bem iluminada a qual eu estava, respiro fundo e noto que não sentia dor, o vidro escuro me impedia de ver quem do outro lado me observava, me coloco sentada sentindo apenas um leve incomodo ao respirar rápido.

A porta se abre de repente, escuto uma voz que vem a meu encontro, era o mesmo homem que me ajudara. — Se levante um pouco devagar, mesmo com toda tecnologia que temos seu corpo ainda está se recuperando do baque.

Sorriu apertando os lábios afirmando que tudo bem com um sinal de sim com minha cabeça, olho que minha pele estava limpa, pego nas mechas de meu cabelo os encarando e vendo que estavam lavados e secos, lisos e não embaraçados, minha pele limpa como já não via a um bom tempo, levo meu braço próximo de meu nariz sentindo o cheiro suave de flores, fecho meus olhos contendo minhas lágrimas, pode parecer bobo, mas fazia um bom tempo que não sabia o que era estar limpa.

— Fique tranquila, nossas enfermeiras cuidaram bem de você, homens não tocaram na senhorita.

— Não precisa ser educado, me salvou quando ninguém mais iria tomar tal atitude.

— Por que fala de modo triste e, ao mesmo tempo certa do que diz.

— Por que conheço apenas o pior lado do ser humano.

— Mudaria algo se pudesse?

— Com toda certeza sim.

Ele sorri caminhando até minha cama se sentando ao meu lado, ele segura uma tela de vidro em suas mãos, ao tocá-la um vídeo começa a ser reproduzido, ele estende sua mão me entregando o mesmo, seguro a tela fina e muito leve, o vejo sentado ao meu lado na cama enquanto observava minha reação ao ver o vídeo.

— Aceitaria fazer parte da mudança? — Ele me pergunta tomando novamente em suas mãos o aparelho que se apaga ficando apenas o vidro transparente da tela.

Fico espantada com a pergunta e nem sequer sabia o que responder, o vídeo me mostrava um projeto que dava poderes as pessoas, curava as doenças e ampliaria o controle do governo no quesito violência, roubo e morte. Poderia ser o ponto de equilíbrio no mundo. Sinto a mão dele tocar meu ombro aproximando meu rosto do seu peito, sua mão acaricia meus cabelos e sua voz me traz a calma e paz que a tempos não tinha.

— Se aceitar será como a filha que nunca tive — Levanto meu rosto e seus olhos encontram o meu, era lindo como seu olho esquerdo era negro e o outro queimava em um vermelho rubro, era tão nítido e brilhava tanto que me lembrava joias caras que via nas vitrines das lojas caras do centro. — Não haverá mais dor, fome, frio ou vazio.

— Como me garante isso? — O questionou sorrindo de canto deixando algumas lágrimas escorrem pelo meu rosto. — Tudo o que me prometeram um dia fora tirado de mim, tento não me iludir e acreditar muito, pois quando a vida leva embora o vazio não se torna maior e o sentimento de inutilidade não persegue meu coração e mente.

Sinto o toque de seus dedos sobre meu rosto secando as lágrimas e um sorriso surge em seus olhos e seus olhos brilham ao falar comigo. — A vida não nos dá garantia criança, mas serei o que nunca teve e você fará o mesmo por mim. — Sinto seu beijo em minha cabeça me fazendo lembrar do mesmo ato que meu avô fazia comigo quando eu tinha medo. — Seremos a garantia um do outro minha filha.

— Tudo bem — Hesito um pouco até abraçá-lo e completar minha frase o chamando de — Pai.

— Irei cuidar da sua documentação e viver comigo aqui no laboratório da X-Bios em nova York Triana Soon Mi Ya.

— Como sabe meu nome completo? — O questionou curiosa.

— Uma gota de sangue e uma breve pesquisa no banco de dados do mundo revisita toda sua vida, vi ser mestiça de americano com coreano, fora criada pelos seus avôs aqui de classe média baixa, porém logo morrendo e como entraram de forma ilegal aqui ficou morando nas ruas durante três meses fugindo de instituições e orfanatos. — Ele fica de pé acariciando minha cabeça e completando. — Mas isso muda a partir de hoje, sua vida será melhor e vera o mundo com olhos mais ambiciosos.

Saio da cama tocando o vidro da sala, o silêncio ali me trazia paz, a voz dele me passava confiança e tinha a certeza que confiar nele não seria nada ruim, mas eu era inocente ao não entender o intuito e minha utilidade como filha para ele, ele me amava como filha não tinha dúvidas, porém eu precisei aprender me adequar aos métodos e visão dele do mundo.

— Tenho certeza que sim pai.

...

— Você confia em mim? — Seu rosto fala próximo de mim que me encontrava deitada sobre a cama, meus braços e pernas estavam presos junto a cama, uma forte luz acima de mim escaneava meu corpo por completo.

— Com toda certeza meu pai. — Olho em seus olhos afirmando que sim com a cabeça.

— Isso vai doer um pouco, porém é para sua evolução, seu corpo e mente não se limitariam mais ao da espécie humana, você será como um semideus minha filha, seus poderes serão usados para preparar as mentes pequenas atuais de nosso mundo. — Ele demonstra certeza e empolgação na entonação de sua voz.

— Será uma honra meu pai ser útil para os propósitos do recomeço da nossa espécie. Me sinto grata por fazer parte dos seus planos. — O vejo se afastar de mim com seu jaleco e assistentes de laboratório, eles caminham para fora da sala, eu sabia que estavam na sala de controle das máquinas, não demora muito para eu ouvir sua voz computadorizada ecoando pela sala.

— Irei dar início ao processo de evolução — Vejo os braços robóticos vindo até mim, a ponta da agulha reluz vindo em direção a meu braço esquerdo, eu morria de medo desde mais nova, fecho meus olhos ao sentir a mesma perfurar minha pele, a voz de meu avô sopra em minha mente junto a sua lembrança "É mais forte do que pensa minha neta" — A primeira dose fará seu corpo formigar por completo — Meu pai vai me explicando a maneira como meu corpo irá reagir com cada aplicação, o braço robótico logo substituiu o frasco da injeção voltando novamente em minha direção, meu corpo começa a formigar pelas pernas subindo até meu torso e se alastrando por cada canto, era incômodo, mas suportável, sigo com meus olhos no braço robótico vindo na direção do meu pescoço, sinto um incomodo da agulha na região perfurada, o líquido era quente e percorre minhas veias queimando rapidamente e se alastrando por todo meu corpo, minha pele reluz em um tom lilás e a dor é excruciante, tento me debater mais devido às amarras não consigo, começo a gritar com a dor insuportável, minha mente parecia que ia explodir, meu coração acelerava e meu pulmão parecia se retrair, minha voz começa a sumir e sinto meu corpo arder de quente como nunca.

— Querida lute contra a dor — Ele fala incômodo e parecia preocupado comigo, eu sentia que meu corpo iria explodir ou se desfazer, o que seria aquilo, meus pensamentos começam a colocar meu sentimento de filha em dúvidas.

"Ele não me mataria." — Meu peito dói, mas não é devido à dor, mas sim o sentimento de tristeza que a dúvida revisitou. — "Ele me acolheu, um pai não quer ver a dor do filho, ele não quer meu mal, afinal foi ele que me resgatou da escuridão."

Minhas costas relaxam novamente na cama, sinto meu corpo mole e visão falhando, meu crânio doía demais, um líquido saia nas laterais, minha pele queimava muito, a dor da evolução era devidamente cruel, vejo meu pai entrando as presas a frente das enfermeiras da sua equipe. Ele me olha passando a mão em meu rosto falando de modo carinhoso. — Se sairá muito bem, estou orgulhoso por ser tão forte Triana.

Antes que eu pudesse falar algo sinto meus ouvidos zumbindo, abria e fechava os olhos vendo tudo turvo, eu estava sendo carregada para outra ala, as luzes corriam junto a cama, eles comentavam algo que eu não conseguia ouvir ou decifrar pelos seus lábios. Só espero não morrer antes de ser útil a ele, possuía uma dívida e iria pagá-la custe o que custar.

...

Um dormitório todo de vidro era o que eu enxergava ao me colocar sentada na cama, meu corpo parecia um pouco fraco, meus olhos se acostumaram com a forte iluminação, meu reflexo surge sobre o vidro a minha frente de tão limpo que poderia facilmente nos fazer questionar se estava ali mesmo.

— A novata acordara. — Uma voz desconhecida por mim,

comentou minha ação a pouco.

O ar condicionado da sala diminuirá, olho em volta vendo mais seis jovens assim como eu de idades alternadas, etnias e cores. Estendo minha mão a frente vendo que minha pele branca ganhara um tom acinzentado, me coloco de pé, meus pés descalços tocam o chão frio, minhas pernas vacilam e as forças a se manterem firmes, caminho até o vidro e meu reflexo se torna mais nítido. Meus olhos ganharam o tom lilás, minha pele se tornara cinza, meus cabelos ganharam alguns centímetros a mais, metade dele era negro como a noite e o outro branco como a neve, pequenos chifres surgiram e me sinto por um instante uma aberração soltando um grito agonizante caindo de joelhos no chão.

Meus cabelos escondem parte da minha face enquanto minha mão cobre meu rosto, as lágrimas escorrem pelo meu rosto caindo em meu colo, escuto a porta a minha frente abrindo e a voz de meu pai, a minha frente, ele se abaixa me abraçando, porém o fito com desdém, o afasto de perto de mim e fica nítido em seu semblante confusão.

— No que você me transformou? — Olho para minhas mãos e começo a tremer de raiva contendo minhas lágrimas — Eu... Eu — Minha voz falha e ergo meu rosto encarando-o nos olhos — Me transformara no que eu mais temia — Não diga isso meu anjo

— Em um monstro — Caminho na direção dele e sinto algo emanando do meu corpo, meus passos são pesados e uma névoa espessa na cor roxa emana do meu corpo, vejo um sorriso de canto no rosto dele, como se o que ele fizera tivesse dado certo. — Não minta para mim — Aperto seu jaleco e pelo meu rosto a lágrima escorre, meus dentes cerram quando falo com ele. — Era seu plano desde o começo.

— Mudar sua aparência? — Ele solta um "Tsch" virando brevemente o rosto — Claro que não meu anjo, mas o poder se adequa a seu recipiente da forma a qual ele acha melhor — Ele coloca uma mecha de meu cabelo atrás de minha orelha, sinto o toque de sua mão em meu ombro e ele me convida a acompanhá-lo — Julga que é um monstro? — Sinto seu indicador secar as lágrimas em meu rosto — Eu vejo uma evolução promissora na portadora de um poder formidável, olhe a sua volta — Meus olhos percorrem as celas no centro do espaço com luz branca e pequenos riscos com luzes azuis que saem do centro até as alas com os dormitórios. — Seus irmãos queridos, quero que os observe bem.

Engulo em seco me afastando dele e caminhando lentamente por cada cela, observando-os fazendo seus hobbies, outros descansando e outros apenas observando-me com atenção, uns tinham aparências neutras, outros mais sérias e até mesmos alguns com olhares medonhos e psicopatas, eram três meninos da fase pré-adolescente e adolescente, as meninas da adolescência a fase jovem adulto.

— Eles são como eu? — Me viro o encarando não muito distante, me sentia um pouco mais calma e cogito ter deixado me levar pelas emoções, afinal se ele quisesse me matar ou me usar, por que precisaria dos demais, cogito pensando.

— São seus irmãos — Ele caminha até mim se aproximando pouco a pouco, fitando comigo o quarto e um jovem de boa estatura. — São vítimas da sociedade e da vida, buscando redenção e seu espaço em uma era sem dor, sem divisão, aonde todos possuem poder e força para lutar de igual para igual, sem separação. — O garoto faz uma reverência que meu pai responde com um gesto de sua mão e rosto, seguimos andando uma por uma e a cena se repetia em todas elas. — Entende agora que faz parte de algo muito maior? — Confirmo que sim com a cabeça.

— Fiquei preocupado com sua reação — sua voz ganha um tom triste e a mesma reflete em seu rosto. — Não posso acreditar que desconfiara do seu pai — Seu rosto muda e sinto uma pressão em meu corpo me forçando a ficar de joelhos, sinto o medo percorrer meu corpo e risos abafados vindo dos dormitórios — Precisa saber que independentemente da situação deve confiar em seu pai até mesmo de olhos fechados, não irei tirar a vida a qual salvei criança, me deve algo não acha?

Engulo sem seco e ele retira aquela sensação sobre meu corpo, abaixo minha cabeça e falo em tom sublime — Minhas sinceras desculpas, não irei deixar minha emoção falar mais alto do que a razão meu pai. — Sinto a pressão de seu olhar em meu ser sentindo calafrios em meu corpo todo.

— Caso ocorra novamente sofrera a devida punição, erga-se irei leva-la até a ala para desabrochar seu poder, a cela de um garoto é aberta e ele caminha em nossa direção se reverenciando. — Fico grato por ser o escolhido meu pai.

— Se orgulhe do seu progresso criança — nosso pai é direto e o garoto retoma uma postura ereta.

— Seja bem-vinda a família, espero que saiba seu lugar e não venha a ser um fardo para nós.

— Nem desejo ser tal peso morto — Completo a frase dele, ele me olha brevemente desviando seu olhar e seguimos nosso pai até a ala desejada, o caminho era silencioso e olho brevemente para trás vendo que os demais irmãos sorriu maldosamente para mim, leio os lábios de uma falando.

— Irá apanhar como uma cadela imunda Triana. — Ela se joga no colchão gargalhando enquanto seus olhos como a galáxia fitavam-me até sumir por completo no corredor.

O espaço era um local todo revestido por placas brancas com micropontos pretos quase imperceptíveis por nossos olhos, caminho até o centro acompanhado do jovem, meu pai fizera sinal para eu prosseguir com ele, ele ficará próximo à porta, logo ele a fecha com o escaneamento de sua mão, a sala se fecha e o vejo mexer em seu Infopad, sentimos um tremor abaixo de nossos pés por toda a sala, fico receosa e curiosa com o que estava por vir, todo esse tempo apenas via experimentos e tal tecnologia que era desconhecida por mim novata no quesito poder sobre-humano, a única coisa que tinha era aulas de educação avançada, segundo meu pai a maior fonte de poder é o intelecto seguido da força e disciplina de seu corpo. O jovem não demonstra reação alguma, deveria estar acostumado com a sala, as placas soltam um vapor pelos micropontos negros, o branco começa a tomar uma paisagem muito real por sinal, uma floresta densa e cheia de árvores substitui o verde, o cheiro do verde invade minhas narinas, o vento que corria em meio as árvores fazendo as folhas balançarem é sentido pela minha pele, minha audição parecia ter sido ampliada ouvindo dois cervos correndo e pisando sobre plantas secas sobre o solo úmido.

— Christian dê o de sempre. — Meu pai falara de um ponto que não o conseguia vê-lo mais.

— Devo poupar força?

— Lute como se ela fosse sua inimiga, não poupe apenas por ser nova.

— Como deseja meu pai.

— Pai, mas eu não — Antes que eu completasse sinto a mão dele em meu pescoço e seus olhos vazios no tom vermelho como as chamas que queimavam em suas íris me encaravam. O garoto tinha cicatrizes por todo o corpo, eram cicatrizes como pontos, seus cabelos tinham um corte curto e tons brancos, sua pele tinha um tom cinza-escuro, seu rosto não transparecia o que pensava ou sentia, ele era frio e me lembrava um robô. Seu corpo era atlético e com músculos o que deixava notável sua força física, porém não sabia distinguir se ele era limitado a apenas ela.

— Vai me matar? — O provoco questionando a minha sanidade.

— Não, nosso pai precisa de todos nós no momento, mas não abuse da sorte, ele nunca falou que precisava de você inteira, posso entrega-la faltando algum membro do seu corpo. — Sou lançada por ele contra uma árvore que se parte com o baque de meu corpo caindo atrás de mim, meu corpo vibra com a dor e penso comigo mesma.

"Se meu pai me colocou contra ele é porque meu poder é capaz de vencê-lo." — Me ergo sentindo a dor do impacto por todo meu corpo, mas a situação e querer sair dela vencedora me dava as forças e vontade de continuar. Sinto a raiva e tristeza em mim, surgindo e a fumaça e névoa lilás emana de meu corpo, olho para meu corpo e mão nutrindo o que ativa meu poder me lembrando das cenas mais dolorosas e ruins que vivi, minha tese é confirmada, meu poder se ativa através da minha dor, sinto ele que ele me dava o poder necessário para lutar.

— Sua aura vira o que desejar querida então lute com tudo o que tem, confio em sua força — Sua voz me encoraja ainda mais e não poderia falhar com ele duas vezes seguidas.

— Lenta — Sinto algo prender meus tornozelos e raízes finas subiram por minhas pernas me puxando para baixo do solo, não conseguia mover meu corpo, porém me lembro do que meu pai falara a pouco, meus olhos se fecham e envolto meu corpo com cordas que perfuram o solo se entrelaçando no tronco alto da árvore acima de mim, antes de ser atacada novamente pelo meu irmão meu corpo é puxado de modo rápido ao alto, meus cabelos esvoaçam ao vento e me sento sobre o tronco o observando.

— Vai ter que me aceitar, irei vencer isso em nome do nosso pai.

— Seu otimismo é como de uma criança que acredita em seres mágicos de datas comemorativas. — Suas palavras são rudes, ele aponta sua mão para mim e esferas vermelhas são disparadas em minha direção, porém elas somem no mesmo instante, olho intrigada, pois sumiram diante de meus olhos, estava prestes por saltar na próxima árvore para escapar. Porém, sinto o impacto debaixo de mim me lançando para o alto, sinto fios finos como teia prenderem meu corpo queimando-o levemente, com um tranco sou lançada para o chão caindo de modo brusco, minha raiva apenas aumentava mais e mais, meus olhos queimavam em um roxo intenso, meus cabelos esvoaçam junto a minha aura, com um forte grito desfaço as finas cordas liberando meu corpo, o fito mirando meu alvo e vejo algo se abrindo atrás de mim me chamando como um sussurro, adentro sem pensar duas vezes, dentro desse espaço negro vejo pontos do local a qual estava, vejo as costas do meu irmão e alvo, avanço em direção a essa pequena fresta, o prendo no pescoço com um mata leão, sussurro em seus ouvidos.

— Vai sofrer por encostar sua mão suja em mim. — Noto que com minhas palavras um sopro lilás envolve seu rosto, seus olhos ficam da cor de minha aura e o escuto gritar e se debater de dor, o solto não entendo o que eu acabara de fazer, meu pai surge em meio ao lado escuro da floresta anulando meu ataque e batendo palmas para mim.

— Entendeu seu poder criança ou as proporções dele? — Ele parecia intrigado com minhas dúvidas e como estava lidando com aquilo.

— Me desculpe meu pai, mais ainda não. — Sou sincera e franca em minhas palavras.

— Você se alimenta do medo e controla os piores pesadelos das pessoas. O medo delas é sua fonte de poder, é o que alimenta sua aura e dá a razão do seu viver. — Ele caminha a minha volta falando de modo calmo e explicativo parando a minha frente.

— E como isso seria bom, como posso ajudar o mundo? — Pergunto ao ver que ele gostava quando demonstrava interesse em seus objetivos, porém sentia contenção da parte dele para não falar muito a uma mera novata como eu, seus planos eram abrangentes e mais complexo do que ele falava, temia ser algo longe de nosso alcance que se falhasse isso poderia levá-lo a loucura ou a morte por tamanha ambição.

— Para curar o mundo de uma vez por todas e dar poder a nação global, eles precisam estar livre de seus medos, o medo gera dúvida, a dúvida gera descontrole e é a raiz da maldade do ser humano desde os princípios. — Fazia sentido o que ele falara, mas só de pensar que causaria a mesma dor que senti a pessoas de bem me fazia questionar o meu poder, porém deixava isso oculto dentro de mim, como todas as outras coisas a qual observava cautelosamente.

— Mas como posso ajudar se nem os domei? — Olho para minhas mãos vendo minha aura cobri-las por completo.

- A prática leva à perfeição, todo dia 15 irá treinar com seu irmão mais velho Christian — Ele intercala seu olhar para mim e seu filho mais velho que prestava atenção em mim, engulo em seco por um momento ao cogitar que ele poderia ler minha mente e assim ser meu fim por deixar a dúvida me tomar por alguns

154

momentos. — Ele tem ordem para levá-la ao limite.

— Não tenho medo, se é para ajudá-lo a criar um mundo, um mundo melhor, menos quebrado e falho que esse, irei me esforçar para que seu sonho seja o meu e ele venha a se concretizar, custe o que custar meu pai. — brevemente corre por minha mente toda dor, toda a perda e tudo de ruim que me aconteceu e cogito vendo que poderia ser tudo diferente igual meu pai está falando para mim, mesmo que falhe ou de errado devo tentar, pois, queria evitar que a dor que todos sentem fosse eterna igual à minha foi por um momento e fui liberta graças a ele, desejo o mesmo para os demais, porém o preço tem que ser pago, mesmo que seja mínimo, confio no potencial dessa nova era.

— Com esses olhos presenciara uma nova era querida, uma era sem dor, tristeza e falha da espécie inferior e limitada humana a qual vemos nos dias de hoje. — Ele segue seu caminho nos deixando na sala e fala até que a porta se fecha. — Se fortaleça, pois os dias de revelarmos o soro elementar se aproxima e serão peça importante para a primeira varredura de terça parte da raça humana.

— Conte com nossas forças, não iremos falhar em nossa missão com o senhor.

— Com toda certeza não. — A porta se fecha e o vejo olhar entre os ombros para nós com um sorriso e olhar frio e calculista.

Aquele foi o dia em que a inocente Triana havia sido morta e a Triana imperatriz do caos nascerá, mostrando que o que conhecia era apenas o amor e devoção a seu pai e seus sonhos, sua eterna gratidão e vida a ele pertencia e não importa quem ou o que se opusesse a eles ou seus caminhos ela era a garantia que isso seria esmagado por suas mãos, afinal sua dívida e amor com ele eram eternos. Naquele momento segui treinando dia após dia, surra após surra até que consegui alcançar o ápice do meu poder, soube por Chris que ele fora treinado pelo nosso pai por isso ele é tão bruto em luta corpo a corpo e com poderes, mas fora graças a isso que é o mais velho e mais forte dos irmãos sendo o segundo mais forte depois de nosso pai, eu invejei aquilo com todas minhas forças, porém não conseguiria matá-lo, mesmo distraído, queria ter aquela posição e confiança de nosso pai, mas deveria aceitar meu lugar e ser útil primeiramente com o que meu pai confiara em minhas mãos e depois pensaria em uma forma de me livrar dele e dos demais.

...

Injeto em minha perna esquerda o soro a qual meu pai me entregara, sinto a força e energia percorrendo cada veia em meu corpo, um choque me energiza, sinto as feridas se fechando, a dor se aliviando e minha disposição aumentando. Me ergo pouco a pouco caminhando em direção ao píer do porto fitando o vento frio que vinha do vasto e longo mar a qual não via o fim, cogitando em observá-los por hora e procurar o momento exato de sequestrar o homem novamente, iria ser cautelosa, pois a próxima falha nessa missão poderia significar minha morte, mas não poderia me dar ao luxo de descansar em paz sem antes cumprir com os desejos de meu pai, não seria paz se não conseguisse o que ele me pediu e sim covardia.

— Prometo cumprir com o que confiaram a mim. Ethan Haavik será seu meu pai, mesmo que custe dar minha vida, não serei um peso morto ou vergonha em sua vida. — Adentro o portal sumindo diante o meu reflexo na água negra daquela noite fria francesa

CAPÍTULO 8: GRATIDÃO

DIANA

Para onde foi toda aquela dor? Aquela angústia que eu sentia ou a conta da minha falha e erro do passado, sumiram de repente, sem mais nem menos, sequer me dando oportunidade de se despedir ou se desculpar com Alex. Mas me lembro daqueles olhos azuis como o oceano mais limpo e claro vindo ao encontro do meu, da cicatriz no olho direito e sua respiração perto a minha, o toque de sua testa a minha causara essa paz repentina em meu ser, não entendo o porquê dele fazer isso ou qual era sua intuição, mas devo uma para ele, espero que aceite meus agradecimentos e que eu possa retribuir de alguma forma. Agora eu vejo que não fora em vão que o destino nos colocara em seu caminho, as coisas começavam a fazer sentido, de uma forma estranha, estávamos entrelaçados a nos conhecer de alguma forma.

— Eu morri? — Me levanto de modo brusco retomando meu fôlego dando um susto nos irmãos Hawks que se viram olhando para trás rapidamente conjurando seus elementos.

— Vai com calma aí Diana, acabamos de sair vivos de uma

daquelas e você quer nos matar do coração. — Dan faz uma ceninha típica vindo dele.

— O idiota aqui tem toda razão. — Ele passa brevemente o olho para o irmão que o encara e volta mim — Mas descanse mais um pouco até seguirmos para procurar um lugar para descansarmos hoje.

— Eu estou — Caio de joelhos sentindo uma dor excruciante por todo corpo, ele dera sinal de que o levei ao limite. — Não me faça parecer acabada agora — Porém vejo o homem a qual estávamos lutando para salvar desmaiado a minha frente, encaro seu rosto vendo sua cicatriz em seu olho, sua pele tinha marcas da batalha a pouco, toco sobre ela me certificando que ele estava desacordado.

— O que aconteceu? — Olho para os meninos os questionando confusa comigo mesmo. Os vejo se entreolharam e hesitaram brevemente em me contar. — Eu sei que ele tem algo a ver com a minha libertação do ataque daquela garota.

— Na verdade — Dan olha para Dante que concluiu ao ver que o irmão não queria falar.

— Ele é o motivo de você estar bem e de termos escapado. — Dante suspira o fitando e não muito feliz com o que falaria a seguir. — Ele foi o herói de hoje, devemos essa a ele.

Toco em sua mão a segurando com as minhas duas a erguendo em direção ao meu rosto sorrindo emocionada fechando meus olhos e falando baixa para mim mesmo. — Eu sei que começamos com o pé esquerdo, mas quero que seja diferente a partir de agora. Meus lábios tocam as costas da mão dele e me afasto falando. — Muito obrigado.

— Isso me lembrou Titanic quando a Rose deixa o Jack morrer afogado — Dan fala em meio a risada. - Tá deixando-o morrer congelado não né Diana.

O encaro mandando uma rajada de ar frio — Talvez você seja meu Jack, Sr. Hawks. — Cesso rindo junto a ele enquanto me aproximo devagar me sentando junto a eles para teorizar onde estávamos. Passo ao lado das armas dele que estavam próximas aos meninos, tinha um arco, adagas, vários cinturões e espada. — Tiraram tudo isso dele? — Os questiono encarando surpresa por ver o homem atrás de mim sem sua capa negra, máscara e armas. Ele tinha um porte grande, um corpo musculoso e sua cicatriz no olho me intrigava, adoraria saber a história por trás dela.

— Sim — Dan fala empolgado pegando uma adaga e a desembainhando diante de nossos olhos. — Olha essa aqui — O formato da mesma era peculiar e diferente, toco nos dizeres cravados na lâmina. — Conhece esse alfabeto, ao menos eu nunca o vi antes.

— Você nunca foi fã de história Dan, como saberia. — Dante o alfineta ao fundo com os braços cruzados.

— Infelizmente não, apenas ele poderia — Antes de completar a frase o vejo de pé atrás de nós, escuto a respiração pesada dela e o cheiro de seu corpo e pele próximo a mim, exalando sua masculinidade, sua voz é firme e me faz soltar um pulinho.

— Por que estão mexendo em minhas armas — Dan esconde a adaga em suas costas o encara com um sorrisinho sínico.

— Elas estão ali Scott, estávamos comentando sobre elas apenas — Dan é surpreendido com a mesma sendo puxada de suas mãos indo de encontro a do homem que a impunha de modo firme, a lâmina reluz e as palavras escritas nela brilham em azul, ele a eleva a altura de seu rosto.

— Não mexam em minhas coisas, primeira coisa que precisam saber. Ainda mais nesta adaga a qual tenho um apreço muito grande, se querem se dar bem comigo então devem guardar isso.

— Não aprendeu a dividir os brinquedos, não é? — Dan encara Dante e prossegue rindo de canto. — Esse aqui também não, mas por que em especial essa adaga? Ela carrega uma maldição? Profecia? ou ganhou de alguém especial?

— Na hora certa compartilharei com vocês e me chamem de Ethan por favor, Scott me traz más lembranças. — Ele completa olhando para baixo embainhando novamente a adaga em seu recipiente.

— Mas eu juro que tinha ouvido uma voz lhe chamar por esse nome.

— Não está errado, porém, é mais complexo do que pensa jovem rapaz.

Me levanto estendendo minha mão a ele que me encara hesitando brevemente em pegá-la, porém sinto sua grande mão segurando sobre a minha, os calos nela e a espessura grossa de sua pele e veias nas costas das mesmas, um vento breve passa por nós fazendo meus cabelos balançarem de lado.

— Obrigado Ethan. — Meu semblante expressa educação e gratidão.

— Pelo que? — Seu tom é sincero.

— Por me salvar. — Sorrio sem jeito — Não me agradeça por isso Senhorita, faria por qualquer um que estivesse passando pela mesma dor que você. — Seu tom é cavalheiro e reconfortante.

— Tenho certeza que sim agora, sua atitude foi nobre e corajosa em tomar minhas dores — Fico levemente corada. — Você viu ou só sentiu minha dor?

— Eu a tomei para mim não se preocupe, não me lembro de suas lembranças ou fui levado para elas, porém ainda as sinto em meu peito, é angustiante e lhe admiro desde já por carregá-las tanto tempo dentro de si. — Ele apesar de forte tinha um lado muito humano e bonito que gradualmente gostaria de ver mais.

— Todos carregamos fantasmas dentro de nós, depende apenas da gente escolher se queremos ser corrompidos por ele, eu escolhi ser alguém melhor do que o mundo de dor me apresentou, semear o mal apenas torna tudo mais tóxico e difícil para mim e aqueles a minha volta. — Me afasto dele me sentando novamente com os meninos fazem um sinal para ele se juntar a nós e fitar a bela paisagem de Paris.

Ele fica de pé atrás de nós, parecia estar em defesa e tirando suas conclusões sobre nós. — Que belo local. Muito bem iluminado e de belas cores.

Sorrio de modo natural levando minha mão a boca e o fitando de canto em meio as mechas ao lado de meu rosto. — Não é um reino bobinho.

— Como chamam?

— Cidade — Dante responde de modo breve sem tirar seus olhos da vista. — É como reinos, mas em nosso tempo ganhará outro nome devido às autoridades políticas. É uma das mais populares e linda do mundo, estou curtindo muito conhecê-la nesse tempo.

— Hmmm… — Semicerrou os olhos, e ficou em silêncio.

— Assim como você é de um mundo supostamente diferente — Ele me olha atento a minhas palavras e explicações parecia não querer deixar nada passar em vão. — O nosso está em ruínas e sucumbindo em meio ao caos. — Noto que ele olha para Dan que segue falando.

— Assim como viu em minhas memórias, era assim antes, belo, com bastante pessoas e vasto em cultura, porém tudo virou aquilo que viu caos, medo e terror. Uma luta dia após dia para sobreviver.

Me coloco de pé o interrompendo. — Isso é em nosso mundo e como a maluca perseguidora sumiu por que não curtirmos um pouco do que esse mundo está nos oferecendo.

— É arriscado demais — Ele e Dante falam em uníssono se entreolhando brevemente me encarando.

— Não sabemos quando ela pode nos atacar novamente.

— Pode ser quando menos esperamos, devemos cuidar dos ferimentos e retomar nossas forças, buscando pistas, conhecendo melhor o inimigo e o por que dele nos trazer para um lugar como esse, todo ataque tem um ponto fraco, assim como todo plano Diana.

Dan se levanta ficando ao lado dela com a mão no queixo e sua expressão costumeira de pensar — Mas ela está certa — Eles o olham intrigado querendo saber o porquê dele do nada ficar ao meu lado.

— Obrigado Dan — Coloco meu braço, envolta a seu ombro prosseguindo — Enfim um menos carrancudo aqui.

— É sério, Diana, podemos usar isso para curtir, mas é conhecendo o território de modo natural que vamos coletando pistas e dando ao inimigo a sensação de estarmos com a guarda baixa, porém não estaríamos.

— Pensando por esse lado não seria de todo mal. — Dante cruzou os braços concordando com o irmão.

— Agora quer relaxar Dante? Você é muito bipolar. — O encaro com os olhos semicerrados.

— Teria concordado antes se tivesse falado desse modo. — Sou alfinetada pelo tom arrogante dele.

— Não daria tudo de bandeja fofo. — Pisco falando em tom irônico.

— Não seria de todo mal conhecer um novo mundo, novas pessoas e culturas. Conhecimento é poder e aqui parece que irei ampliá-lo muito. — Me aproximo dele e sigo falando dando uma entradinha de leve enquanto ele observava a Paris a noite, em seus olhos a lua cheia reluzia seu brilho.

— Posso de mostrar cada canto da cidade, desde os pontos turísticos até os mais calmos e naturais.

— Seria um prazer. — Ele me olha nos olhos balançando a cabeça afirmando seus dizeres.

— Fechado então — Me viro olhando para eles dando uma piscadela. — Já tenho minha dupla.

-Poxa! iria pedir para ir com ele, ele poderia me ensinar uma técnica depois de uma trilha radical.

— Aí para com isso Dan, isso é quase que umas férias repentinas e você querendo treinar.

— Ele seria sua dupla Dan? — Dante parece descrente.

Contenho a risada e me faço de cínica. — Dante ficou triste Dan, viu que você fez.

— Não bota pilha Diana — Dan gesticula se vendo cercado por falar de modo repentino ao notar que seu irmão esperava ser a primeira escolha. — Eu sei que você quer tarar o estrangeiro.

Ethan se vira sem entender nada do que estava rolando, Dante parecia numa bad com a cabeça baixa pensando quando deixará de ser o primeiro em tudo com seu irmão e eu fiquei levemente vermelha e irritada ao ver ele me chamar de tarada na cara dura.

— O que você acabou de falar? — o ar a minha volta se torna círculos de ventos fortes.

— O que significa tarar? — O homem pergunta confuso a nós que estávamos cada um com sua intriga.

— Dan você me acha careta? — Dante olha para o irmão questionando a si mesmo.

— Não é isso — Dan intercala entre mim e seu irmão perdido no que ele acabara de falar conosco. — Diana não é bem assim, quer dizer eu não disse de maldade foi só

— Esquece isso querido — Olho lançando uma piscadela em Ethan que não demonstrava muito em seu semblante, me volto

166

para Dan caminhando em sua direção com um olhar ameaçador.
— Eu sei o que você quis dizer querido e vou te dá só uma
liçãozinha.

Paro de imediato cessando meu poder ao escutar barulho de
helicóptero e sirenes de polícia, caminho correndo junto a eles
para a sacada da cobertura destruída por nós a pouco e vemos que
estava vindo até o local que houvera o combate.

— Precisamos sair daqui e achar um local para né — Faço um
sinal para nós dos pés a cabeça.

— Se nos virem assim seremos presos por acusação de ter
causado pânico e terror.

— A julgar pelo que observei aqui estamos a um tempo atrás do
soro elementar.

— Então seremos vistos como ameaça. — Olho para eles
buscando ser cautelosa em minhas palavras, porém pensando em
tudo o que estava rolando. — Começamos a turista Paris e
recolher informações sobre, por hoje precisamos trocar nossas
vestes e achar um local seguro ou teremos não só uma pessoa
atrás de nós, mas sim uma cidade. — Eles me olham concordando
com o que falei e seguimos saindo em meio a escuridão daquela
noite saltando pelos prédios da adormecida Paris.

Capítulo 9: Refugio

Dan

Estávamos longe do prédio e cobertura que batalhamos e perto dos grandes hotéis de luxo próximos à torre Eiffel, não muito perto, porém já dava para ver e sentir o porquê de ser um dos pontos turísticos do mundo, ainda mais a noite.

Meu corpo já dava sinal de exaustão física e mental, sentindo uma leve pontada de dor de cabeça e musculares, olho para os demais que pareciam não sentir o mesmo que eu e permaneço na minha, se eu comentasse isso poderia demonstrar fraqueza. Não demora muito para pousarem sobre um deles, me viro olhando para eles de modo intrigado para saber o porquê deles quererem ficar por ali, era muita coisa para nós, porém não nego que meu corpo pedia a cama mais confortável.

— Gente vamos ficar por aqui mesmo? Não é muito para nós e olha nosso estado — Olho para minha situação e vestes enquanto gesticulava com as mãos e braços indicando o mesmo a eles.

Diana se aproxima de mim, colocando seu braço, envolta a meu

168

pescoço e me conduzindo enquanto ela falava até a porta no alto do prédio que levava a seu interior. — Por isso preciso que o

senhor derreta a fechadura meu querido — Ela se afasta ficando próxima dos outros dois que me observava e não questionaram a decisão dela.

— Mas estamos sendo invasores, corruptos e ladrões. — Olho para eles de modo sério tentando alertá-los.

— Você tem dinheiro? — Dante me questiona insinuando com seu semblante o óbvio. — Então não temos opção.

— Encontrar refúgio ou um local seguro, mesmo que "invadindo" não é um crime se não mudarmos ninguém ou saqueá-los. — Scott comenta de modo tão normal que fico pensando o que esses três não fariam para dormirem em paz.

— Dan, precisamos descansar e nos infiltrar entre os cidadãos dessa época, então não é só para o nosso bem, já pensou no que aquela diaba louca pode fazer com os franceses caso não impeçamos ela?

— Eu entendi — Dou de ombros apontando minhas duas mãos, sem conjurar chamas apenas elevou o calor delas as queimando como brasas. — Mãe fui induzido por eles, Deus perdoe meus pecados, mas o mundo é do maligno, mas eu não. — Vejo a fechadura se derretendo até o buraco da maçaneta dar a visão do lado interno pouco iluminado, noto que ao canto havia uma câmera nas laterais das escadas. — Diana, tem câmeras. — Eles se aproximam de mim curiosos para confirmarem o que eu vi pela fresta. — O que faremos agora?

— Por que tão preocupado bebe — Ela aperta minhas bochechas e toma a frente, com um movimento brusco ela abre a porta e de seu corpo sai uma densa névoa cobrindo as paredes, ela vira seu rosto um pouco de canto dando uma piscadela indo na frente. — O que estão esperando, sem ver não tem crime.

Dante segue atrás dela e logo eu vou ao lado de Scott que olhava curioso com o local que estávamos adentrando.

— Algo está te incomodando? — Ele me encara com seus olhos claros, porém nada fala. — Aí eu sabia, vamos ser presos, você sabe mais tá ai caladão — Dou uma cutucada em seu braço com meu cotovelo. — Poderia me ajudar a convencê-los do contrário.

— Essa tal câmera parece ser uma arma poderosa do inimigo, queria poder destruí-la com minhas próprias mãos — Ele olha para seus punhos e olha para Diana. — Porém ela dera conta antes mesmo que eu pudesse pensar em algo.

Solto uma risada abafada levando a mão a boca e ele me encara, porém, não consigo me segurar enquanto descíamos as escadas até sair na sacada do apartamento. — Cara do que está falando. — Tento conter minha risada, mas era tão espontânea e a cara que ele fez. — é como os vigias de castelo ou de um reino, porém eles fazem de longe e conseguem comunicar os guardas de forma mais rápida.

— É bem útil.

— Isso mesmo, mas a gente é incrível e destruímos — Estendo o punho esperando ele tocar, vejo que ele encara não entendo o que significava, paramos próximo a outra porta, Diana faz sinal para ficarmos calados enquanto ela abre a porta olhando de um lado para o outro para ver se havia sinal de alguém no andar onde havia apenas dois apartamentos de cobertura. Seguro na mão direita dele que se fecha e encosto na minha sussurrando. — Isso é um ato que significa "Isso aí" "Concordo" "Estamos junto"

— Mas eu não senti isso — Sinto um balde de água fria sobre mim, mas relevava por que ele não entendia nossa atualidade. — Porém, posso fazer do mesmo jeito.

— Agora quando eu fizer isso já sabe que estamos junto não importa a situação.

— Tudo bem, se significa para você, então posso tentar esse "Toca aí"

Dante passa um olhar para nós balançando de forma negativa a cabeça e fazendo sinal para seguirmos.

— O seu irmão ficou com ciúmes da nossa proximidade? — Scott me questionou confuso com a reação a pouco dele.

— Eu ouvi isso e não, não fiquei, agora fiquem de boa até infiltramos o apartamento.

— Sim ele ficou — Olho para Scott com um sorrisinho de que "estou certo"

— Negar o que sente o torna fraco, Dante. — Scott parece pensativo com o que fala. porém, logo fica silencioso ao ouvir passos me puxando para trás dele de forma rápida erguendo sua mão com a aura de seu poder.

— Ei vai com calma — Fico ao lado dele ativando a blue flame vendo que era alguém com carrinho de comida passando pelo andar.

A mulher se assusta conosco ao nos ver, antes de gritar e acionar o botão de ajuda Scott se aproxima dela e a segura pelos seus dois braços, sussurrando com a voz rouca e com os olhos queimando um tom cinza "durma" fazendo-a desmaiar logo em seguida com sua magia estranha e sigo correndo até ela, notando que ela estava apenas desmaiada sentindo sua respiração, era como se ela estivesse realmente dormindo como ele havia ordenado.

— O que foi isso? — Diana o questiona e ele fala de modo breve.

— Potencial de Lansafira. — Respondeu. — Sou empata... — esperou um pouco — também.

— Gostei disso — Ela sorri para ele com um sorriso e olhar maldoso.

Empurro o carrinho que estava com um cheiro ótimo, tinha que jantar de todo tipo debaixo das bandejas de prata com detalhes de ouro, bebidas de todos os tipos e formas, logo vejo que invadir ali valerá a pena, a quanto tempo não comia bem, comida fresca e preparada na hora, faziam minha boca encher d'água e minha barriga dar seu sinal de fome.

— Vamos logo, isso me deu fome, olha esse cheiro de lagosta gente. — Passo por Diana e Scott indo de encontro a Dante que parecia estar fazendo algum tipo de gambiarra na fechadura eletrônica.

— Diana para de maliciar o poder dele e ajuda meu irmão por favor — Falo impaciente e afobado para comer.

— Você me respeite Sr. Hawks que não sou suas negas. — Ela me olha veio vindo marchando de raiva em minha direção por atrapalhar o flerte dela, Scott parecia nos guardar olhando desconfiado pelo corredor iluminado por luzes neutras, tapete de vermelho com detalhes dourados, quadros grandes com réplicas das pinturas mais famosas da França, um dos lados dos corredores era todo de vidro dando uma bela visão da cidade que estava em silêncio devido à hora, os franceses deveriam repousar em suas casas, enquanto nós curtíamos o hotel, sua deliciosa comida e toda regalia que ele poderia nos trazer.

Logo a porta se destrava e entramos as presas nos deparando com um local de amplo espaço, as luzes se acendem a medida que íamos adentrando o hall da sala, os aparelhos eram ligados e uma voz robótica nos recebe, olho encantado a nossa volta.

— Agora estou sendo mimada da forma que mereço meus amores — Diana se joga no sofá longo e macio quase que sumido em meio aos grandes pillow.

Dante caminha em direção ao banheiro e noto que ele fala em um tom um pouco animado, porém escondendo isso em seu rosto e voz, mas como irmão dele sabia que estava empolgado. — Precisam ver essa banheira e banheiro.

— Ainda bem que não perdeu o senso de higiene irmãozinho — O provoco passando por ele e indo ver um dos três quartos disponíveis. Abro a porta de forma lenta e as luzes em tom baixo se acendem diante de meus olhos mostrando duas camas longas de casal, uma cômoda em frente a cada uma delas pego um controle remoto que estava sobre ela, eu ao apertar um dos botões as cortinas se abrem mostrando uma grande janela que me dava uma visão direta da torre e o luar acima dela sob o céu estrelado, caminho de forma lenta emocionado com o lado bom que aquele péssimo dia me fornecerá após a tempestade que enfrentamos.

Admiro brevemente a paisagem me virando e encarando os poucos botões que ali continha, aperto mais um do teto surge uma tv. grande em meio às duas camas, me jogo sob uma delas apertando mais um botão vendo que era do ar condicionado e aquecedor, outro, era do sistema de som e música do quarto, outro abria a porta de um closet. — Isso é melhor que eu imaginava.

— Onde encontro um leito para que eu possa descansar, garoto? — Era a voz do Scott na porta me olhando sério.

— Ei relaxa um pouco — Dou um sorriso me levantando e indo até ele, ele tinha uma mania de me encarar nos olhos, parecia que ele podia ler mentes, mas vai que podia mesmo e tinha medo, pois ele poderia julgar que eu era louco das ideias, minha mente era muito aleatória.

— Por que está com olhos cheios de lágrimas? Ficou magoado pelo que eu lhe disse sobre o... — Ele faz com as mãos dele. — "Toca aí"

— Não — Gesticulo seguindo com ele pelo corredor dos dormitórios — É que — Hesito um pouco em falar e começo a sorrir como um bobo imaginando como seria por breves segundos — Minha mãe sabe — O encaro — Ela adoraria conhecer Paris, cogitamos conhecer em família.

— Você é um bom garoto, Dan Hawks

— Valeu por dizer isso — Encosto meu ombro em seu braço dando um leve empurrãozinho.

— Tem falta de equilíbrio?

— Eu não? — O olho erguendo as sobrancelhas rindo sem graça — Por que da pergunta?

- — Sempre me dá esses empurrões — Ele fala sério, sem entender o porquê deles.

— Você é um carrancudo engraçado Scott — Balanço a cabeça em desaprovação e abro a porta do quarto próximo a qual eu e meu irmão iríamos ficar estendendo o braço adentrando o mesmo o vendo passar por mim.

— Sinta-se à vontade — Olho ao canto e encaro ficando surpreso e falo entre a porta e o corredor — Dante ele tem um banheiro individual, olha que injusto no nosso não.

— Eu também tenho meninos — Diana grita aparecendo a cabeça na porta do quarto dela — Chupa meninos.

— Pode ficar com este, se quiser. — Scott fala de modo breve.

— Relaxa — Comento enquanto saio do quarto, tome um bom banho se troque e se junte a nós para comer logo em seguida, beleza? — O vejo afirmar com a cabeça que tudo bem e sigo meu caminho o vendo olhar em volta de modo meio perdido, porém esperaria ele pedir ajuda, ele deveria estar com a cabeça cheia e precisava de um momento assim como todos nós para colocar a mente em ordem e se acostumar com tudo o que rolou.

— Banheiro livre — Dante adentra o quarto com a toalha amarrada na cintura, noto que ele ganhara uma cicatriz na cintura e no abdômen, não tinha como não notar, eram como garras grossas. Ele para antes de abrir o closet para pegar um roupão e me encara de canto sem se virar. — Está sentado aí quieto demais, não retrucara comigo — Ele se vira devagar — Tá!? acontecendo algo?

Suspiro levemente apoiando meus cotovelos nas coxas e ficando relaxado enquanto fito o carpete em tom bege do quarto. — Se lembra — Sorriu brevemente balançando a cabeça de modo leve. — O quanto ela queria vir aqui conosco?

— Sim — Ele se contém para não dar ar de sorriso ao se lembrar dela, ele se aproxima de mim, sentando ao meu lado enquanto olha a paisagem através de mim — Ela tinha esse sonho, eu achava bobo, mas vendo agora vejo que seria incrível tê-la aqui conosco, em uma situação diferente.

— Sim — Dou um empurrãozinho de leve nele — nem mamãe fugia das suas implicâncias.

— Mas não pense nisso — Ele me encara nos olhos e sinto seu braço em meu ombro me trazendo para perto de si. — Devemos aproveitar por ela — Ele toca em seu peito direito e depois no meu — Afinal ela sempre estará conosco — Seu rosto se ergue novamente e vejo um sorrisinho de canto e seus olhos com lágrimas — Aqui dentro.

Me levanto e sigo andando até o banheiro sem olhar para trás falando com meu irmão até sair do quarto. — Te odeio Dante — Te fiz chorar?

— Não viaja.

— Fiz sim olha suas lágrimas molhando o carpete caro do quarto.
— Ele se levanta sorrindo de modo convencido.

— Foi mal, mas vai dormir sem essa — Sorrio passando com o braço nos olhos e penso — "Idiota convencido"

Diana

Sonho, era isso que eu estava vivendo, um closet querido, vocês têm noção e essa vista? Paris sua linda eu te venero, essa paisagem é a paisagem que eu nunca vou esquecer e espero voltar um dia.

Ah! A dona X-Bios ferrou com ela, agora só deve ter no mínimo metade da torre, um bando de andarilho podre e ferrado andando nas proximidades e gente escrota querendo um matar o outro.

Caminho até o closet apenas de lingerie pegando um roupão e me colocando sobre ele, me lanço sobre a cama abrindo meus braços e fitando a paisagem do céu no teto com uma pintura de anjos em tons pastéis, a moldura em volta de ouro me lembrava aqueles cenários de realeza, o quarto tinha um cheiro de aroma suave de rosas, o carpete felpudo entrava em meio a meus dedos dos pés e em alguns momentos me causavam cócegas, meu corpo agradecia por tal regalia e a anos não sabia o que era relaxar, suspiro soltando todo peso sobre o macio colchão e sua colcha que acolhiam meu corpo como um abraço carinhoso.

— Se isso for um sonho ou alucinação eu quebro a cara de quem está brincando comigo — Me viro de lado brevemente puxando um dos quatro travesseiros os abraçando e sentindo o cheiro e maciez dele. — Isso é muito bom para ser apenas ilusão.

Acabo cochilando brevemente e me entregando ao cansaço do meu corpo, não demora muito para minha mente doentia ferrar um pouco mais com aquele dia.

...

Era um final de tarde, o cheiro de chá e cookies saindo do forno tomavam conta do gramado em volta a uma fazenda ao sul da

Escócia, os tons alaranjados do fim de tarde traziam a tona o clima familiar a qual eu tanto lutei e sonhei em viver, minha pequena Alice adentra a cozinha, ela estava com seus cinco anos, porém puxara os cabelos longos e ondulados como o da mãe, porém o tom negro era do pai assim como a cor clara dos olhos azuis como o mais belo oceano, mas devo admitir que o carisma era todo meu.

— Nossos cookies estão cheirando tão bem mamãe, será que o Papai e o Logan vão demorar muito?

— Acredito que não querida, mas você nunca pergunta nada em vão — Toco com meu dedo na ponta de seu nariz o sujando com farinha. A vejo sorrindo e limpando rapidamente me respondendo enquanto se senta junto a bancada.

— Meus dedinhos estão loucos para pegar um desses cookies escondidos.

— Temos uma caçadora aqui ágil em roubar coisas de modo sutil? — Ela sorri lançando uma piscadela para mim, dando de ombros retribuo a piscadela. — Eles devem estar voltando, Logan e seu pai não demoram muito nos dias de arco e flecha.

"Espero que ele não fique tão sério quanto seu pai" — Penso comigo, fitando a paisagem do pôr do sol pela janela da cozinha.

— "Se bem que seria um charme, mas odiaria ver ele fazendo sucesso com as garotas no futuro, mas ele será um galã como o pai, espero que não galinha." — Brinco comigo mesma em pensamento rindo sozinho e deixando minha pequena intrigada.

Assim que saio de meus pensamentos escuto a porta dos fundos da cozinha se abrindo e os dois entrando, logo vou na direção deles os repreendendo. — Armas no armário debaixo da escada e nada de entrarem com sapatos.

— Não se acostumaram com a mamãe? — Ela brinca com eles.

— Hoje acertei seis dos dez alvos, Alice. — Logan comenta empolgado com a irmã, me aproximo do meu garoto de cabelos castanhos longos e ondulados, o abraço sentindo seu corpo pequeno junto ao suéter com as cores de Adamantem e o vejo me encarando com os olhos claros e suas poucas sardas nas bochechas.

— Por que disso?

— Só queria mostrar que estou contente pelo seu progresso. — Fecho brevemente meus olhos sentindo as mãos grossas e grandes de meu marido em minha cintura me trazendo para perto de si, sinto o calor de seu corpo e seus músculos contra minhas costas.

— O cheiro está ótimo — Viro meu rosto dando um breve beijo nele vendo a careta das crianças ao separar meus lábios dos deles, olho para Alice e digo sorrindo — Agradeça a ela, hoje eu apenas a instrui.

Estava indo em direção ao forno para retirá-los quando tudo começa a se distorcer e vejo minha antiga família em minha casa do Rio. Me vejo confusa e com vestes completamente diferentes, procuro por Ethan e meus pequenos, mas não via sinal deles por perto. Sinto frio e medo logo vendo minhas mãos sujas com sangue e corpos caídos em minha frente, recuo dando passos para trás, porém logo acordo com barulho de algo caindo do quarto ao lado.

— Ethan! — Levanto com um salto indo até o quarto dele abrindo a porta com tudo vendo a gaveta da cômoda caída a sua frente ele me encara.

— Deseja algo?

"Seu corpo seu safado" — Penso comigo.

— Me assustei com o barulho — Me aproximo dele colocando a mão em seus ombros — Evite barulho gatinho, somos intrusos em um apartamento com pessoas abaixo de nós. — Me aproximo dando um beijo em seu rosto e seguia com meu caminho, noto que ele fica parado sem reação e me viro novamente o encarando.

— Não sabe por onde começar não é mesmo?

— Como sabe? Está tão nítido assim? — Seus olhos me encaram de modo sério e rio sem maldade.

— Para com isso, mas é óbvio pelo seu corpo — Me aproximo novamente — Seu corpo fala, não sei se sabe disso, seus movimentos transmitem o que sente. — Me sento na cama cruzando as pernas. — Me diz o que não sabe daqui suas dúvidas e curiosidades, preciso te deixar o máximo confortável possível em seu quarto, para se virar sozinho.

"Sozinho um caramba! tenho muita dúvida para eu morar aqui e ganhar espaço até te dar o bote." — Sorriu carinhosamente com meu pensamento malicioso.

Ele parece estar hesitante, mas ele vê e nota que não teria opção, um mundo novo e com tudo diferente do seu, era como um quebra cabeça de 100 peças ao qual levaria uma eternidade para montá-lo, ele cruza seus braços e fala de modo simplório. — Poderia me ajudar? — O vejo dar de ombros olhando em volta — Tem muita coisa aqui a qual estou vendo pela primeira vez.

— Me mostre o que é novo para você — Gesticulo com minha mão mostrando o quarto, o vendo olhar em volta pegando o controle do quarto.

— Que caixinha preta seria essa? porque essas bolinhas pequenas são tão macias e possuem coisas escritas a qual não entendi.

— Se chama controle remoto — Pego de sua mão apontando para as portas do closet que se abre automaticamente, vejo um movimento repentino dele e me controlo para não dar uma risadinha, ele caminha pouco a pouco até a mesma vendo algumas peças fornecidas pelo hotel a seus hóspedes.

— Roupas engraçadas essas — O vejo tocando o roupão — Bem macio, entendo o porquê já colocou o seu.

— Mas ainda preciso relaxar na banheira e você poderia me ajudar ou se juntar comigo — Meu olhar e semblante transmitem minha malícia, seus olhos me encaram, porém, ele era um cavalheiro.

— Agradeço a oferta, mas não posso fazer isso aqui e agora, mesmo sendo uma bela dama.

— Quanto cavalheirismo — Faço biquinho mostrando que fiquei frustrada com a resposta, me viro logo em seguida apontando para o teto e apertando o próximo botão, a tv. sai de cima do mesmo e a ligo, o vejo se aproximar dela tocando a tela.

— Isso é algo incrível — Mudo o canal e as imagens diante de seus olhos, são mostrados noticiários, filmes, séries, desenhos e novelas. Noto seus olhos brilhando e o quão novo aquilo era para ele, enquanto para nós era mais comum e de pouca importância, se bem que tem quem não passe um dia sem. — Eu posso escolher que tipo de show quero ver, como os das tavernas?

— Sim, porém com mais opção e qualidade — Sorrio — Assim penso.

— Muito mais.

— Essa caixinha me lembra varinhas mágicas e essa tal de Tv. um espelho mágico, isso é incrível. — Ele se aproxima de mim atento ao controle em minhas mãos, explicou a ele as demais funções entregando em suas mãos para ele testar, ele tinha a mão pesada e era engraçado ver como se saia, porém pegará o jeito sem muita demora.

— Está é a banheira, porém antes de entrar tome banho no chuveiro, tire a sujeira e depois entre nela para relaxar o corpo, músculos e tudo mais. Não entre assim ou estraga toda a experiência. — ao abrir o chuveiro ele olha atentamente para o mesmo não crendo de onde saía a água, vejo ele estender a mão tocando a água que escorria pela sua mão com força tirando a sujeira de suas mãos, ele me encara bem perto do box de vidro, sinto sua respiração, seu cheiro de homem e meu coração acelera sua respiração se mescla com a minha e ele parece não notar o quão tensa estava.

— A água já sai quente desta fonte, devo admitir estar curtindo muito as facilidades deste mundo.

— É mais comum para nós do que pensa. — Me afasto dele antes de ficar corada e abro a torneira da banheira, enquanto a água escorre mostro a ele os sais de banho, explicando a função dos mesmos. — Qual você quer? — Antes de me dar por conta noto que ele estava retirando suas roupas, meu rosto fica mais vermelho que um pimentão, podes pensar que sou atirada, mas não esperava vê-lo seminu naquele momento e tão de repente, quer dizer não estava preparada para isso. — O que está fazendo?

— Me preparando para tomar meu banho? — O vejo se aproximar de mim, tocando minha testa com as costas de suas mãos, fito as cicatrizes pelo seu corpo bem definido e sua altura facilitava meus olhos correrem por cada canto deles. — Pensei estar com febre, me desculpe se nunca vira um homem seminu. De onde venho tem mulheres que nos banham nos castelos.

— Não é isso estrangeiro — Toco seu peitoral sentindo um formigamento correr pelo meu corpo o afastando — Aqui quem faz isso são os casais, agora me dê espaço senão quem vai te atacar sou eu — pego o sal de banho atrás dele, o de erva-doce sempre me acalmava e ele precisava disso. — Deixarei esses para você o cheiro é ótimo e vai ajudar a relaxar seu corpo.

"E que corpo, preciso cuidar se quiser me deliciar dele." — Penso maliciosamente sorrindo de canto. Toco no timer ajustando o nível de água na banheira.

— Deixe eu ir antes que tire suas calças e eu veja sua intimidade — Passo por ele seguindo meu caminho lançando sobre ele a toalha e o roupão que estavam próximos à entrada do banheiro dobradas sobre a prateleira acima do balde de roupas sujas, ele as agarra e me encara.

— Obrigado por me ajudar e pela paciência.

— Eu que agradeço — Gesticulo para ele — Pela visão.

"Se bem que, no fundo ele poderia ter tirado tudo né, olha o pacotão minha gente, misericórdia." — Balanço minha cabeça tirando esses pensamentos safados da minha mente, mas se bem que tinha anos que eu não brincava, estava com saudade de pele na pele.

Sigo caminho saindo do quarto dele e indo para o meu, agora quem precisava de um bom banho era eu, o tanto que ele me fez suar com esse corpo e jeitão não é brincadeira, vendo o jeito que estou não vai demorar muito para engravidar dele e tornar meu sonho em realidade. Adentro o banheiro me despindo deixando o roupão e minha roupa íntima caírem atrás e abaixo de meus pés, caminho o box do chuveiro adentrando mesmo e abrindo o chuveiro sentindo a água quentinha caindo sobre meu pescoço e escorrendo pelo meu corpo, minhas mãos passam pelos meus cabelos com um bom tempo que não lavava, ergo meu rosto deixando a água cair sobre ele passando as mãos e indo até meus cabelos novamente, encosto com a testa no azulejo do banheiro respirando levemente controlando meus pensamentos e ansiedade diante da situação e mundo que estávamos.

— Vamos conseguir sair daqui — Falo para mim mesma, estendo a mão pegando a bucha e o sabonete líquido me lavando e tirando toda a sujeira, comecei esfregando levemente minha pele, porém meus pensamentos mostravam o sangue de minha família em minha pele, sangue inocente derramado quando não tinha controle sobre a entidade do Deus do ar e isso me causou um certo surto, esfrego minha pele mais forte sentindo a mesma arranhando enquanto começo a cair sentada no chão jogando a buchinha de lado, minhas costas escorregam pelo azulejo e me abraço sentada enquanto a água cai pelo meu corpo. Choro por sentir que isso nunca iria embora, viria a viver sempre com essas crises e pensamentos, me sentia muito forte, porém do nada me sentia a pior vadia sem alma do mundo, e no fundo sabia que teria que lidar com isso sozinha, pois não queria compartilhar essa dor com alguém e carregar mais uma vida em minhas costas ou mãos que já estavam tão sujas.

Alguns minutos se passaram e caminho até a banheira me deitando sobre ela, começo a emergir meu corpo dentro do espaço, meu rosto começa a submergir na água, a imagem do teto iluminado em tons pasteis de um bege grafitado se torna embaçado devido a água ainda sem os sais de banho, a temperatura morna acolhe meu corpo trazendo um pouco de calor a qual eu considerava frio, tão frio quanto o que eu sentia, escutava a batida de meu coração e fecho os olhos acolhendo-me em meio ao escuro de minha mente.

"Só queria que tudo isso me deixasse em paz, pois agora tenho amigos a qual desejo compartilhar o pouco de felicidade que tenho." — O ar em meu pulmão permanecia intacto e poderia ficar por horas ali, para eu controlar o ar em meu pulmão abaixo da água era como respirar normalmente. — "O pior vilão da minha história sou eu mesma, pois o meu eu do passado me aprisiono e sinto que já o acolhi como uma parte minha e me questiono se é ela que me prende ou eu que não a deixo ir. Parece loucura não? Mas é difícil quando a dor se torna viciante e você não consegue passar um dia cobrando a si mesma, é sufocante, agoniante alguns momentos, mas espero um dia seguir em frente, sei o caminho, porém dar o primeiro passo parece muito distante para o meu eu atual."

...

Demorei por volta de uma hora no banho, relaxei, soltei um pouco do peso em meu peito através das lágrimas silenciosas que escorriam pelo meu rosto, pedi a Alexa para tocar Pitty e foi de "Na sua estante" até "Me adora". Após sair do banho segui para a sala com os meninos sorrindo e mais leve, eu era boa em fingir que nada aconteceu e que tudo estava muito bem.

Os meninos se divertindo com a comida, Scott comia pouco, porém degustava bem uma garrafa de vinho francês da safra de

88, Dante o encarava e buscava saber mais dele, porém não perguntava, mas seus olhos o analisava bem, talvez ele aprendera comigo a analisar bem as pessoas, criei um monstro e sequer sabia.

— Não estão com fome? — Dan fala de boca cheia mostrando a nós sua fatia suculenta de lagosta.

— Come como um bárbaro meu caro. — Scott o encara balançando a cabeça de forma negativa observando o jovem, porém seus pensamentos pareciam distantes.

— Minha fome é de um bárbaro meu amigo. — Dan abocanhou com vontade mais um pedaço da carne do fruto do mar.

— Scott tem algo a compartilhar conosco? — Dante questiona o homem que inclina seu corpo antes encostado na poltrona confortável ao leste, seu braço esquerdo se apoia em sua perna, parte do seu peitoral fica a mostra devido ao roupão.

— Tenho sim — Ele toma mais um gole da bebida e nos encara falando de modo firme. — Me chamo Ethan, Scott é outro nome a qual nego.

— Uma pessoa com duplo nome — O jovem rapaz inclinou-se para a frente e prossegue, sinto o cheiro de dois orgulhosos se alfinetando. — O que mais o senhor esconde de nós?

— Apenas precisam saber disso. — Sua resposta é curta e grossa e ambos se encaram olho a olho.

— Como desejar. — Dante dá de ombros e segue quieto na dele questionando-se a si mesmo em seu pensamento, seus olhos desconfiados já dizia que sua conclusão sobre Ethan não era das boas, porém ele o respeitava.

— Querem ver algo? — Comento com eles, eles nada dizem, porém, Dan sim se levantando e vindo até mim, ficando a meu lado.

— Curtem filmes de heróis? — Ele apresenta a nós sua ideia de forma bem empolgada.

— Muito nerd. — Faço careta o encarando.

— O que é filme? — Scott mostra que nem fazia ideia do que o garoto falou.

— Tanto faz. — Dante dá de ombros pegando sua garrafa de Heineken e tomando um gole da cerveja enquanto tragava um dos seus cigarros soltando brevemente a fumaça para o alto. Seus cabelos longos caídos de lado e cinzas agora tinha alguns fios à frente do seu rosto cobrindo parte de sua testa, porém mostrando seus olhos verdes como esmeralda entre eles que nos encarava.

— Quanta animação. — Dan revida tomando o controle de minhas mãos ligando a tv. ao fazer isso as cortinas se fecham ela é inclinada a frente ficando mais próxima dos sofás e o sistema de som liga, as luzes logo baixam sua luminosidade e apenas as das laterais ficam acesas bem fracas.

— Ah tudo bem — Digo aquilo indo até à cozinha procurando no armário pipoca de micro-ondas, sem demora acho três pacotes os pegando e colocando sobre a bancada preparando uma por uma e virando no balde. — Dan me ajuda aqui — Chamo ele fazendo um sinal, ele logo vem trazendo as coisas do jantar e deixando próxima da pia.

- Tem certeza que vai deixar os dois sozinhos? — Ele passa olhares entre mim e a sala onde os rapazes estavam.

— Relaxa, só não se dão por serem muito parecidos. — Entrego para ele dois baldes de pipoca amanteigada. — Mas não se matam. — Caminho com ele com um balde de pipoca e um pack de coca em lata, me jogo no sofá com eles e convido Ethan para se juntar, ele resiste, porém, logo me levanto pegando na mão dele o trazendo para junto de nós. Destaco a coca do pack entregando uma para cada, ensinando a ele como abrir a latinha e entregando em suas mãos, ele faz um rosto surpreso ao degustar um gole da mesma, o mesmo ocorre com a pipoca, quando as vibrações da cena do filme ocorrem dando uma imersão de realidade sentia os pulinhos dele do sofá e como o mesmo chamou sua atenção. Também quem não curtia o primeiro vingador.

Fico receosa de colocar meu rosto em seu braço, porém assim faço, sou bem ousada mesmo e noto que ele não me repreenderá, os meninos me encararam, mas nada fala, Dan faz um sinal de joinha dando uma piscadela, dou um pontapé de leve nele, porém logo sorrio e falo em silêncio com os lábios.

— Valeu.

Após o filme seguimos para nossos quartos, eu recolhia as coisas enquanto Dante tentava acordar seu irmão que relutava em sair do sofá, noto Ethan se aproximando de mim e me viro assim que escuto sua voz.

— Irei te ajudar a levar as coisas.

Coloco uma mecha de meu cabelo atrás da orelha levantando meu olhar e falando enquanto recolhia as latinhas do centro de mesa.
— Não precisa — meu tom saiu tímido como de uma garota adolescente falando com o crush.

O vejo pegando os baldes e me acompanha até a cozinha, jogo parte dos itens no lixo deixando a louça dentro da pia seguindo no corredor que levava aos quartos.

— Obrigado pela mão que me dera. — Abro a porta do meu quarto e antes de fechá-la aceno um tchau para ele que responde com um aceno de sua cabeça seguindo seu caminho. Me lanço sobre a cama e sem muita demora meus olhos pesam e noto que a luz vai se apagando aos poucos e apenas a luz da noite adentra parte do meu quarto.

...

Acordo naquela madrugada com a boca seca, sigo meu caminho até a cozinha descalça apertando o roupão em minha cintura quando noto a presença de alguém sentado próximo a grande janela da sala, admirando um artefato a luz do luar com muita atenção.

Caminho lentamente me aproximando vendo que era Ethan, ele se vira me olhando, porém nada fala, me sento de frente para ele na beira da janela, abro a parte de cima sentindo o vento leve e frio da madrugada adentrar o espaço passando por nós, abraço meus joelhos apoiando meu rosto sobre os mesmos o encarando, ele admirava a adaga e passava com a ponta dos dedos sobre o nome Haavik.

— Quer conversar? — Ele passa um olhar breve para mim, falando de forma breve e encara brevemente o luar.

— Não precisa se preocupar, está tudo bem comigo Diana.

— A maioria que diz isso é por que está carregando o mundo nas costas, essa resposta é dada por pessoas nobres que não desejam afetar os demais com seus problemas. — Ele passa seu olhar para mim e logo sorrio de modo simples completando. — Acertei não?

— É muita coisa para se contar em uma noite — Ele suspira manipulando a mesma de uma mão para a outra.

— Não tenho pressa, só quero que confia em mim para contar poucas coisas, estou aberta para compartilhar contigo o mesmo. — Dou de ombros e faço uma expressão de que me lembrei de algo, estendo a mão para ele e sorrio inclinando a cabeça para o lado fechando os olhos e falando com a voz em tom de gratidão. — Muito obrigado.

— Pelo que? — Ele hesita em pegar em minha mão não entendendo o motivo deu agradecê-lo.

— Por salvar minha vida. — Ele pega em minha mão brevemente e volto a minha posição anterior, logo volto em minha posição anterior e prosseguimos conversando.

— Faria isso por qualquer um que estivesse passando pela sua dor ou em perigo — Ele olha para a adaga novamente a apertando em suas mãos e sinto verdade e cada palavra que sai de sua boca. — É o mínimo quando se carrega esse poder destrutivo dentro de mim, tento fazer o certo, mas nem sempre saída forma como desejo. — Algo em sua voz carregava um tom de tristeza e sinto que ele carregava um fardo muito grande e guardar isso para si já fazia dele um herói.

— Não tem o filme a pouco a qual vimos? — Comento com ele e o mesmo afirma que sim com a cabeça me encarando com curiosidade em seus olhos claros. — Viu que os heróis são como nós não?

— Mas aquilo é superficial, o que enfrentamos é mais perigoso e difícil que aquilo.

— Seu cabeção — Brinco e dou uma risadinha — Não é isso — olho para os lados e prossigo. — Eles assim como nós somos humanos, apesar do fardo e poder que possuem, mesmo que tudo seja difícil na vida pessoal deles, quando decidem lutar e salvar o dia, é por que acreditam que podem evitar pessoas terem uma vida difícil como eles tevê, vejo que não lutamos só por nós, mas sim para quem é importante pela gente e com esperança que o amanhã seja melhor que o de ontem.

193

— É muito nobre esse seu ponto de vista. — Ele comenta comigo e logo o questiono sobre o porquê olhava e admirava tanto a adaga.

— Ela é muito importante para você — Ele ergue o rosto me olhando nos olhos. — Tenho certeza que alguém que considerava muito lhe deu, não?

O vejo engolir em seco e pensar um pouco antes de falar, ele estende sua mão segurando a ponta da lâmina com o dedo indicador e do meio a ofereço a mim para pegá-la. Seguro a mesma com a mão direita a levando na altura de meus olhos e vendo o reflexo de meu rosto na lâmina e em meio ao sobrenome Haavik, toco sobre elas e ele me observa.

— Ela é linda, muito leve e bem única — Estendo devolvendo ao mesmo.

— Porém tem um peso muito grande sobre mim, a responsabilidade e dever que ela me lembra toda vez que a empunho. — Vejo ele sorri enquanto a observa levantando seu olhar para mim e falando de modo breve. — O mesmo peso da responsabilidade dela me traz alegria e tristeza, o tempo está me ensinando a como lidar com os dois em equilíbrio.

— Assim como fez comigo — Dou de ombros com um ar de sorriso de conformidade. — Se importaria se eu fizesse algumas perguntas? — Ele balança a cabeça falando que não e o encaro nos olhos vendo a oportunidade de saber mais sobre o homem sério a qual estava tendo um leve crush. — De onde você é?

— Nasci em Adamantem, mas com as demasiadas guerras foram levadas ao planeta Terra e cresci sendo um fazendeiro da Noruega. — Ele é breve em suas perguntas, porém vejo um brilho em seus olhos quando ele fala da sua vida como fazendeiro.

Sorrio levando minhas mãos aos lábios e falo erguendo meu rosto o olhando novamente, meus cabelos balançam de repente quando um vento mais forte adentra o recinto a qual estávamos. — Não desconfiaria que levava uma vida globo rural.

— Não entendi muito bem, mas esse meu antigo eu havia morrido, devido a algo que ocorreu naquelas terras — Seus olhos se tornam tristes e sua expressão séria e madura não consegue esconder o que seus olhos transmitem e seu tom.

— Foi mal se despertei más lembranças — Toco em sua mão e ele deixa o olhar da paisagem me encarando.

— Sem problemas.

— Próxima pergunta, por que me salvou? — Gesticulo um pouco agora enquanto falo expressando sinceridade em meu rosto e voz.
— Tipo, não me conhecia e a pouco você estava lutando contra nós e aquela garota. — Sorrio balançando a cabeça negativamente e olho através da janela a cidade adormecida, porém rica em beleza, intercalo meu olhar entre ele e Paris.

— Eu faria isso por qualquer um e por mais que eu não a conheça o suficiente, sinto que é uma boa pessoa. — Ele era mais sincero do que eu pensei, suas palavras eram verdadeiras e sentia isso, pois aprendi a ler bem as pessoas no tempo que ficara presa na X-Bios.

— Isso faz de você um homem gentil — Toco novamente sua mão sorrindo de forma grata e falando bem firme próxima a seu rosto me aproximo sem perceber dele. — Para mim, é um herói, não importa o que viveu ou fizera, mas sim o homem que está escolhendo se tornar, independente do que o mundo nos fez, são esse tipo de atitude que define o caráter de uma pessoa.

O vejo olhar para fora e torna a olhar em meus olhos — Você falou igual ao meu pai de criação... infelizmente tudo no momento é complexo para mim.

— E sempre será, vencemos um inimigo hoje para quando acordarmos amanhã um novo surgir de onde menos esperamos, temos que ser forte e nos reinventar a cada dia Ethan — Toco com a mão direita em seu peito — Não deixe a luz que habita aqui dentro se apagar, ela irá guiá-lo como sempre fez — Toco com a esquerda em sua testa sentindo os fios de seus cabelos em minhas mãos e a temperatura de seu corpo. — E busque ser a voz ativa em sua mente — Sorrio me afastando e brincando comigo mesma. — Chega a ser irônico logo eu falar em controle da mente.

— Por que riu de si mesma?

— É complicado — Suspiro — Mas deve ter visto mais ou menos o porquê disso.

— Se lhe ajuda — Ele apoia seus braços em seus joelhos — Mas não tem culpa do que aconteceu anos atrás, não vire prisioneira de coisas que já aconteceu, mas sim a mulher forte que carregou isso durante anos e ainda está aqui provando a si mesma e a todo que pode fazer o certo pelo certo.

— Valeu por isso — Solto um "Tschu" fazendo um olhar de irritada por ele ter razão — Pelo visto temos monstros que carregamos dentro de nós que precisam ser destruídos. — Dou uma balançada no corpo seguindo — Por que tão sério? Sabe você é muito na sua, parece sempre estar na sua ou preso em um mundo seu.

— Talvez eu sempre esteja sério, pois eu gosto do silêncio, gosto de estar perdido em meus pensamentos. Eles e minhas lembranças são as melhores companhias que tenho. — Ele é direto em sua resposta e analisava bem minhas reações.

— Foi mal — Me sento de lado agora cruzando minhas pernas ficando de costas para a janela, fitando a sala ao lado. — Tem uma invasora nesses pensamentos, não conheço limites e talvez tenha que se acostumar com isso. — Vejo um arzinho de sorriso, mas não comento para ele não ficar sério novamente. Estendo minha mão em direção a seu rosto ele segue a ponta de meus dedos sutilmente vendo até onde elas iriam, toco de modo delicado na cicatriz de seu olho fazendo a próxima pergunta. — Como ganhei essa cicatriz? Deve ter doído muito e quase lhe custou um olho.

— Esta cicatriz eu ganhei durante um torneio de vida ou morte. Meu inimigo lançou uma faca contra o meu olho, mas eu consegui desviar deixando essa grande cicatriz. Espero não a ter assustado.

— Ele dá sua resposta e vou me afastando percebendo que cada vez estava mais próxima dele, ele falava sem relutar em dar as respostas, talvez, no fundo precisava dessa conversa ou só de alguém que mostrasse interesse em saber dele e da sua história.

— Que barbaridade esses torneios, é tão medieval. — Meu tom saiu um pouco irritado e bufo levemente. — Mas ainda bem que você foi ágil, como disse lhe custaria um olho. — Penso comigo.

— "Mas não afetaria em nada sua beleza, iria apenas lhe deixar mais tesudo com ar de machão sobrevivente."

— Irei fazer a última e juro que acabo com o interrogatório — Olho para baixo e agora vejo meus pés balançando levemente. — Deve estar pedindo em pensamento para me calar ou ir para lhe deixar sozinho.

— Que isso — Sinto o toque de sua mão em meu ombro — Sua companhia é boa, mas não nego que esteja falando até demais.

Dou risada fazendo uma cara de surpresa disfarçando minha timidez e levemente minha bochecha corada. — Agora tem senso de humor? — Faço agora tom e olhar convencido — Agradece mesmo poucos tem esse luxo de me ter como ouvinte e companhia — Suspiro e já solto a última pergunta — Pelo o que você luta?

— Eu luto pelo meu povo, pelos meus fiéis. Pela esperança dos injustiçados. — Ele parecia ter a resposta na ponta da língua e vejo nobreza em sua resposta.

— Você é incrível e mais forte do que pensa — Sorrio de forma calorosa me preparando para descer, não era tão alto onde estávamos sentados porém no meu pulinho me desequilibro o vendo saltar e me segurar para não cair de cara sobre a decoração a minha frente sobre uma pequena mesinha.

— Está bem? — Ele me segura em seus braços e meu rosto estava próximo do seu peitoral, meu rosto erguido encarava o seu próximo do meu.

— Estou sim — Falo com a voz baixa e ficamos nos entreolhando, minha voz quase não saia ou estava a ponto de sumir, sinto um calor em meu corpo e peito, meu rosto vai se aproximando lentamente do dele, quando menos percebo meus braços estava envolta a seu pescoço o trazendo para perto de mim.

Fala sério o cenário era perfeito, a luz do luar nos iluminando, a paisagem da Paris calma atrás de nós, se não fosse por isso.

— Eu esqueci do meu chocolate quente — O sonâmbulo do Dan surge andando e tropeçando em alguns móveis resmungando em um tom choroso a dor do mindinho que batera na quina da parede.

Nos separamos e penso levemente irritada e a ponto de chorar por falta de sorte. — "Fala sério Dan, eu estava ponto de dar um beijaço no estilo novela mexicana." — Faço birra mentalmente.

Scott segue caminho indo para perto de Dan e fala me olhando — Preciso ajudá-lo.

"Claro que precisa fofo, isso é natural seu" — Penso falando irritada mentalmente.

— Sem problemas, sabe aonde é o quarto deles? — Comento me aproximando deles.

— Sei sim — Ele comenta seguindo caminho com Dan e para se virando e me olha, seu tom era amigável. — Obrigado pela conversa, tenha uma boa noite.

— Eu que agradeço — Comento cruzando meus braços os olhando seguir corredor afora. — Espero repetir qualquer hora dessas — falo baixo para mim mesma.

"Longe do Dan, claro." — Meu eu mental comenta me arrancando um risinho.

Illusion

Crossover 01: A saga irmãos Hawks & Reino lapidado

CAPÍTULO 10:
CONHECENDO O TERRITÓRIO

DAN

Acordo com minhas pernas fora da cama, noto que Dante se arrumava e me sento na beirada passando com a mão no rosto me espreguiçando logo em seguida.

— Bom dia Dante — Olho em volta a procura de algo para me vestir, porém, me lembro que só tinha a roupa a qual viemos e cá entre nós não era tão normal assim, estavam bem maltrapilhas e isso levantaria suspeitas. — Vamos sair por aí assim?

— Bom dia e sim, pois é o que temos. — Ele arremessa em minha cara minhas peças de roupas e as agarro antes de atingir minha cara, seu tom já levava um tom irônico. — Mas caso queira mostrar sua bundinha branca em terras francesas, não serei eu que o impedirei.

— Vai a merda Dante — Retruco me levantando e vestindo.

— Quanta malcriação logo pela manhã maninho — Ele passa por mim, mexendo em meus cabelos saindo do quarto, rebato com

202

minhas mãos na sua e vejo seu sorriso ardiloso no rosto.

Sigo fazendo minha higiene matinal e sigo para a cozinha para preparar meu café, porém ao sair no corredor sinto um cheiro conhecido por mim e meu irmão, quando me aproximo dele que estava parado entre a cozinha e sala vemos Diana preparando panquecas, de costas a mesma com avental e cabelo preso a rabo de cavalo nos desperta a lembrança que remete a nossa mãe, nos entreolhamos e falamos juntos.

— Panquecas — Em uníssono, ela se vira para nós e somos tirados de nossos pensamentos e sentimentos nostálgicos da infância.

— Bom dia para vocês também Hawks — Ela retira mais uma colocando sobre a pilha do quarto prato e os levando a bancada, fazendo uma brincadeirinha conosco — Coisa feia ficar espionando minha beleza, isso aqui não é roteiro de pornô tá.

— Não pensei isso, já o Dan — Dante se afasta de mim se sentando e pegando sua xícara de café — Ele está em uma fase que tá doido para colocar a salsicha no pão. — Ele ri e leva o copo a boca olhando para mim me alfinetando.

— Diana sabe que não sou desses — Me sento me servindo em e bate a preocupação a encarando — Você sabe não é mesmo? — Ela hesita em me responder e fico preocupado com a minha reputação.

— Eu sei bobinho — Ela leva a calda quentinha em uma pequena jarra deixando próximo a nós.

— O Ethan está dormindo ainda? — A questiono olhando em volta notando que não o vi desde ontem à noite.

— Ele está no banho, me auxiliou na limpeza da cozinha — Ela aponta a faca para mim e intercala olhares entre nós em tom irritado. — Coisa que vocês deveriam fazer e não a visita.

— Foi mal aí mãe — Dante a olha falando em tom provocativo.

— Dante Hawks você não deboche de mim.

— Bom dia — Ethan chega à cozinha se juntando a nós. Respondemos e logo noto a mudança no comportamento da Diana.

— Cuidado Ethan ela está com raiva provavelmente — Diana empurra boca adentro uma panqueca quase que por completa, salto da cadeira por quase me engasgar.

— Está boa não é mesmo Dan? — Ela fala comigo enquanto segue com os olhos o homem que se senta ao lado dela, Dante ria silenciosamente ao meu lado e respiro mais calmo após tirar metade de minha boca e ela se sentar servindo o mesmo.

Falo em meio a respiração pesada ainda retomando o fôlego. — Pessoas morrem embargadas sua doida.

Ela leva a mão na boca falando de modo cínico. — Não foi minha intenção, me desculpa tá bom. — Ela se vira para o homem e prossegue. — o que achou? Já havia comido antes?

Ele pega duas fatias grandes, segue mastigando e não se incomodava com os nossos olhares esperando sua resposta a Diana. — Está ótimo, será uma ótima esposa e mãe.

— Se ela tinha dúvida agora foi confirmada. — Dante comenta comigo de modo baixo e vejo com outros olhos já os dois.

— Ela não será mais a viúva dos sete ventos — olho para meu irmão e comento — o pessoal de Aircity terá que ver outro apelido. — Dou de ombros completando enquanto os olhos. — Se bem que eles combinam e mesmo ele sendo fechadão, ele a faz feliz de certo modo.

— Sei pouco sobre ele então não confio, só o aceito. — Dante termina seu café e se levanta me encarando. — é a verdade, não me olhe assim.

— Certas coisas nunca mudam — balanço a cabeça em desaprovação pelo seu modo de agir e pensar.

— Gente olhem aqui — Dante para e se vira antes de adentrar a sala. — Após o café iremos à cidade atrás de roupas. — Ela bate palminhas, empolgada, parecia que achou com o que se divertir nesse mundo.

- Ah não, fala sério. — Reclamo revirando os olhos deixando claro em minha voz e semblante que não estava afim ao engolir uma fatia da panqueca

— Dan, precisamos nos camuflar — Dante fala diretamente comigo e sabia que o mesmo compartilhava do mesmo sentimento que o meu, porém a situação não nos dava outra opção. — Também não sou fã, mas faz sentido.

— Sempre tem sentido o que falo, meninos. — Diana cruza os braços e noto que a mesma já havia terminado de comer e apenas conversava conosco agora.

...

Após tomarmos nosso café saímos pelo teto do prédio, voamos para as ruas laterais do mesmo, já que eram as que nem sequer tinha movimentação, sabíamos que na tv. não se falava mais nada além da batalha que ocorrera na noite anterior sobre o prédio, para nossa sorte ninguém conseguirá focar as câmeras em quem brigava ou em nossos rostos, porém era eminente o da população, afinal explosões e caos ficaram marcados na cobertura daquele prédio.

Pousamos e seguimos caminhando a passos largos indo em direção a avenida principal onde ficava concentrado a área comercial e mais movimentada da cidade, o ponto turístico de compras e fotos devido à torre, o sol contribuirá para a aglomeração, mas confesso que adoraria passar o dia todo por ali explorando cada canto. Ah! São mesmo e vamos, porém devo ser profissional, como os espiões de filmes a qual eu assistia, missão impossível não é mesmo?

— Dante — Meu irmão passa olhar para mim enquanto andávamos lado a lado. — Olha o cheiro de crepe doce no ar — Meus olhos brilhavam e minha boca se enchia de água.

— Controle sua lombriga Dan, ainda não temos dinheiro — Ele me advertiu e fico um pouco irritado, mas ele tinha razão, a falta de dinheiro nos quebrava, porém, não muito distante visualizamos um caixa eletrônico e Diana nos fizeram sinal para irmos com ela até lá, assim fazemos.

— Dante ainda está com o ponto a qual Ace nos dera para nos comunicarmos durante a missão? — Ela o encara após sua pergunta, Dante revira os bolsos de seu jeans preto rasgado e logo estende a mão com o pequeno artefato.

Diana o pego e logo o destrói, pequenos fios são descascados ao dente por ela que os encosta na entrada do cartão, ela vai apertando em esquecia no local aonde liberava a função ouvir e responder, o caixa começa a responder aos comandos dela e logo o mesmo vai barulho de liberação de dinheiro.

— Seu rosto foi filmado sabia? — Dante comenta e ela o olha de canto o respondendo de forma irônica.

— Desativei com dois toques para três toques pausa um toque. — Ela pega a quantidade de dinheiro em mãos e divide conosco, eram muitas notas, ela levará no mínimo metade do caixa. — Aqui está meus queridos, cinco mil euros para cada, usem com responsabilidade — Ela segura no braço do Ethan que olhava as notas as guardando no bolso. — Vamos indo?

— Sou todo seu — Ele comenta a encarando.

— Fala isso não homem — Diana ri e eles seguem caminho deixando a mim e meu irmão.

— Tenho medo do que ela possa fazer com ele. — Comento olhando para Dante voltando a os ver e não demoram muito para perdê-los de vista em meio a multidão. Me viro e volto olhando para Dante que olhava a nossa volta parecendo procurar algo. — O que foi?

— Nada não — Ele comenta, porém, estava preocupado com seja lá o que foi que viu. — Aonde quer ir? — Meu irmão se vira olhando para mim é até estranho ele me perguntar algo e não já ir fazendo.

— Que medo - Comento saindo na frente e ele ainda fica para trás com cara de nada me ouvindo e seguindo com os olhos — Seja lá o que viu te deixou mais estranho do que é.

— Vai a merda Dan — Ele então segue ao meu lado e aponta para a loja da kings — Tá a fim de mudar essa cara de nerd?

— Não é nerd e sim geek — Empurro ele de leve rindo e falo de modo convencido — E faz muito sucesso tá!

— Com a Snow não é mesmo?

— Não fala dela agora — Aperto os lábios e minha mente traz a imagem dela desde a última vez que a vi. — Me deixa mal por não ter sido forte o suficiente para resgatá-la. — Sinto seu braço em meus ombros e ele me puxando para perto de si.

— Fica assim não, nós fizemos o possível e ela sabe disso. — Passávamos pelas pessoas sentindo o cheiro dos perfumes, em alguns pontos das deliciosas comidas típicas de food truck e da cultura francesa, olhando os casais apaixonados de adolescentes até senhores que me davam a sensação e desejo de um dia envelhecer ao lado de quem amo, famílias passeando e curtindo o dia, crianças brincando com os pets e seus amigos e me sinto leve e em paz, sentia saudades dessa normalidade em minha vida, nesses momentos bons e alegres, meu coração e olhos se enchem de água e meu rosto transmite alegria e o todo aquele sentimento que Paris estava me oferecendo novamente. O sol quente resplandecia sobre a fonte de água do centro comercial, sobre as flores nos quiosques de floriculturas e o vento de leve trazia até minhas narinas o cheiro suave do perfume.

Estava em frente a loja quando somos atendidos pelo homem que logo nota que éramos americanos e fala em um inglês com sotaque conosco, ele estava com uma roupa bem no estilo skatista e nos trata de igual para igual, olho para os manequins vendo os estilos daquele ano, muitos cabides com os mais diversos estilos, roupas e cores. Ele questiona meu irmão perguntando que estilo ele curtia e ambos comentam sobre o que ele vestia atualmente, muitas roupas e estilos são apresentadas a Dante que as olha e mostra para mim, vejo ele vestido em várias, entrando e saindo da cabine enquanto eu aguardava a minha vez.

Sem mais delongas das dez peças Dante fica com três modelos, um modelo com uma blusa longa preta passando da sua cintura, uma calça apertada na canela com pequenos cortes no decorrer da perna e um all star cano alto preto é o que ele já estava vestido e iria ficar com ela, o homem ajuda ele a colocar duas correntes presas na alça da calças dando um toque um pouco mais punk, Dante pega uma luva de couro preta a qual seus dedos ficavam a mostra e uma corrente de prata com o logo da sua banda favorita green day.

— E aí, o que achou? — Ele me pergunta fazendo uma pose com os braços cruzados.

— Muito Dante — Me levanto rindo e indo até ele que me abraça e me dá um leve empurrãozinho em direção a cabine, o vejo se jogar largado sobre a poltrona a qual eu antes estava.

Dentro da cabine as três peças a qual, mas me agradam estavam penduradas ao lado do espelho, vejo meu reflexo vendo o quanto cresci e forte me tornei, meu semblante refletia a superação a qual eu tive que aprender na força a colocar em prática em minha vida nos últimos anos. Começo a tirar minha roupa ficando apenas com a cueca box vendo em meu abdômen e tocando sobre as cicatrizes que ganhei na infância, em meu músculo direito a marca de um corte feito pela adaga de um caçador de elementarys, meu peito esquerdo a marca da queimadura da explosão e vejo cada uma como uma lembrança boa de que estava vivo por um propósito.

Começo a me vestir com o primeiro conjunto que compunha de um jeans vermelho mais puxado para um vinho, uma camisa preta com o logo da série Stranger things e uma jaqueta jeans preta, uma touca gorro com listras brancas e vermelhas ajusto em minha cabeça deixando para fora pouco do meu cabelo que estava um pouco grande, algumas mechas do meu cabelo ondulado castanho ficam a mostra, coloco um, óculos sem grau seguido de um tênis adidas de cano alto. Saio da cabine e aperto os lábios falando com meu irmão abrindo os braços e meio sem jeito. — O que acha, sabe eu curti muito.

— Meu maninho é muito nerd mesmo, mas não te vejo com outra roupa sabia. Cai bem em você esse estilo. — Ele é mais sincero e até que bom comigo em suas palavras, não levei como zoeira.

— Vou ficar com essa para sairmos conhecendo a cidade o que acha?

— Por mim, combina muito com Paris — Ele dá de ombros e completa — Sabe que não entendo de moda, para mim roupa é roupa, mas essa está ótima e bem cara de tour de estrangeiro.

Visto os outros dois e me apresento a ele e ao vendedor que aprovam, fico imaginando o que nossa mãe pensaria ou nossos amigos nos vendo fora das roupas de batalha e das terras sem fim, seria legal fazer esse tipo de passeio com eles. Mas como não estão aqui, talvez possamos tirar fotos e mostrar a eles quando voltarem ou se não levar lembranças, caramba! que velho que sou, mas seria legal, que se dane levarei lembranças daqui para eles todos.

Vamos ao caixa e pagamos, o atendente era muito gente boa, ele levou as sacolas nossas e nos acompanhou até a saída, eu e meu irmãos íamos conversando e trocando muitas ideias sobre os locais que passamos, o arco do triunfo era um ponto turístico famoso por lá, muito bonito, mas Dante não entendia muito e apenas achou enorme e bem coisa cult. ele disse, admirei bem o monumento e falava com ele, porém era como explicar a importância do mesmo em seus pais a uma criança que a pouco iria esquecer, o local estava bem cheio de turistas que tiravam fotos e comentavam uns com os outros assim como eu estava tentando com meu irmão.

Porém, o que mais gostamos foi dos food trucks próximos nas grandes praças e jardins, nos logo pegamos dois crepes grandes de morango com calda e chantilly, mordemos com vontade o primeiro espaço sentindo a doce massa fina da baunilha com o doce azedo do morango e cremosidade do chantilly que abraçava nosso paladar.

— Vou querer mais um, de verdade — Falo com as bochechas cheias levando a mão a boca — Isso está muito bom.

— Para de ser gordo Dan — Dante retruca comigo — Mas também vou querer. — Dou risada com ele e nos sentamos na praça aproveitando um pouco a paisagem e vista que tínhamos dali sobre a fonte a qual pessoas jogavam moedas pedindo por um desejo.

— Quer tentar depois?

— Isso é bobeira — Ele me olha e me vê o encarando com um olhar e expressão "Para de ser estraga prazer" — Mas se é importante para você criânção, tudo bem. — Ele dá de ombros e prossegue finalizando seu crepe.

Nos levantamos e antes mesmo de irmos comprar o segundo retiro do bolso uma moeda para ele que a pega em mãos e olha para mim me questionando.

— Me mostra como faz.

— Beleza — Seguro a moeda com as duas mãos, fecho os olhos

e falo sussurrando em um tom que apenas eu ouvia a lanço sobre a fonte, a mesma sai rodopiando no ar e escuto o barulho dela colidindo com a água e afundando pouco a pouco, olho para ele — Viu faça seu pedido e apenas você saiba a lance na altura e forma como quiser.

— Que idiotice, mas beleza — O vejo não falar nada apenas mexer os lábios, queria saber o que o chato iria pedir, mas não tive esse desejo. — Pronto. — Ele diz aquilo apenas a jogando fonte adentro, o encaro incrédulo com a frieza, mas não o questiono, era o que ele pensava, pelo menos me acompanhou.

Sigo atrás dele, compramos mais um crepe e seguimos andando pelas lojas a nossa volta enquanto comíamos o com sabor de churros, que, é muito bom se algum dia vir um food truck de crepe, compre é muito bom e vale a pena. Aproveitamos para comprar as lembrancinhas para o pessoal e uma instashot para registrar nossos momentos, tirei algumas fotos bem aleatórias com Dante, algumas ficaram engraçadas e ele até chegou a me ameaçar, não só a mim como as fotos e a minha câmera.

Não via a hora de encontrar com Diana e Ethan e fazer o mesmo com eles, fotos são como memórias congeladas e que podemos pegar em mãos e trazer a tona a lembrança, sentimento e momento. Agora queria mais do que nunca os eternizar. Que as 18 horas chegassem para que pudesse vê-los novamente e assim fazermos um programa juntos, confesso estar curioso para saber como eles estariam vestidos e o como estariam curtindo.

Sinto que alguém nos observava e seguia nos corredores da galeria de lojas, sinto um calafrio na espinha e paro de imediato olhando para trás, mas nada sinto e meu irmão conjura uma esfera de ar envolta a sua mão me colocando para trás e olhando à nossa volta, seus olhos se tornam sérios e sua posição é de ataque, porém apenas víamos pessoas e mais pessoas a nossa volta e passando por nós.

-Penso que foi só impressão nossa, estamos preocupados com aquela garota demônio.

— Dan, se aprendi algo esses anos é que nossa intuição nunca falha. — Estamos atrás de pistas sobre ela, mas ela é quem nos encontrou primeiro. — Ele cessa seu poder e seguimos caminho lado a lado e atentos à nossa volta. — Não podemos descontrair por completo, me perdoe, mas é assim que nossa vida é agora.

— Eu sei, mas mesmo assim fico feliz pelo instante de "paz" que temos. — Escuto uma voz passando bem próxima de mim, tudo se torna lento e vejo os cabelos longos e mesclados dela em preto e branco passando ao meu lado e parte do seu rosto e sorriso cinzento, seus olhos me encaram em meio as mechas.

— Seus momentos felizes são tão falsos quanto sua esperança de sair vivo daqui Dan Hawks — Ela ri após falar aquilo, me viro com fúria para o lado, mas o tempo volta ao normal e não a vejo mais, tento disfarçar, mas era péssimo e Dante nota, porém nada fala esperando que eu comentasse algo, porém prossigo em silêncio e aponto para uma loja indo com ele em direção a mesma.

Me questionava mentalmente procurando entender como ela fazia aquilo e como sumia tão rápido sem ter aberto aquelas fendas dela, será que ela poderia ocultar sua presença ou ficar invisível?

Era tudo muito vago e todo cuidado era pouco, torço para que ficamos seguros até todos estarem reunidos.

Diana

Segui pelo lado oposto dos meninos, não queria correr o risco de ser interrompida pelo Dan, no fundo, sei que não é por maldade, mas por favor né gente. Estávamos indo para o lado nobre da cidade, caminhamos por cerca de dez quarteirões distantes do centro, as ruas lojas e pessoas mudaram, narizes empinados, olhares tortos e sabia que Ethan notara assim como eu.

— A vontade de enfiar os euros na cara deles é enorme, mas irei pisar com classe.

— Vai brigar com esse povo da nobreza?

— Não — Dou uma risada breve — Irei provar que posso me vestir e portar como eles, mas se bem que não quero, esses tipos de roupas de couro e grife não faz meu tipo, gosto de roupas que me sinta à vontade e que valorize a beleza de uma brasileira.

— Eu curto roupas que me deixem à vontade também, mas é muito diferente da minha realidade — Ele olha a nossa volta, paramos em frente a uma loja de roupas que tinha de tudo, porém a marca deixava os valores um pouco salgados.

— Curte shopping? — Pergunto de forma inocente, ele me encara e minha ficha cai — Relaxa irá saber o que é. — Faço um sinal para o Táxi que para de imediato, ele me encara achando estranho eu entrar em algo considerado pelo seu tamanho e porte um pouco apartado. — Pode confiar, isso é nosso meio de ser levado de um lado para o outro.

Ele acena que tudo bem e adentra os bancos de trás assim como eu e se acomoda ao meu lado, o homem nos pergunta aonde queremos ser levados, respondo que para o shoppings mais próximos das redondezas, Ele se surpreende pelo meu francês, assim como todos que me vêm falar, para uma "favelada" isso é como ter ouros nas mãos e não me arrependo de ter aprendido pela internet ou não ter certificado, quem sabe faz e não precisa de um papel para falar que sabe e sim mostrar na prática.

Não demorou muito e custa apenas 25 euros dentro do carro observava Ethan vendo cada detalhe da cidade romântica e confesso que minha vontade era pegar em suas mãos, porém sabia meu limite e não queria assustá-lo sendo atirada.

— Chegamos — O shopping era próximo de um ponto turístico e confesso estar louca para passar por lá depois. — Depois se importaria de ver comigo o jardim de palais royal. Eu amo esses passeios natureza sabe.

— Já disse que sem você me guiando por aqui estou perdido. — Ele fala de forma tão natural que me faz sentir frio na barriga e me causar uma sensação de fofura por sua pessoa sem tamanho.

— Tudo bem, mas você me deu o controle. Depois não venha tirar das minhas mãos. — Sorrio e sigo adentrando com ele que olhava atento a estrutura enorme do shopping que tinha detalhes nos pilares que remetia à cultura grega, assim como as grandes entradas, as várias lojas em todos os lados e pessoas a deixa bem centrado e curioso por cada detalhe, mas que para ele era grande.

— E aí, o que está achando?

— É tudo muito novo, porém é bom.

Logo vejo um quiosque de sorvete de máquina seguro nas mãos deles esquecendo minha preocupação e medo, vejo que ele retribui a segurando e caminho a passos largos antes que alguém chegasse a nossa frente.

— Poderia me ver dois sundaes um de caramelo e outro de morango por favor.

— Sim senhora — A mulher respondeu se virando e já preparando o pedido, me viro olhando para ele e sorriu empolgada.

— Quero ver o que vai achar de sorvete.

— O que seria isso?

— É algo muito bom que só comendo para saber. — Ela estende a mão me entregando o de morango que passo para ele. — Deleite-se na maravilha das comidas e sobremesas mais gostosas.

— Pego em seguida a minha de caramelo pagando a ela e agradecendo-a.

Me sento com ele próximo de um dos bancos o vendo levar a primeira colherada à boca, ele fica em silêncio e vejo sua boca mexendo lentamente, ele logo engole e se vira para mim, fazendo um comentário sobre o que acharam.

— É muito bom, logo se desfaz, mas o gosto fica na boca, é viciante, a cada colherada você quer, mas me lembra neve, mas com sabor. — Ele sorri brevemente de canto — Eu gostei muito, é uma boa sensação.

Solto um gritinho de leve o fazendo tomar um sustinho — Foi mal — Sorrio — Mas foi muito legal ver que curtiu, mais um ponto para mim. — Noto que no canto de seu lábio um pouco da massa branca do sorvete passara despercebida por ele, pego o guardanapo que vem junto ao copo do sorvete o pegando em minhas mãos e vou de forma sutil e delicada limpar, ele parar de comer e segue minha mão até sua boca me permitindo limpá-la. — Pronto — Fico um pouco corada — É que estava sujo, você meio que se empolgou — Sorrio sem jeito — Quer experimentar o meu? — Digo erguendo o copo disfarçando. Tiro uma colherada e levo em direção a sua boca. — Ande abra a boca bobinho. — Ele assim faz e o sirvo — Curtiu o açucarado do caramelo?

Ele afirma que sim com a cabeça e faz o mesmo comigo, ele retira uma colher do seu sorvete com bastante calda levando em direção a minha boca, meu coração estava acelerado e eu tentava controlar meus sentimentos, mas era certo que minha bochecha ganhará um tom rosa, me deleito do momento e do doce e gelado que me era dado e o encaro experimentando o doce azedo dado por aquele homem, levo as duas mãos a boca sentindo o choque que o gelado do sorvete causara a meus dentes ele se preocupa.

— Tudo bem? Te machuquei?

— Não, é apenas meus dentes sensíveis — Sorrio com a preocupação dele colocando minha mão sobre a dele que repousava sobre sua perna. — O seu está mais gelado que o meu só isso.

Acabamos de comer e seguimos caminho pelo shopping a procura de uma loja que combinasse com nosso estilo rebelde, livre, leve e solto de viver. Paramos em frente da loja da Young Rebel, olho para ele que me olha "Você que sabe" — Vem, já te imagino com um look daqui. — Seguro em sua mão entrando na loja a vendedora vem até nós e já estendo a mão.

— Te chamo se tiver qualquer dúvida, preciso de espaço moça, mas valeu pela atenção. — Pisco para ela mandando um beijo, vou à ala masculina primeiro e passo as camisas do cabide tirando-as e colocando em frente ao torço dele faço caras e bocas e ele fica mais perdido que cego em tiroteio. — Essa não — Mudo para outra — Essa talvez combine. — Pego no total quatro e sigo para a parte de jeans. — Segura isso para mim querido.

— Tudo bem — já lanço em seus braços e fico um pouco perdida sobre o tamanho de suas calças, dou uma voltinha analisando o tamanho da sua cintura, olho bem suas coxas e ela eram bem grossas e fortes, olha para a bunda dele vendo que era bem avantajada. - Suponho que tem que ser um 44, antes solta do que apertando tudo não é mesmo? — Ele nem fazia ideia do que falava e sorria sozinha como uma doida. Pego dois jeans rasgos nos joelhos e outros ao longo das pernas. — Amiga poderia ver para mim alguns tênis esportivos do tipo skatista. — Ela afirma que sim logo seguindo caminho, ela me questiona o tamanho. Fico olhando para os pés, mas com aquelas coisas que eles usavam que chamavam de sapato ou sei lá o que era difícil, então chutei — 42 até 44. — Ela segue caminho e vou em direção com ele as cabines para ele testar a roupa. — Entre lá e se coloque isto, okay.

— Mas onde está a proteção disso? — Ele ergue uma das camisas com a ponta dos dedos a altura do meu rosto.

— Não precisa aqui se esqueceu. Devemos nos adequar e confiar em nossa força sem essas — Aponto para sua roupa e armadura. — Coisas aí que protege nada e sabe disso.

— Protege sim, tudo bem irei seguir suas dicas. — Ele adentra a cabine deixa uma fresta, olho curiosa como sou vendo que nem cueca normal tinha, mas algo que ia até o joelho, o tecido remetia a algodão na cor de palha.

Abro a porta e entro na cabine com ele que toma um susto e encosta na parede, sentia o cheiro forte de homem que seu corpo exalava, meus olhos não desgrudam dos seus músculos do corpo, porém foco nele e falo um pouco incrédula o questionando.

— Vou buscar algo para suas partes de baixo — Olho vendo que aquilo que ele vestia marcava muito sua intimidade, levo a mão na boca e fico vermelha sentindo uma atração para pular nele, naquele momento mesmo — Misericórdia, deixa eu ir logo.

Abro a cabine me deparando com a atendente que fica tão surpresa quanto eu.

— Não fiz nada hein, me respeita. — Sigo caminho, mas a alerto a deixar tudo ali — Nem ouse espiar. — Ela me segue com os olhos e faz o que pedi deixando as caixas próximas às cadeiras de couro próximas às cabines.

Volto sem pressa com quatro pares de cueca box na cor preta, azul e vermelha. Abro a cabine um pouco vendo que ele havia colocado só a camisa deixando exposta suas nádegas na direção da porta, a lanço antes de ver no reflexo do espelho suas partes íntimas e falo um pouco alta fechando a porta e encostando as costas sobre ela suando um pouco na região da testa. — Coloque isso para cobrir sua nudez. — Gente essa foi por pouco, me abano com a cena e o calor que ela trouxera.

Sigo meu caminho procurando agora minhas roupas pela loja enquanto ele se vestia e não precisava de mim. Vou primeiramente na parte de vestidos no estilo rock, passando com meus dedos sobre cada um deles acho um, no estilo mexicano longo de um lado e com um corte do outro, no tom vermelho rubro com preto nas portas e regiões marcadas do seio e cintura, peço a atendente que pegue uma bota de couro com um salto grosso na vitrine e me trouxesse uma luva de couro e gargantilha.

Assim ela faz, separei também um conjunto com shortinho jeans e blusinha no estilo verão que deixava a mostra minha barriga junto a um tênis curto. Peguei um macacão e com uma blusa de manga longa e um boné para prender meu cabelo com rabo de cavalo.

— Aquele taco de beisebol na vitrine está a venda? — A questionei apontando para o mesmo, ela afirma que sim com a cabeça, sorrindo maldosamente — Vou levar ele também.

Ethan sai da cabina e me viro olhando para ele ao ouvir a porta se batendo atrás dele. — É confortável — Tenho certeza que sim — Sorrio o observando dos pés a cabeça — Combinou contigo esse estilo rebelde largado, tá bonitão. — Me aproximo dele vendo que a blusa branca na frente até a cintura e atrás um pouco longa cobrindo parte do jeans atrás, o jeans azul-escuro rasgado na parte do joelho e surrado nas pontas caiam bem e combinavam com o tênis da Nike de cano alto, olho para ele colocando em seu pescoço um dos colares militares e um boné dos lakers. — Agora sim, parece um jovem adulto, mas nós somos não é mesmo.

Dou uma voltinha na frente dele o questionando — O que achou do meu look de vestido?

Ele pensa e fico receosa com a resposta dele — Está linda, vermelho combina com você.

— Eu sei — Me agarro ao braço dele e olho para cima encarando seus olhos — Sou uma mulher perigosa.

— São um casal de cosplayers bem animados. — A atendente comentou conosco.

— Mas temos que mudar o visual, nem todos entendem o conceito dessa arte. — Comento com ela seguindo para a loja para pagar e embalar as demais peças.

Sigo caminhando com ele pelo shopping e ele olhava para suas roupas de modo minucioso, fico intrigada e não hesito em questioná-lo. — Ethan, não curtiu a roupa? Você está olhando muito, ficou desconfortável com a mudança de estilo?

— Não é isso, só que é muito diferente. Tudo muito novo — Ele passa um olhar breve para mim — Estou me adequando a essa nova realidade.

Passamos próximo da praça de alimentação visualizando a mesma com um bom movimento nas redes de lanches e restaurantes, confesso que o cheiro de comida no ar era convidativo, mas um lanche iria me sustentar bem naquele momento.

— Está a fim de experimentar uma comida rápida?

— Comida rápida? — Vejo confusão em seu rosto e me agarro em seu braço o forçando a me seguir, ele olhava a quantidade de comida e cheiros diferentes vindo das redes, parecia perdido e com vontade de ir em todas e experimentar um pouco de cada uma.

— Alguma chamou sua atenção? — Paro com ele em frente ao burguer king, vendo o menu exposto acima dos caixas buscando o Whooper furioso que eu tanto adorava comer na minha época de telemarketing. — Quero um combo Whooper furioso por favor — Comento com a atendente.

— Batata grande por mais 1 euro?

— Com certeza, ah! Troca pelas fritas com cheddar e bacon. — Ela confirma que tudo bem e vejo ele tocar em meu ombro.

— Isso que você pediu parece ser muito bom — Ele olhava os

223

demais clientes pegando seus pedidos na bandeja e adentrando ao lado o restaurante para se sentar nas mesas internas da loja.

— Quer um igual? — Ele afirma que sim minha pergunta e peço a atendente mais um combo do mesmo, pago retirando o comprovante e aguardando ao lado eles nos chamar. — Você vai gostar, espero que curta pimenta, pois essa arde tudo — Dou uma breve risadinha.

— Em meu mundo temperos fortes são mais comuns do que pensa.

— Está desafiando a pimenta daqui? — Falo fingindo surpresa levando a mão na boca e coloco o indicador no seu peito pressionando levemente. — Vai ficar com a língua dormente. — Escuto o barulho da nossa senha chamando e sigo caminho retirando nosso pedido, sigo com ele até a mesa e nos sentamos, abro os lanches o retirando e entregando o dele em mãos ele estava perdido — Posso? — Ele estende a comida segurando com suas grandes mão e despejo sobre a mesma um pouco de ketchup, ele olha intrigado pelo molho querendo saber que gosto aquela combinação teria. — Bom apetite. — Bato meu lanche no dele desferindo uma grande mordida ficando com as bochechas levemente cheias deliciando-me e logo sentindo o picante sobrando com um bico e abanando meu rosto. — Muito picante — Me deparo que Ethan estava na metade de seu lanche comendo como se nada fosse, tento manter a pose — Essa pimenta não pode conosco — Tusso levemente e ele se preocupa.

— Se engasgou? Está ardida para você? — Ele é um fofo se preocupando comigo.

- Arder? Respeite uma brasileira Sr.Haavik — Comento com ele fazendo pose de forte, mas meu orgulho estava em chamas assim como minha língua e lábios.

— Por que está vermelha e começando a suar então?

— Gente — Olho em volta — Como não ligam o ar condicionado dessa praça? — Tomo quase que toda minha pepsi.

Ele sorri de canto e seguimos comendo até finalizarmos, não demorou muito e noto que ele curtiu sua primeira experiência com fast food, nos levantamos pegando nossas sacolas seguindo nosso caminho para o jardim que comentei com ele afora.

— Curte natureza?

— Já fui fazendeiro, então me sinto mais em casa no meio do mato do que — Ele aponta a nossa volta.

— Sou da cidade, mas amo de paixão esse contato com a natureza. — Adentramos os portões do jardim e sinto o cheiro do gramado molhado exalando pelo espaço, o pólen no ar das flores que florescem a pouco mesclando seus perfumes dos mais variados, os tons misturados, a beleza única de cada uma me sinto envolvida pelo ar natural e em seu mais rico frescor e pureza. — Está sentindo me viro olhando para ele estava a poucos passos a sua frente sorrio de forma radiante quando meus cabelos passam a frente do meu rosto sendo lançados de modo lento atrás de mim.

— Esse jardim é belo, fico feliz em vê-la sorrindo. — Ele aperta os lábios e admira a paisagem a nossa volta após fazer elogio a mim, fico corada levemente.

— Obrigada, vamos indo. Temos muito a ver. — Me acolho em seu braço e sigo andando com ele, passamos pelo campo das tulipas, me agachei ficando nas alturas delas e observo de perto tocando sobre elas sentindo-as úmidas e me viro olhando para ele que comentava comigo as que ele mais via nas proximidades de seu mundo, era encantador ver como ele sabia bem da natureza e as experiências que ele tinha.

— Olha essas rosas que lindas — Me viro o buscando, porém, não o vejo. Sinto meu coração batendo rápido e olho em volta o chamando — Ethan? — Caminho a passos longos pelo campo de rosas, meu tom ia aumentando e eu nem sequer notava — Ethan? Aparece por favor! — Escuto risadas passando atrás de mim e me viro a procura de quem estava fazendo isso. — Quem está fazendo isso? — A direção muda e sigo ouvindo mais próximo e mais perto — Apareça — Sinto um empurrão me fazendo cair de joelhos — Devolva-me o Ethan — Meu tom saiu choroso.

— Perdeu seu brinquedinho querida? — Meus olhos fitavam o chão e via uma sapatilha escolar com meias longas brancas até os joelhos, meu rosto vai se erguendo e vejo os longos cabelos em preto e branco soltos e a roupa no estilo escolar japonês, o tom de pele acinzentado e a voz se torna familiar em meus ouvidos quando sua aparência é revelada, sinto seu pé pisando em minha mão e sua voz em tom superior a me encarar. — Permaneça assim, sua posição de cadelinha remete ao que você realmente é.

Meu sangue ferve ao ouvir sua risada e olhar superior em seu semblante, conjuro a minha volta uma grande rajada de ar e a vejo sumindo diante dos meus olhos que reluzia em uma prata devido a meu elemento e raiva. Muitas pétalas voaram devido à força do vento e as vejo caindo do ar lentamente sobre o espaço a nossa volta.

-Diana? — Escuto a voz de Ethan e me viro de imediato cessando meu poder, noto que em suas mãos havia um lindo buquê de rosas e ele vem até mim a passos longos. — O que aconteceu? Por que estava usando seus poderes?

— Esquece — Gesticulo balançando a cabeça em modo negativo — Apenas um surto que tive, uma daquelas coisas de nossa mente brincar conosco. — Noto que ele parecia ter comprado o que falei ao estender o buquê em minha direção.

— Comprei para você em forma de agradecimento — Pego em minhas mãos ficando surpresa e tímida com o ato belo e romântico dele cogitando que ele estava até gostando de minha pessoa. Torcia para que fosse recíproco.

— Agradecendo pelo que? — Me faço de sonsa.

— Pela sua paciência e companheirismo, foi a que mais demonstrou empatia desse mundo, achei nobre retribuir e presenteá-la com rosas ao ver o quão elas lhe empolgam e reluzem sua personalidade. — Assim que ele terminara meus olhos se enchem de lágrimas e dou um abraço nele dando um beijo em sua bochecha o deixando surpreso.

— Você é um homem em tanto Ethan eu as amei e me desculpe

por todo esse tempo que lhe fiz tomar susto e se preocupar, lhe compenso em qualquer momento desses. — Sorrio grata o encarando nos olhos. — Agora vamos indo que está perto das 18, não quero deixar os pirralhos sozinhos. — Seguro nas mãos dele e seguimos em direção a saída que levava a parada de táxi. Porém, pensava no perigo daquela demônio aparecer novamente ou perturbar os meninos, olho brevemente para trás sentindo que estávamos sendo observados por algo e essa algo poderia ser ela, afinal seus poderes por completo eram desconhecidos por nós, assim como os segredos e frio que se aproximavam com as noites de Paris.

Illusion

Crossover 01: A saga irmãos Hawks & Reino lapidado

CAPÍTULO 11: PROPOSTA

DANTE

Somos os primeiros a chegar no apartamento, o dia passara tão rápido que eu nem sequer senti, meu irmão havia curtido muito o dia, o que apenas não curti foi ficar pegando lembrancinhas com ele para metade dos nossos amigos das terras sem fim. Mas se era importante para ele e estávamos aqui o que custava. Okay, levou um pouco da minha paciência, digamos que sim, mas era o preço a se pagar por ter um irmão mais novo.

— Ei toma cuidado ao pousar desastrado — Seguro seus ombros ao ver que seu corpo desequilibra com seu pouso.

— Valeu, é o peso das sacolas — Ele comenta rindo comigo.

— E coloca peso nisso — Pego parte delas, nas mãos dele e seguimos nosso caminho para dentro.

- Acredita que eles vão demorar? — Ele comenta me olhando de forma curiosa.

— Acredito que não, Diana é pontual, mesmo que ela esteja afim dele, ela se preocupa em algo acontecer e estarmos divididos. — Sou claro em meu ponto de vista.

Dan vai para nosso quarto levando as sacolas e o escuto comentar — Vou ir tomar banho — Ele para se virando em frente a porta — Nada de deixar aí, já traz para cá precisamos guardá-las.

— Sossega um pouco aí mamãe — Me jogo no sofá inclinando a cabeça para trás e soltando as sacolas ao lado das minhas pernas.

— Bem que eu queria ver você levando um peteleco na testa grande da mamãe. — Ele entra no quarto resmungando e retruco na sala fazendo barulhos estranhos e sorrindo ao provocá-lo.

"O que será que esse homem esconde?" — Penso comigo enquanto fitava o teto iluminado com o pôr do sol. — "Que ele é uma fonte de poder bruta já sabemos, o seu modo de pensar é baseado no que ele vê e sente do oponente, assim ele tira suas conclusões de quem é ou não inimigo, baseado em batalha e combate ele seria capaz de matar facilmente." — Em minha mente passa cena das lutas e combate que tivemos quando chegamos aqui. — "Mas não é só isso, por que eles precisam dele, qual a função do sangue deles, qual o verdadeiro objetivo?"

Sinto um toque frio em minha pele, antes mesmo de sentir sua presença seus olhos encontram o meu de cabeça para baixo, meus olhos em tons acinzentados encaram o seu no seu tom mais nítido do roxo, sua risada mostra suas intenções maliciosas e antes mesmo de poder conjurar meu elemento para repeli-la para longe, sinto seu movimento rápido, suas unhas emanam sua aura maligna e ela balança a cabeça de forma negativa.

— Por que tão defensivo? Só vim lhe fazer uma visita.

— Não brinque comigo! — Esbravejo.

— Brincadeiras são muito relativas de pessoa para pessoa — Ela salta sem tirar suas mãos e presas do meu rosto sentando em meu colo deixando nossos rostos bem próximos. — Tenho algo a acordar com você, visto que é o que mais raciocina e busca de forma lógica colocar um fim nisso.

- Julga que acredito na palavra do inimigo. — Sinto suas unhas prestes a perfurar minha pele na bochecha e fico receoso em tentar algo e isso custar um preço muito alto, sua aura tinha um amplo nível de poder e ataque, poderíamos não ter visto todos eles.

— Se eu estivesse mentindo não pensa que agora seria um fantoche em minhas mãos? — Ela se aproxima de meus ouvidos falando próximos a ele. — Inimigo não dá chance de escolhas — Sinto ela mordiscar minha orelha e puxando lentamente ao se afastar. — Se está vivo é por que tenho interesses e seria um desperdício de sangue derramado.

— E o que deseja? — Entro no jogo dela a deixando surpresa com minha resposta.

— Quero que me ajude a cercar Ethan no meu próximo

movimento — Suspeitava que tinha a algo a ver com o homem a qual resgatamos a pouco.

— Não posso — A escuto rir de modo irritado.

— Sequer o conhecer e ainda assim quer protegê-lo o que motiva a persistir e lutar contra alguém mais forte que você — Uma de suas mãos pressiona o meu pescoço enquanto a outra desce meu pelo corpo, sinto suas unhas passando sobre meu peito direito e meus batimentos aumentam um pouco, meus olhos seguem o percurso sua aura queimava dentro de mim — Eu posso de perfurar de dentro para fora, posso lançar algo dentro de você sem lhe machucar de imediato, porém lhe matara aos poucos, de forma lenta, dolorosa, mas que causara em mim imenso prazer.

— Faça como quiser — Me aproximo ficando cara a cara com ela — Eu seria pior que você se aceitasse traí-los. — Lanço uma piscadela com sorriso irônico, me jogo no sofá de modo relaxado e toco nas coxas dela a pressionando inclinando o rosto para o lado e falando de modo ousado — Como vai ser? Não é justo apenas você ter prazer.

Seus olhos aumentam e seu roxo se torna mais intenso e vivo, seu sorriso demonstra o tom mais puro da maldade ao ver que seus lábios são umedecidos com sua língua, as maçãs de seu rosto ganham um tom rosado. — Então morra lentamente — Seu corpo emana sua aura, sinto em meu colo onde ela se encontrava sentada à temperatura de seu corpo aumentar, seus lábios tocam o meu de imediato e seu beijo é intenso e prazeroso decerto ponto que sem perceber estou retribuindo-o, porém sinto uma fincada em meu peito e coração. Ela se afasta levando seu indicador nos lábios. — Que desperdício, mas fizera a escolha. Pena que foi a errada.

— DANTE! — Dan grita ao ver que estava com a mão no peito e corpo inclinado a encarando. O vejo conjurar uma esfera lançando na direção da mulher que se vira olhando para ele.

— Odeio quando quebram o clima — Ela arranha o ar com sua unha conjurando uma fenda e sumindo dentro dela.

Dan em um movimento rápido faltando pouco para me atingir ele desfaz a mesma pouco centímetros de mim, sinto o calor das chamas se desfazendo diante de meus olhos e respiro de modo pesado fazendo com que o ar chegasse rápido a meus pulmões.

Ele vem correndo até mim me ajudando a retomar minha postura ereta. — O que rolou? Quando ela chegou aqui e porque ela estava em cima de você?

— Ei vai com calma — O encaro com um olhar sério. — Ela está nos observando Dan.

— Não é possível. — Dan fala incrédulo. — Essas fendas, estão por todo lado — Afirmo que sim com a cabeça. — Por isso a pouco enquanto estávamos fora eu ouvi algo e vi algo. — Olho intrigado a ele. — Acredito que ela estava nos seguindo dali Dante.

— Por que comentou isso só agora? — Grito bravo com ele sentindo algo queimando sobre a pele do meu peito direito, retiro a blusa rapidamente mordendo os lábios. — O que é isso? —

Toco lentamente com as pontas do dedo sobre a flor de lótus que surgirá como uma tatuagem que reluzia na mesma cor da aura da garota.

— O que é isso? — Tento conjurar meu elemento para resfriar a área que estava esquentando.

— Dante o que ela fez com você? — Meu irmão se sente preocupado então não comento sobre o que ela falara comigo, me lembro das palavras dela — "Irei matá-lo lentamente e de forma dolorosa, assim me fará sentir prazer com sua morte." — Ela pode ter barrado meus poderes, não consigo usa-los, mas ainda sinto ele em minhas veias, esse ataque deve estar trancando-o dentro de mim, precisamos achá-la e pôr um fim logo nisso.

Cerro meus punhos concluindo — Minha força não está apenas em meus poderes. — Porém esconder a dor seria difícil, ainda mais do meu irmão que já estava preocupando sem mesmo saber que se não conseguirmos vencê-la o quanto antes isso custaria minha vida.

— Voltamos — Comenta Diana conosco, passando junto a Ethan por nós e ambos se sentando no sofá — Que tatuagem maneira essa sua, curti.

— Antes fosse uma tatuagem Diana — Comenta Dan suspirando e passando as mãos na cabeça.

— Foi amaldiçoado — Ethan sugere falando de modo sério.

— Isso é sério? — Diana nos entreolhar — Quando e onde?

Contamos para ela a história e todos ficam tensos com o clima e rumo que a situação estava tomando, ela estava um passo à nossa frente sempre, devíamos a encurralar em seu próprio jogo e território. Estava cogitando usar o homem como isca, mas buscava as palavras e plano certo para que mais uma vítima não fosse feita, ter tudo em controle estava custando minha vida e estava tendo que lidar com o improviso, pois a vida não se tem controle.

— Que tal curtimos a noite?

— Dante e lá isso é hora de se pensar em sair? — Dan fala um pouco irritado comigo, mas entendia que era sua preocupação.

— Ficarmos aqui não garante segurança, vamos curtir um pouco o que esse mundo pode nos fornece, você fez 18 e sequer curtiu a sua maioridade, por que não provar um pouco de álcool, baladas e até mesmo o fruto proibido.

— Ele nunca bebeu e foi a cama com uma mulher? — Ethan olha para mim, parecendo um pouco surpreso. Afirmo que não com a cabeça.

— Minha pureza não está em jogo. — Dan comenta incomodado e tímido com o rumo que a conversa tomara. — Queria entender em como estamos em risco e Dante fora cercado pelo inimigo foi parar em Dan perder a pureza e inocência.

Diana comenta de modo racional — Entendi seu raciocínio Dante, muito perspicaz da sua parte.

— Lutar com o inimigo de modo que ele pense que estamos despercebidos, causando o efeito reverso. — Ethan comenta conosco e todos começamos a ligar nossa linha de raciocínio.

— Pois estamos na espreita, quando ele vier dar o bote estaremos prontos para cercá-lo e contra-atacá-lo.

— Suicida, mas no momento não vemos outra opção, os poderes dela são difíceis de se prever, mas somos maiores em número e nossos poderes em combinação pode equivaler na mesma altura que o dela em quesito de ataque. — Diana fica otimista com o que estávamos planejando, porém logo meu irmão intervém levantando seu rosto e olhando na direção deles dois que estavam próximos.

— Temos um problema. — Seu tom saiu sério.

— Mais um? — Diana fala um pouco alto e o encarou incrédula.

— O ataque dela neutralizou os poderes do Dante.

— Serei suporte com minhas habilidades com a Katana. — Já manifesto que não ficaria de fora.

— MERDA! — Diana esbraveja. — Mas tudo bem, vamos com tudo para cima dela.

— Ethan se importaria em ser a isca após nosso passeio de hoje? — Me viro entregando a real.

— Sem problema algum. — Ele é objetivo em sua resposta.

— Como assim, Dante que merda é essa que está falando? — Diana arregala os olhos gritando não crendo no que acabara de ouvir.

— Tenho algo em mente e espero que ela compre essa ideia. — Olho para ela colocando a mesa meu pensamento.

— É muito arriscado — Diana segura nas mãos dele — Não precisa fazer isso — Ela me passa um olhar irritado.

— Obrigado por tudo, mas devemos fazer o possível para trazer tudo ao normal de novo. Não é a primeira vez que minha vida fica em jogo e tenho poderes a qual desconhecem, não precisa se preocupar. — Ele me encara no momento e prossigo ao ver que ele afirma com a cabeça que tudo bem.

— A garota me fez uma proposta, ao recusar ela lançará essa maldição em mim. — Aponto para a marca em meu peito.

— O que essa vaca pediu? — Seu tom saiu um pouco elevado.

— Ela pediu o Ethan em troca de nos libertar desse mundo. — Todos ficam em silêncio. — Cogito que só posso ter meus poderes de volta ao derrotar ela — Não conto a parte da dor e possível morte.

— Essa vaca nos cercou. — Ela cerra os punhos e dentes soltando um barulho interno de ódio.

— Ela pensa que estamos curtindo e não a investigando ou conhecendo o território, então quanto mais estivermos a vontade, mais aparições ela fará e aí teremos a oportunidade de cerca-la e confrontá-la. — Dan comenta de modo a qual me surpreendeu por estar pensando mais racional e menos emocional, seu tempo caminhando sozinho o fez ver o mundo e nossa realidade de forma diferente.

— Odeio admitir, mas que seja, se eu pensar muito nisso vou surtar. — Diana segue caminho indo ao banheiro — Vamos para balada, agora quero encher a cara e esquecer essa merda.

— Dan, vamos sair dessa — Coloco minhas mãos no ombro dele — Como sempre saímos das outras enrascadas a qual nos metemos.

— Temos que ter esperança não é mesmo — Ele sorri para mim, porém ainda via preocupação

— Ei — Chamo o Ethan que seguia para seu quarto e ele para se virando, estendo minha mão ao me aproximar dele — Valeu por topar fazer parte dessa loucura.

— Apenas fiz o necessário e o que é certo. — Ele fala comigo, olhando em meus olhos e faço o mesmo ao ver sua determinação em acabar com isso de uma vez por todas assim como eu.

— Mesmo que possa custar momentos de dor? - Deixo, explícito a ele as intenções dela.

239

— Eu não conheço outra coisa a não ser isso, aonde quer que eu vá sempre haverá dor, pois não existe força sem passar por ela.

— Sua linha de pensamento era semelhante à minha e vejo que apesar dele ser um quebra cabeça tinha nobreza em suas atitudes.

— Tem razão. — Respondo de modo breve.

Seguimos todos nossos caminhos para nos trocarmos e irmos curtir e descontrair um pouco a tensão que aquela situação trouxera, porém, todos cientes de que a qualquer momento teríamos que enfrentá-la e pôr um ponto final nesse cerco que estava ficando cada vez mais apertado e arriscado.

Dan

"Como eu deixei isso acontecer" — Penso enquanto caminho de um lado para o outro no apartamento, eu nem sequer estava animado para curtir meus primeiros drinks e balada, minha preocupação centrava em como poder livrar meu irmão daquela maldição, era nítido na voz dele e em seu semblante que ele reteve parte do acontecimento. — "Dante me salvou tantas vezes, acredito que estou fraco ainda, não estou conseguindo ajudá-lo como deveria" — Fitei meu reflexo na janela que refletia a luz do luar em parte da sala, o vento frio que vinha de fora balançava os cabelos em minha testa, meu punho toca o vidro frio e falo determinado para mim mesmo erguendo meu rosto — "Irei pôr um ponto final nisso custe o que custar.

— Está tudo bem? — Ethan adentra sala e me viro assustado por não escutar seus passos.

— Que susto cara — Levo a mão ao meu peito e me viro o encarando respirando de modo um pouco acelerado, sim eu dei um pulinho por pensar que seria a demônia de novo. - Pensei que foi tomar banho?

— Não sou de demorar muito.

- Julgo que não entendeu muito bem como funciona todas as funções do banheiro — Brinco dando um sorrisinho em tom provocativo. — Ele me encara e estendo as mãos a frente do meu corpo — é brincadeira Ethan. — Suspiro e completo me aproximando e sentando ao lado dele no sofá. — Estou bem sim! valeu por perguntar, mas preocupado com meu irmão.

— É normal se preocupar, mas também é importante confiar nele.

— Eu confio.

— Quando se preocupa em excesso é como se não confiasse de verdade na força dele e isso pode fazê-lo julgar que é mais fraco que você.

— Não quero que ele pense isso ou se entristeça comigo — Suspiro apoiando meus braços em minhas coxas passando com a mão no rosto, ergo meu rosto me virando e encarando o de Ethan que era bem iluminado pela luz mediana da sala. — Eu só quero fazer mais por quem fez e ainda faz tanto por mim.

— Só de você confiar e ser o suporte que ele precisa nesse momento já está o ajudando muito, pode não parecer, mas ele é muito grato por tê-lo como irmão, eu vejo isso pelo modo como cuidam um do outro.

— Por que está fazendo isso — Minha voz falha e o vejo olhar para mim curioso.

— O que?

— Me fazer chorar — Digo visivelmente emocionado — Vem aqui seu carrancudo amável — Dou um breve abraço nele o fazendo ficar estático sem entender minha reação repentina, me afasto secando com as mangas da roupa as poucas lágrimas que derramei e o encaro sorrindo — Valeu por isso Ethan — Me coloco de pé seguindo meu caminho — Vou me trocar agora, não quero que eles surtem por eu ser o último ou o que vai nos atrasar.

"Ele é mais humano do que demonstra, espero um dia que ele seja mais aberto comigo em relação ao que pensa, talvez seja questão de confiança, irei conquistá-la custe o que custar, quero ajudá-lo a ser mais ele sem medo do que ele viveu ou do que poderá causar." — Sorrio adentrando o quarto determinado a fazer mais por aqueles a minha volta.

Ao abrir a porta vejo Dante caminhando pelado pelo quarto e franzino minha cara — Que merda seria essa?

O vejo dar de ombros e falar de modo despreocupado — O que? — Faço sinal a cena do inferno. O vejo rir maldosamente e completar — A para com isso, crescemos nessa liberdade na frente um do outro.

— Você nunca muda mesmo. — Balanço a cabeça em desaprovação — É muita falta de vergonha.

— Te assustei por ser mais avantajado que você — Ele brinca tentando me provocar.

— Me poupe de suas provocações depravadas — Paro entre a porta do banheiro e quarto — Ainda estou em fase de crescimento, já você parou por aí, os mais novos sempre superam os mais velhos em tudo.

243

— Perguntarei para a Snow quando chegarem nos finalmente. —
Ele segue me provocando. Fico corado feito um pimentão e o vejo
se aproximar de mim. — Dan, vá com calma. Por favor — Ele
imita uma voz feminina gemendo e o empurro fechando a porta
do banheiro e encostando as costas sobre ela.

— Nunca vou te perdoar por me fazer ter imagens sexuais da
Snow. — Falo em um tom para ele escutar e meus olhos estavam
fechados enquanto balançava a cabeça de um lado para o outro
tentando tirar a imagem de minha mente.

— Adoro te provocar, maninho idiota. — O vejo gargalhar como
uma bruxa dos filmes da Disney.

Sigo caminho em direção a banheira, abrindo as duas torneiras
que jorram água quente no recipiente.

— Alexa diminui a luz do banheiro por favor e coloque para tocar
baixo a música ink do coldplay. — O robô da amazon escuta meu
comando fazendo o que pedi, tirava minha roupa adentrando o
box do banheiro tomando um banho sem pressa fitando pelo
mesmo o nível da água da banheira, tiro a sujeira e assim que vejo
o nível que a mesma tomara, sigo em sua direção adentrando e
submergindo meu corpo na água. — Isso é muito bom. — Meu
corpo relaxa e minha cabeça encosta e aos poucos sinto que meus
olhos vão pesando, minha mente e corpo se tornando leve, a
música me envolve em sua melodia calma, a água morna acolhe
meu corpo e quando menos espero havia caído em cochilo, não
tranquilo, mas que despertasse o starting.

— um portal, alguém caminhando em direção a ele e sumindo de nossas vistas. Sangue e um corpo caído em meio a poça, um frasco sobre a mão e uma risada comemorando vitória, passos e mais passos, muita gente caminhando e se aproximando de uma grande máquina que reluzia em tom ciano. — Desperto e respiro de modo pesado, bato com as mãos e corpo sobre a água a fazendo respingar pelo chão claro do banheiro, passo com as mãos em meus olhos ao sentir que ele ficou meio embaçado, muitos diziam que ele ganhava um tom esmeralda quando eu tinha esse tipo de visão. — O que isso significa? Parte dele é como uma tela em branco para mim.

Decido sair naquele momento, me visto e faço um penteado bem normal para meu estilo de cabelo, me perfumo, faço higiene básica e sigo rapidamente para o banheiro, peço a alexa para desligar tudo no banheiro e assim ela faz. Sigo a passos longos para a sala me encontrando com eles, todos me olham curiosos por saber o porquê d'eu chegar correndo.

— O starting rolou de novo. — Comento os encarando, Dante e Diana se entreolham e fazem sinal para eu prosseguir. Eu retrato a eles o que eu vi da mesma forma e com os mesmos detalhes.

— Vencemos a mulher, porém os passos e o sangue mostram uma morte, porém não de quem. — Dante solta no ar.

— Ethan volta para casa — Diana o encara sorrindo — Um final feliz.

— Não nego estar com medo do que o sangue dele possa fazer na mão da X-Bios, temos que mudar o futuro. — Falo sério e determinado. — Não quero que nada piore ou que mais mortes ocorram, mesmo que seja do lado inimigo quer resgatá-los.

— Já disse que isso é muito inocente de sua parte.

— Dante! Todos temos uma história, todos carregamos monstros dentro de nós. — Acabo me exaltando com ele.

— Isso ainda pode te matar idiota e de verdade dessa vez. — Ele me repreende aumentando o tom.

- Ei ei ei — Diana entra em nosso meio — Vamos para de exaltar os ânimos.

— Podemos reverter a situação, o futuro é incerto e cabe apenas a nós impedirmos isso que Dan viu de acontecer — Ethan se manifesta e se vira olhando para mim. — Eu tenho esperança na humanidade Dan, mas temos que ir com cautela, pois nem todos desejam ser salvos dos monstros a qual estão se tornando. — O encaro sem falar nada e fico um pouco reflexivo com o que o homem me falara.

— Vamos indo, uns drinks vão deixar a gente menos tenso e o bonitão tem razão — Ela coloca seus braços, a nossa volta e segue caminho conosco.

— Tem razão — Comento suspirando controlando minha raiva, Dante segue quieto e seguimos em direção a sacada da cobertura sobrevoando para o centro da cidade.

Sigo voando e meu irmão é auxiliado por Diana e seu elemento, ele olhava centrado para a cidade abaixo de nós e passo olhares para ele pensando que eu levei apenas em consideração meus pensamentos e isso pode ter deixado ele preocupado, assim como quatro anos atrás, irei me desculpar, pois sei o quanto ele sofreu com minha suposta morte.

Fitamos uma boate grande com luzes externas, chamativas e uma fila do lado de fora, fico me perguntando o porquê de todos terem paciência para entrar em um local fechado com música alta e luzes pisca a pisca, mas decido parar de julgar por que posso pagar língua.

— Que tal entrarmos pela entrada de funcionários? — Diana pergunta de forma animada e empolgada.

— Por mim tudo bem, não estou afim e nunca gostei de filas. — Dante concorda com Diana e me encara.

— O que decidirem para mim, está bom — Ethan comenta de modo breve.

— Mesmo eu escolhendo fazer o certo já perdi — Dou de ombros rindo — Vamos invadir.

— Isso! — Diana faz sinal de vitória indo à frente e seguimos a seguindo pela lateral da balada.

— Ei! — Me aproximo de meu irmão que me olha. — Foi mal

por me exaltar.

— Tudo bem, estou me acostumando com esse seu jeito de se impor. — Ele dá um soquinho em meu ombro. — Não te levo a sério e nunca irei, saber disso.

— Eu fui egoísta ao pensar só em mim, então desculpa okay. — Sorrio sem graça e ele coloca seu braço, envolta a meu ombro.

— Fica menos tenso e curta sua noite, me prometa isso e está desculpado.

— Prometido — Sorrio para ele o afastando de mim. — Agora me dá espaço que preciso estar apresentável.

— Para levar fora né. — Ele me provoca.

— Vai pensando cara pálida. — Retruco.

Escutamos o destravar a porta, Diana se vira olhando para nós com um sorriso travesso. — Dona balada que nos aguarde. — Ela abre uma fresta lançando de suas mãos uma densa névoa, ela faz sinal para adentrarmos ela que abria uma fresta para passarmos por ela, seguimos caminho pelo corredor e ela fecha a porta, o corredor não era muito extenso, mas tinha em alguns trechos caixas nas laterais que o tornava apertado. À medida que íamos nos aproximando o som ficava mais alto e os funcionários não entendiam ficando presos na sala buscando ajuda do suporte técnico e seguranças por não enxergarem nada, era nítido o medo deles em suas vozes, porém em momento algum adentraram a névoa densa.

248

Logo saímos dela, nos deparando com a saída a balada próxima dos banheiros, as fortes luzes que corriam pelo salão vem de encontro a nós passando por onde estávamos e voltando à pista, fumaça de gelo seco era solta do palco onde o Dj tocava, muitas pessoas já se encontravam ali dançando, sentadas no bar e mesas conversando, alguns mesmo até se pegando, sinto a mão no ombro de Diana e Dante falando juntos em uníssono.

-Bem-vindo a curtição. — Escuto eles e seguimos no meio do pessoal dançando ao som de I follow Rivers.

Me viro encarando-os e sorrindo empolgado ao ouvir o som que fez meu último ano do ensino fundamental. — Isso é uma — Antes de completar Dante conclui sorrindo.

— Sim uma baladinha Indie, sei o quanto curte esse tipo de música então comentei com Diana que logo deu um Google. — O abraço me lançando a frente deles logo em seguida dançando de modo engraçado, mas ali ninguém se importava e apenas fechavam os olhos curtindo o ritmo e embalo da música.

"Isso é muito bom, como perdi oportunidades de dançar aos ritmos das músicas que curto sem ser julgado ou olhado torto." — Penso enquanto me deixo ser levado, me desligando dos problemas, dos pensamentos negativos, tristes e preocupados. — "Obrigado por me fornecerem tal momento pessoal." — Era boa a sensação de poder ser você mesmo, e eu precisava desse momento só meu.

CAPÍTULO 12:

VIDA NOTURNA

DIANA

— Que pirralho ousado — Comento olhando para os dois junto a mim.

— Dan sempre foi — Dante comenta já saindo — Estou no bar, aproveitem — Ele faz um sinal com a mão na testa e segue caminho sumindo em meio os demais.

— Para onde — Antes de Ethan terminar sigo o puxando andando de costas e olhando em seu rosto cantando a música tocada, iria dançar com ele na pista, sequer sabendo se ele sabia, porém, o ritmo me chamava e teria que ser com ele sabendo ou não.

— Eu não sei dançar esse tipo de música, é um pouco diferente das que estou acostumado e aprendi em meu mundo — Ele sorri sem graça olhando em volta e voltando para mim.

250

— Sigo mexendo meu corpo colocando minhas mãos em seu pescoço e subindo para seu rosto. — O bom das baladinhas indies e que ninguém se importa com quem sabe ou não, só se entregue ao ritmo alegre nostálgico e a letra que fala com todos de um certo modo. — Sou ousada dando um selinho próximo de seus lábios, sigo dançando a sua volta o deixando confuso, pego em suas mãos o forçando a se soltar um pouco, o vejo sem jeito batendo os pés no chão. — Feche os olhos, estou com você, não se preocupe.

— Tudo bem — Ele faz como eu digo, o vejo balançar de um lado para o outro, seus braços seguem seu corpo e são erguidos um pouco a frente, me acolho em meio a eles ficando próximo dele quase que me esfregando, porém me contendo, danço grudadinha com ele que parecia estar se soltando um pouco, porém ele tinha um receio.

— Mais um pouco vai, está quase lá — Coloco meus braços em seus ombros fechando minhas mãos em seus pescoços. — O vejo abrir os olhos ao sentir minhas mãos tocarem seus cabelos.

Me afasto dele dançando para trás ao ver o ritmo mudar, minha cabeça balança e meus cabelos são jogados ao ar, minhas mãos fazem sugestões que estou maluca e o vejo sorrir de canto, até para sorrir de verdade ele era duro, danço de um lado para o outro até voltar a ele, tocava no momento BENEE — Supalonely e vejo que ele poderia estar curtindo isso, mas nada que umas três doses de tequila não ajudasse a soltar mais, seguro em sua mão e saio da pista dançando vendo que Dan estava bem longe do nosso mundo dançando com os olhos fechados e notando que uma garota próxima a ele de cabelos coloridos estava na mesma vibe.

— Duas tequilas com limão e sal por favor. — Já chego pedindo me sentando próximo à bancada do bar, o homem me acompanha.

— Curti o lugar, me lembra um pouco dos bares que passei em Adamantem.

— Garanto que é um pouco melhor vai?

— Só um pouco — Ele brinca um pouco comigo me surpreendendo.

— Aguenta bebida?

— Verá até onde eu irei e tirar suas próprias conclusões — Ele me desafia virando em um só gole a bebida me deixando boquiaberta.

— Não precisa me surpreender, não quero ter que ser sua babá está noite — beberico a forte bebida e meus olhos e sorriso são maliciosos, não escondendo minhas verdadeiras intenções. — Quero ser outra coisa, então não se faça de durão bobinho.

— Tens muito o que descobrir sobre mim.

— E é isso que me atrai em você. — Brindamos e compartilhamos de mais um copo, juntos. Fico um pouco receosa em buscar saber mais de sua vida pessoal e ser invasiva, mas acredito que o álcool possa me ajudar nisso, torcia para ele ficar mais à vontade, mesmo ele falando bastante comigo, sentia que ele ainda guardava muitos segredos, eu queria respeitar mais, porém acredito que quanto mais eu souber, mais eu posso fazer para ajudá-lo. Ai complicado não é mesmo?

— Por que tão pensativa? — Ele estava me encarando enquanto eu bebia de modo silencioso.

— Estou pensando que sei ainda pouco sobre você, mesmo passando muito tempo com você nos últimos dois dias, é como se soubesse de você apenas o que me permite. — Ele fica silencioso terminando sua bebida e me responde de forma clara.

— O que deseja saber? Dependendo o que for não irei de fato responder, você pode não compreender e posso colocá-la em risco e eu jamais desejaria tal. — Seu tom é sério, porém seus olhos demonstram sua preocupação pelo próximo que no caso era eu.

— Tudo bem, entenderei se permanecer em silêncio. — Faço sinal para o homem trazer mais doses até nós. — Tem alguém por quem luta e protege com todas as forças em seu mundo?

— Todos os que não podem lutar ou precisam ser protegidos.

— Que lindo de sua parte, mas sabe que não pode carregar o mundo sozinho.

— Antes carregar o mundo sozinho do que o peso da vida de alguém que morreu ao seu lado lutando uma luta que não era deles.

— É complicado, mas penso dessa forma — Olho para Dan que estava curtindo demais a pista com estranhos a qual ele atrai com facilidade pelos seus estilo e jeito marcantes de ser. — Quando eu o conheci — Ethan olha na mesma direção que eu para o garoto — Pensava da mesma forma, mas para dar a fim a nossa dor tem que permitir que mais pessoas adentrem nosso coração quebrado, pois eles têm o necessário para recomenda-los. Pensamos ter, mas só percebemos quando tiramos a muralha a nossa volta.

— Confiar é uma faca de dois gumes, ela pode tanto ferir quanto nos machucar e como viu tenho muitas cicatrizes, não que me importo em me ferir fisicamente, o ruim é quando os fantasmas dentro de mim ou do meu passado decide iniciar uma espécie de julgamento. — Ele bate com o copo de modo um pouco forte sobre a bancada, noto que ele estava ficando um pouco embriagado e os efeitos da bebida começavam a dar seus primeiros sinais.

— Eu sou a prova viva disso — Suspiro pegando com o balconista meu copo e entregando o outro a Ethan, Dan surge do nada pegando de minha mão, o copo, o encaro com um olhar torto e fico boquiaberta, porém relevo e sorrio maldosamente. — Vai com calma, você é virgem em bebida e — Antes de terminar o vejo fechar seus olhos e virar o shot de uísque goela abaixo e fazer uma careta parecendo que iria devolver a bebida, porém ele abre a boca como um dragão cuspindo fogo e vejo Dante dá leves tapinhas em suas costas sorrindo e o incentivando a seguir para suas próximas doses experimentais. — O que achou Dan?

— Horrível — ele é sincero e engraçado como sempre — por que esquenta tanto?

— É ela queimando sua dignidade — Dante brinca.

— Não vou contrariar, quero ver como ele estará daqui algumas doses — Olho para Ethan o vendo tomar um grande copo de cerveja, fico abismada por ele estar tomando e me pergunto se ele estava respirando. — Ele é um poço sem fundo e eu não sabia.

— Ainda pensa que vou ficar alcoolizado?
— Estou pensando que você que vai nos levar para casa agora — Sorrio brincando, olho para Dan e várias pessoas nos cercavam gritando em uníssono "VIRA, VIRA, VIRA" Me coloco de pé me juntando a galera

vendo ele tomar pequenos frascos coloridos com drinks de frutas e por aí vai — Esses cretinos estão competindo sem mim? — Olho para Ethan P da vida e me enfio no meio do pessoal chegando até ele, o homem dera de ombro ignorando minha braveza e ia mostrar a ele como poderia ser tão boa de álcool quanto ele. "Quem esses idiotas pensam que são, sou brasileira, consigo tornar isso aqui um playground." — A rainha chegou — Ergo os braços e sorrio pegando em meio a dedos os frascos com as bebidas cada com um drink diferente ergo a cabeça para o alto despejando os líquidos boca adentro ficando com a mesma cheia, abaixo a cabeça fazendo um movimento de bate cabelo os misturando até que paro e engulo, faço uma pose falando alto — Façam melhor meninos.

— Quer tentar Dante? — Dan olha para o irmão e já sinto seu tom um pouco alterando, sorrio querendo ver como aquela noite terminaria para nós.

— Estou de boa, suponho que quem bate de frente é Ethan. — Ele encara o homem que nos observava sentado não muito distante. Escutamos uma galera gritando e nós viramos, Dan estava sem reação fora pego de surpresa pela garota de cabelos coloridos como um arco íris no estilo degradê segura seu rosto o trazendo para perto de si, dando lhe um beijo de língua intenso, ele fica estático, porém quando se dera conta a abraçava retribuindo o mesmo.

"Estou muito devagar" — Penso olhando para meu alvo

caminhando em sua direção, a cena passa por minha mente em câmera lenta, vejo as pessoas abrindo caminho até mim, rindo e batendo palmas pelo meu show a pouco, a fumaça de gelo seco pairando sobre o chão o vejo me seguir com os olhos e paro em sua frente.

— Tem namorada?

— Não, sou um cavaleiro — Antes dele terminar a frase eu me sento em seu colo de frente e dou lhe um beijo o deixando surpreso, porém não tanto, pois sinto suas grandes mãos em minhas nádegas me pressionando contra o seu corpo me dando mais vontade de ficar ali.

"Cavaleiro safado esse não é mesmo?" — Penso sentindo sua língua em contato com a minha e seu corpo aumentando a temperatura assim como o meu. Me afasto dele o encarando olho a olho sorrindo sentindo nossos narizes tocando as pontas um ao outro dando sorrisos maliciosos.

— Queria ter feito antes

— Aconteceu no momento certo Diana.

— Cala a boca — Dou uma risadinha boba voltando a beijá-lo despreocupada com o que rolava agora a nossa volta.

Dante

"Caraca, pessoal tudo no linguão e eu segurando vela" — Penso zuando comigo mesmo rindo de canto, olhando para meu irmão que agora estava abraçado a estranha de cabelos coloridos que estava ao lado dele, ele dá de ombros e falo mexendo os lábios.

— "Não estrague sua chance." — Faço um sinal com o dedo indicador e com o outro o círculo simbolizando um ato sexual, ele fica vermelho e desvia o olhar, acabo rindo e sigo caminho para o bar para pegar uma cerveja e ir para uma área aonde eu poderia fumar um pouco.

Na pista tocava Lorde — Perfect Places, acredito que esse era o meu lugar perfeito, porém com um curto prazo de validade, sigo caminhando em meio às pessoas com duas garrafas em minha mão esquerda, o cigarro estavam presos em meus lábios, tiro de meu bolso o isqueiro em forma da Harley Davidson V-rod. 1250, enquanto ando acendo o cigarro, adentro a área me sentando no estofado circular, havia mais duas pessoas ali, um jovem de 19 anos parecendo ter acabado de usar ecstasy e fumando tudo menos cigarro pelo cheiro forte que vinha de seu cigarro, a garota de cabelos curtos pretos e raspado ao lado com uma roupa de couro bem justa em seu corpo realçando seus fartos seios e curvas passa um olhar breve para mim, a encaro e a vejo sorrindo com desdém.

— Está semelhante a dividir?

— Por que não? Não seria eu se negasse uma Stella Artois. — Ela se levanta sentando ao meu lado abrindo ambas garrafas com um

258

movimento me entregando uma. — É irmão do garoto de movimentos leves?

— O que está agora na pista pensando que está em um filme dos anos 80, tipo footlose ou grease? — Dou risada da minha ironia a vendo rir junto comigo.

— Isso mesmo. — Ela me encara ainda sorrindo, afirmo que sim com a cabeça a vendo prosseguir. — Mesmo sendo engraçado, ele está sendo ele, pessoas assim são felizes e não se limitam.

— Então nos limitamos? — Ela se vira me olhando nos olhos.

— Não, somos apenas mais na nossa. — Ela tira de meus lábios meus cigarros, solto o ar da última tragada ao alto e a encaro. — Somos o que curtem apenas observando, se formos lá estaremos nos forçando a ser algo que não somos e não tem nada pior do que usar máscaras. — Ela dá uma tragada e solta sobre meu rosto, sorrindo a encaro em meio a fumaça a vendo tomar um gole da cerveja.

— Seria muito audácia eu querer te beijar após esses três diálogos que tivemos?

— Eu te chamaria de frouxo se não fizesse. — A vejo apagar o cigarro no cinzeiro e se inclinar em minha direção, minha mão vai até sua nuca a me inclino ficando cara a cara com ela, nossos rostos se encontram assim como nossa respiração, sinto nosso lábios se tocando de forma selvagem, em um beijo intenso e forte, a vejo subir em cima de cima e suas partes pressionarem a minha

259

sobre a calças, ela puxa meu cabelo inclinando meu rosto para trás e noto que ela era mais dominadora do que sua aparência mostrará. — Seria eu muito safada ao te chamar para o banheiro?

- Pensa que eu estou na condição de pensar isso? — Sorrio maliciosamente dando lhe um breve beijo puxando seus lábios com uma mordiscada.

Nos levantamos indo em direção ao banheiro de deficientes ao fundo do bar, esse momento me lembrava o dia que perdi minha virgindade no baile da escola, passo os olhos em meu irmão o vendo curtir sua liberdade, agora ele estava apenas com a camisa xadrez aberta mostrando sua magreza, enquanto cantava no karaokê como sua par de modo atrapalhado e desafinado Lust for lie da Lana del rey, estava muito cômico ver ele sob o efeito do álcool já, a cena deles, no pequeno palco e um pequeno público tão mal quanto eles, olho em volta vendo que Diana e Ethan estava no meio daquele pequeno público. Acredito que após 10 whiskys e 5 copos big de cerveja o álcool fizera um efeito no brutamontes, pois ele estava agarrado com Diana que não parava de beijá-lo e falar o quanto amava ele e ele falar que queria casar com ele e encher a casa de filhos, o mais engraçado foi ela dizer que também sonhava em ser uma vaca parideira. Era um romance estranho, mas engraçado que presenciei brevemente.

...

Após sair do banheiro um pouco descabelado e com o corpo suado respirando de modo um pouco ofegante seguia caminho pelo bar a deixando sair logo em seguida, ela parecia ser incansável e apenas no segundo ato que se deu por satisfeita, sinto a marca doer em meu peito e escutar sua risada vindo atrás de mim, sigo caminhando deixando meu ouvido atento ao que ouvi ignorando o que estava rolando o som e pessoas ao meu redor.

"Não vai brincar novamente comigo." — Penso um pouco irritado

— Pensou no que te pedi? — Sinto alguém me colocar contra a parede do bar.

— Essa forma? Consegue ficar humana maldita! — Esbravejo.

— Não foi isso que perguntei. — Ela ergue sua mão esquerda envolta a aura e começa a fechá-la aos poucos, sinto a dor em meu peito aumentar, minha respiração se tornar sufocante e meu corpo se curvar perante a dor. — Vai responder certo agora? — Seu tom é irônico e maligno.

- Nos encontre daqui cinco minutos no beco — Minha resposta e voz sai abafada em meio a dor e sofrimento que sentia.

— Sábia escolha, me traia e pedirá para que isso tenha acabado aqui verme — Ela dá leve tapinhas em meu rosto sumindo em meio a multidão gargalhando maldosamente.

Minhas mãos apoiam em meus joelhos com o corpo inclinado à frente e respiro de modo tenso retomando meu fôlego, meus olhos percorrem a multidão em busca deles, precisava ser breve ou o pior viria a acontecer, não queria que nossa noite acabasse assim de modo breve, mas curtimos e sabíamos o fim que ela teria, porém, não queria que fosse depois de três horas curtindo a balada e o que ela nos fornece para nos divertirmos, mas tínhamos que acordar daquele sonho e pesadelo o quanto antes, tínhamos pessoas a qual contava conosco e lutamos, um mundo que precisava de nossa ajuda, seria sujo e egoísta de nossa parte viver uma ilusão.

...

— Ela está aqui — comento me aproximando deles ao tocar no ombro de Diana e Dan que se viram e era notável em suas bochechas rosadas e sorrisos bêbados que não entenderam o que falei.

— Olha só, irmãozão. Você me deixou aqui sozinho — Dan toca com o indicador em minha bochecha. — Você é um irmão muito cretino, me deixou mamado sozinho pagando mico.

— Dante eu vi você indo no banheiro com uma punk — Ela ri alto dando um empurrãozinho no Dan que ri com ela — Não sabia que ele era tão dado Dan, olha parecia roteiro de pornô.

— Pode me ajudar com esses dois? — Olho suspirando irritado para Ethan que parecia estar menos bêbado que eles.

— Tudo bem — Ele coloca o braço de Diana envolta a seu pescoço e faço o mesmo com Dan seguindo caminho para os fundos do bar. — Faz tempo que a viu? — Os olhos dele me fitam de canto.

— Cerca de dois minutos, ela me deu cinco para te levar ao ponto de encontro.

— E como vamos fazer, eles não estão em condições de lutar.

— Seremos só nós dois, precisará soltar mais do que guarda aí dentro. Serei como suporte.

— Entendido.

— Por que estão cochichando. — Diana ergue o rosto antes apoiado no ombro de Ethan o encarando. — Ai que feio, fofocando com o chato do Dante.

— Dante a Diana está falando mal de você, conta para nossa mãe — Ele começa a chorar do nada — Aí nós não temos, Diana eu te odeio sua megera — Ele tenta empurrar ela mais de cara no chão e começam os dois a rir.

— Seu moleque sem noção, nem falei nada — Ela começa a rir desenfreada — Aí preciso parar, se não vai dar vontade de fazer xixi.

— Mereço — Revirei os olhos vendo o quão deplorável e fracos com álcool eles seriam se esqueceram completamente que isso poderia acontecer, fora o cheiro de álcool que eles estavam exalando.

— Vamos deixá-los sentados próximos à lixeira enquanto negociamos com ela — Comento com Ethan e ele me ajuda a colocar o plano em ação. Olho em meu relógio após os deixarmos

263

"seguros" vendo que faltará apenas um minuto para ela aparecer, nos afastamos deles fitando o beco da metade em diante que levava a rua principal, a madrugada era fria e uma leve neblina pairava da rua central, a luz amarela dos fundos do bar deixava o clima com um ar sinistro, assim como os de filmes de terror ou suspense.

Quando menos esperamos sentimos as mãos frias dela e sua voz surgindo em nosso meio, ela flutuava e seu rosto transparecia o prazer em seu plano estar seguindo o rumo a qual ela desejava.

— Obrigado Dante por colaborar — Meu corpo é envolto a aura dela, antes mesmo de conseguir contra ataca-la e tirar minhas adagas presas próximas a meus tornozelos sou arremessado para o lado com meu corpo rodopiando no ar e batendo de modo brusco contra a parede.

A vejo erguer Ethan no ar pressionando-o pelo pescoço, ela coloca algemas elementares nele bloqueando seus poderes e fala próximo a seu pescoço após dar uma cafungada. — Sem seus poderes não passa de um monte de músculos, deplorável.

Ele a fulmina com seu olhar e me ergo novamente correndo na direção deles e Ethan apenas acena que não com a cabeça e Triana me observa de cima para baixo com um sorriso superior enquanto some fenda adentro com ele preso em sua aura e flutuando ao lado dela.

— Chega a ser deprimente pensar que poderia me impedir, não omato, pois sua dor alimenta pouco a pouco meu poder. — Sua risada ecoa por todo o beco até ela sumir por completo. Tentava alcançar a fenda, porém meu corpo cai do alto e o baque machuca meu corpo, Dan e Diana haviam caído no sono, um sobre o outro, meus punhos cerram e os bato contra o chão com raiva de mim mesmo por pensar que era forte sem meus poderes, mas me tornei tão dependente deles que na situação me tornei um completo inútil sendo incapaz de sequer atingi-la ou fazer um arranhão, agora não sabia como prosseguir, sozinho, sem poderes e com dois bêbados.

Me sento ao lado deles tirando meu aparelho celular que comprara com Dan no shopping vendo as fotos que tiramos no apartamento e hoje ao chegarmos na balada, sorrio de canto torcendo para que nenhum de nós morrêssemos nessa situação, mas tudo era incerto e prever os acontecimentos apenas me causava mais medo, porém deveria ser forte como sempre, pois nós apoiamos na força um do outro, se um fraqueja todos caem.

— Fique firme Ethan, chegaremos em breve — Fito o céu limpo de estrelas e com o luar escondido em meio às nuvens e os altos prédios a nossa volta, iria ficar acordado esperando eles acordarem e o efeito da bebida e ressacar passar, iria tentar rastrear Ethan com o ponto que coloquei a pouco despercebido no bolso traseiro de sua calça jeans, ao menos não fui um completo inútil e o tempo de busca por eles seria reduzido, me ajudando na situação menos boa possível.

Capítulo 13: Extração

Triana

Chegamos ao galpão do porto onde dias atrás fura humilhada pelo meu pai e irmãos pela minha falha, o corpo do homem é lançado por mim após desfazer minha aura, ele rola sobre a pequena poça fria de água e seu corpo fica abaixo da luz do luar que entrava pelas frestas.

— Linda casa. — Seu tom é irônico e provocativo.

— Para alguém que está prestes a sentir uma dor excruciante está muito agindo de forma muito ousada. — Flutuo pairando centímetros acima do chão lançando a nossa frente, o dardo a qual meu pai me dará ligando uma ponte entre o mundo zero e o laboratório, o olho de canto fazendo um breve comentário. — Quero ver até quando se fara de durão.

— Se pensa que sofro com a dor causada a meu corpo carnal sabe pouco sobre mim marionete. — Ele pisca para mim, sorrindo de modo presunçoso.

O portal havia sido aberto voo de modo rápido até ele envolvendo

266

minha mão com minha aura revoltando seu corpo com a mesma o erguendo sobre o ar o deixando a minha altura. - Marionete? Acha mesmo que sou usada? Verá que você não passa de uma bolsa de sangue, um objeto que carrega uma fonte de poder destrutiva para nosso mundo e para si mesmo — Inclino a cabeça para o lado. — Quem aqui tem a vida mais patife e triste?

— Provocações superficiais não me causam efeitos, aceitei o meu lugar, você busca aceitação ainda, essa é nossa grande diferença — Desfere um tapa no rosto dele apertando suas bochechas logo em seguida.

— Eu sei meu lugar e é hora de se colocar no seu, aceitando seu trágico destino Diamantense. — Escuto a voz fria de meu pai e seus passos acompanhado de dois de meus irmãos e parte de sua equipe que começa a montar o equipamento de extração.

— Minha amada filha, por que dos ânimos exaltados? — Ele sorri de canto e seus olhos é como de serpentes, sempre frios e centrados em seus objetivos, seus passos são devagar como quando elas rastejam em direção a suas presas prontas para dar o bote. Faço uma reverência me erguendo em seguida a uma postura ereta.

— Me desculpe meu pai — Ele estende sua mão e paro de imediato, ele fita com atenção o homem a sua frente.

— Fizera um ótimo trabalho até aqui — Ele se vira olhando para mim me encarando nos olhos — Porém sua missão não fora concluída, o processo de extração leva algum tempo até extrair parte do poder e sangue dele, precisa aguentar uma hora até completar. — Ele segue olhando o homem com um olhar analítico enquanto fala. — Os imprevistos virão, estou ciente de quem está atrasando meus planos e é por isso que dois de seus irmãos irá auxiliá-la com reforço.

— Pai — intervenho o vendo se virar com destreza em seu rosto e paro na hora.

— Não ouse me contrariar — Ele se aproxima de mim, falando alterado — Pensa que sabe mais do que eu? — Apenas nego com a cabeça — Quer tentar sozinha e me desonrar novamente com sua falha? — Sinto o toque dele em meu rosto o erguendo me forçando a olhar no imenso mar vazio e negro de seus olhos, meu corpo se arrepia dos pés a cabeça e me viro olhando para o homem que gargalha diante ao perigo.

— Isso que impõem sobre ela não é respeito e sim medo — Ele morde os lábios erguendo seu rosto e seus cabelos são jogados para trás e seu tom é elevado junto a sua raiva. — Que tipo de Pai doentio é você!

Um de meus irmãos estava prestes a colocá-lo em seu lugar quando meu pai ergue a mão e ele retoma a sua postura, meu pai me deixa de modo breve desfazendo com um gesto o libertar das algemas e minha aura o fazendo cair liberto sobre o chão, o vejo passar com as mãos sobre os pulsos encarando meu pai.

— Vai me disciplinar também senhor?
— Sei muito sobre sua história e poder Ethan Haavik, filho de

Adamas, herdeiro de um poder e das terras diamantenses, o imortal, o fardo que esse poder traz consigo, a sua parte humana a qual mata cada vez que mais usa seu poder. — Meu pai caminhava em direção a ele, o homem demonstrou espanto ao saber tanto dele e de sua vida.

O vejo engolir em seco e transformar seus dois braços em gelo e usar do seu poder criando pontos esmeralda para sumir e surge em frente ao meu pai desferindo um golpe na direção dele que permanece imóvel, uma barreira negra surge a frente de meu pai prendendo o braço do homem, ele em um movimento brusco desfere outro murro na barreira a quebrando.

— Papai vai colocá-lo no devido lugar da maneira mais humilhante para um ser como ele — Minha irmã de sete anos pairava sentada sobre sua foice, com um sorriso sádico no rosto, seu cabelo channel de uma parte balançava enquanto a outra metade longa se apoiava ao longo do seu ombro direito, ela abraçava sua pelúcia de coelho com a boca costurada e seus olhos em verde ciano reluziam sua maldade, ela abafada sua risada atrás da pelúcia.

— Devo controlar meu desejo de luta — Meu irmão de 22 anos estalava seus dedos enquanto comenta conosco suas irmãs próximas a ele controlando seu desejo de combate, seus olhos brancos e sussurros de seu poder emanava em nossos ouvidos trazendo um ar frio, bocas espalhadas por seu corpo soltavam gritos agonizantes de sua alma.

— Para nosso pai entrar em um combate é porque ele quer humilhar seu inimigo e mostrar a diferença de poder entre eles —

Comento fitando a cena a nossa frente.

Ele some novamente e um breve rastro desse ponto de teleporte é seguido pelos olhos de meu pai que seguia seu rastro na escuridão de seu elemento e espaço-tempo.

— Sinto o cheiro do seu medo rapaz — Meu pai permanece intacto e parado no mesmo ponto o homem surge atrás dele e meu pai se desfaz em uma fumaça de trevas passando entre o corpo dele e se materializando atrás dele — Pode esconder muito dentro de você, atrás dessa armadura vive um rapaz que nunca desejou tal fardo e grita dentro de si que fará isso pelo seu povo, pois ele já está morto. — As trevas que saem das mãos de meu pai o lançam rodopiando pelo ar para longe — Suas mãos cravaram sobre o chão quebrando uma fina camada do solo ao fincar e fazer um rastro com seus dedos até parar.

— Odeio quem pensa que sabe alguma coisa sobre mim — Meu pai conseguira feri-lo ao entrar em sua mente.

Meu pai permanece sério falando com ele como um pai fala com o filho, o repreendendo e se mostrando estar ciente que o mundo e pessoas fora injusto com ele, aquilo trazia memória a tona, como um deja-vu estivesse ocorrendo novamente.

— Seu avô não iria querer que seu poder se tornasse um fardo a você, viu o quanto ele sofreu em sua morte? Do que vale salvar seu reino, de que vale proteger quem tanto lhe feriu ou sequer acredita na sua força, é como jogar pérolas aos porcos.

— CALA A PORRA DA BOCA — O corpo dele solta uma forte nevoa fria e se alastra pelo espaço, seus pés lançam uma forte rajada de gelo tornando tudo frio, o mesmo se alastra pelo chão fazendo caminho até meu pai, o gelo ao se aproximar se ergue virando estacas grossas e pontudas tentando atingi-lo com o movimento da mão a frente do meu pai a mesma se desfaz em pedaços, as trevas consomem tornando o gelo transparente cristalino em um gelo negro mais espeço, duro e resistente. O ataque se reverte voltando com o dobro da força a quem lançara.

— Odeio climas frios — Minha irmã reclamou fazendo bico — Mas confesso que preciso de uma marionete do tipo em meu arsenal — Ela ergue o ursinho a frente de seu rosto — Não é mesmo Mrs. Franky.

Ethan transforma seu corpo completamente em aço ao encostar em uma das colunas próximas dele, porém isso diminuirá o efeito do ataque o fazendo ficar de joelhos, meu pai se desfaz em uma fumaça negra materializando metade seu corpo a frente do homem que respirava um pouco ofegante.

— Irá cooperar com a evolução do mundo ou irá se tornar mais uma das pedras em meu caminho? — Ele puxa os cabelos do homem o erguendo para trás. Ethan cospe na imagem de meu pai sujando o jaleco dele com seu cuspe.

— Vai se foder, eu nunca abaixei minha cabeça para um filho da puta como você.

— Sofra com sua arrogância e escolha tola. — Os olhos de meu pai queimam em um vermelho rubro e a fumaça negra começam a entrar nos ouvidos, narizes e bocas de Ethan, seu corpo cai sobre o chão se debatendo, seus gritos abafados pelo ataque de meu pai eram agonizantes, meu pai faz aquilo até ele cair desacordado e segue seu caminho passando por nós. — Ele irá ser torturado pelos seus piores pesadelos, porém isso não surtirá efeito em seu corpo físico, assim que conseguirem os frascos e bolsas com o sangue dele estiverem cheios podem se livre dele e de toda a escória que viera por acidente com ele.

— Sim senhor — Falamos em uníssono nos curvando perante sua passagem até sumir pelo portal. Nos erguemos e sigo para próximo do corpo dele desacordado.

Envolto minha mão com minha aura erguendo o corpo dele o levando para a cadeira extratora, meu irmão prende os braços e pernas dele, travo seu pescoço ligando a agulha em meio a sua coluna cervical, a agulha era um pouco grossa e senti incômodo ao ejetá-la nele. O sangue mesclado com as células de seu poder diamantense descem pelo cano de modo lento e demorado e agora entendia o porquê daquilo, a máquina tecnológica era silenciosa e iria acordá-lo bem, não sabia quanto de efeito o poder de meu pai teria sobre ele, torcia para que fosse tempo suficiente e que aqueles idiotas não viesse dar as caras, meu orgulho não queria ter que contar com a ajuda de meus irmão e ser lembrada pelo meu pai e por eles que o sucesso de conclusão fora graças a eles e que meu poder não fora o suficiente.

— Ficaremos aqui atentos ao menor movimento de intrusos. — Meu irmão senta em uma pilha de albergues.

— Por mim nem precisavam estar aqui. — Comento alto para eles ouvirem.

— Mas a recém adotada e tolinha irmã falhou com nosso pai — Minha irmã comenta me provocando.

— E agora ele não confia totalmente em você. — Ele completa.

— Não precisa chorar o Mrs. Franky vai honrar nosso pai. — Ela brinca com sua pelúcia feia e idiota comigo.

— Me insulte de novo e acabo com você e sua pelúcia — Esbravejo para ela.

— Estou louca para controlá-la irmãzinha, só preciso de um motivo para tê-la em minha coleção — Ela inclina sua cabeça e seus olhos queimam emanando seu poder, sua pelúcia tomara vida mostrando monstro que era e a quem protegia.

— Façam o que quiser uma com a outra, mas foquem no que nosso pai pediu. Não quero ter que criar uma carnificina aqui. — As almas saem das bocas espalhadas pelo corpo dele mostrando suas formas gritando ao sobrevoarem atrás dele.

— Ele tem razão — Nossos poderes se desfazem e ficamos ali atentos a ataques inimigos aguardando a extração acontecer do corpo do homem que estava por hora preso em seus piores pesadelos alimentando os objetivos de nosso pai.

Capítulo 14: Resgate

Diana

Meus olhos abrem com a claridade do sol em meu rosto, olho em volta vendo que estava deitada sobre o ombro de Dan, a minha frente Dante me observava com cara de bunda. Vou me levantar e sinto uma puta dor de cabeça, os barulhos dos carros parecem mais altos que de costume, Dante vem em minha direção me ajudando a me levantar, levo uma de minhas mãos, a minha cabeça e meus olhos não conseguia encarar muito bem a claridade.

— O que aconteceu com a gente? — Falo meio tonta.

— Com a gente não, com vocês dois. — Dante usa de sua ironia e sorriso prepotente.

- Onde está o Ethan? — O questiono de imediato ao sentir a falta de sua presença.

— É sobre isso que temos que conversar. — Vejo ele abrindo uma garrafinha de água e tirar um medicamento do bolso me entregando.

— É balinha? Não estou afim não, valeu — Brinco com ele, pegando da mão dele e tomando.

Dante pega outra e despeja um pouco sobre Dan que acorda tomando um susto. — Isso é cruel até vindo de você — Sorrio olhando em volta. — Onde Ethan está? Não me respondeu.

— Ele foi levado. — Dante se vira me encarando estendendo a mão a seu irmão que pega impulso com ele.

— O Ethan foi levado, eu escutei bem? — Dan parecia pior que eu, seus olhos mal estavam abertos.

— Como assim? Como eu não vi, na verdade, como não impedi!

— Estavam fora de si — Dante me alerta.

— Não venha me consolar nessa hora porra.

— Que merda — Dan chuta o lixo ao seu lado.

— Ficar puto de nada adianta, tenho a localização e precisamos nos recuperar e ir o quanto antes.

— Eu vou desse jeito — Diana nos encara enfurecida — olha a merda que fiz.

— Estou contigo. — Dan se manifestar.

— Eu não posso ir com vocês desse jeito, não viram o quão forte ela está e desse jeito que estão irão morrer e ele também! — Sua voz fica em um tom alto é mais séria.

— E quer que deixamos o dia passar? Que vamos dormir e descansar e aí amanhã vamos ajudá-lo? — Ando de um lado para o outro falando brava e gesticulando. — Não fode.

— Eu posso morrer PORRA! — Dante grita e cai de joelhos sobre o chão, em meio a seus lábios escorrem sangue e ele tosse de modo forte. Dan e eu rapidamente o ajudamos a se levantar novamente.

— DANTE! O QUE ESTÁ ROLANDO COM VOCÊ? ESTÁ ESCONDENDO ALGO DE NÓS? — Seu irmão fala preocupado o questionando, Dante se vira o encarando e rindo com a boca suja de sangue.

— Para sua sorte não — Dante a empurra e segue andando a frente no beco. — Preciso da minha espada.

— Não pode lutar assim? — O repreendo c o vejo mostrar o dedo do meio e se virar.

— Dois bêbados de ressaca querem lutar e eu que estou meio fodido não posso? Me poupem, me deem uma carona vai. — Dante satiriza sua situação, Dan passa olhos para mim, dando de ombros.

— Quer tentar impedi-lo?

— Seja o que Deus quiser — Bufo de raiva e minha mente me culpava pelo vacilo que dera na noite anterior, mas poxa sou humana e a quanto tempo não dava PT. — Segura em mim e nada de mão boba pervertido do banheiro. — Ele me abraça e levanto voo com ele.

— Você viu? — Dante me olha torto.

— É mais fácil perguntar quem não. — Brinco sorrindo o encarando enquanto ocultava nossa presença com as nuvens e sobrevoavam a cidade.

Minha mente fitava a imagem do homem que a pouco conheci e tanto me apeguei, nem adianta falarem que sou uma viúva com fogo, ou solteirona que não pode ver um boy que logo se apega, sim eu sei que alguns de vocês me julgou, toma rajadão de vento na cara como já dizia a diva Pablo.

— Irei colocar minha roupa de acabar com vadia roubadora de macho alheio. — Sigo caminhando em disparada a frente deles.

— Diana não fica muito brava.

— Ah! Dan você pode me pedir tudo, mas não mexe com os meus que o bicho pega. — Sigo para meu quarto andando a passos largos, vou até o banheiro e lavo meu rosto o erguendo deixando a água escorrer fitando minha imagem no espelho vendo a mulher que me tornei, me orgulhava de tudo o que vivi e passei e graças a Ethan descobre que até mesmo nos piores momentos tinha algo que precisava passar para me tornar quem sou hoje, em meio a dor percebi que não mudaria nada, pois se mudasse não teria conhecido pessoas incríveis. Mesmo com perdas vi que não queria tê-los nessa realidade a certeza de que estavam em um lugar melhor que esse me dava a força que precisava para recomeçar, sorrio e apertos os lábios respirando fundo, erguendo a cabeça e retomando minha pose colocando a cabeça no lugar.

Começo a colocar minha roupa a qual cheguei aqui, meu collant colado ao meu corpo revestido da tecnologia da Ace, ele se ocultava e mesclava a meu elemento, não perfura tão fácil e ajudava na aceleração do recarregamento de meu poder elementar. Prendo meu longo cabelo em alto rabo de cavalo e sigo em disparada na direção da sala, a cena dava a sensação de que o mundo estava desmoronando a minha volta, mostrando que nada tínhamos o controle e que tudo era tão aleatório quanto eu pensava, meus passos ecoam junto a bota de salto alto que eu usava junto ao collant, o sol iluminava parte da sala e paro em frente a grande janela de vidro fitando a paisagem da cidade e o quanto eu desejava e queria que luta não, fosse algo diário e rotineiro em minha vida, sinto minha mente se perdendo em alucinações pouco a pouco e eu sequer perceber ou controlar, caio na realidade de meus sonhos e desejos.

...

— Mamãe — Meu pequeno me chama. Estávamos curtindo a tarde juntos no extenso quintal e gramado de nossa fazenda, eu e ele estávamos sentados sobre o tecido de pique nique, meus olhos vão ao encontro do dele, Ethan ensinava a nossa pequena algo relacionado com o poder de controlar os animais, amava quando os olhos dele tomavam o tom lilás e sua voz se tornava doce ao conversar com nossos filhos.

— O que foi querido?

- Pensa que um dia terei um legado tão grande quanto de nosso pai? — Ele sorri sem graça e parecia receoso em prosseguir. Coloco minha mão em seu ombro e falo de modo doce.

— Sabe que pode confiar comigo para tudo, pode falar, não tenha vergonha, estou aqui para apoiá-lo.

— Eu sei — Ele aperta seus lábios. — Tenho medo de não atingir as expectativas ou de decepcioná-los ao falhar em algo.

— Meu amor — O puxo para perto de mim o abraçando forte, acaricio seus cabelos dando beijos nele. — Independente do que acontecer sempre será nosso filho e vamos amá-los seja lá o que acontecer ou decidir ser, ou qual caminho trilhar. — Seguro seu rosto e o olho bem de perto. — A guerra que seu pai vencera e eu lutei em meu mundo nos permitiu ter essa vida e dar a vocês a opção de serem o que quiser — Encosto a ponta do meu nariz no seu e concluo — Então pode contar conosco para o que quiser. — Olho junto a ele para o horizonte.

— A tela que vivemos está em branco agora e temos a chance de pintar o que quiser, estamos aqui um para apoiar o outro, eu como sua mãe sei que vai me orgulhar de qualquer forma, pois é tão forte quanto eu e seu pai — Sorrio para ele o vendo emocionado, ele me abraça de repente de modo forte e fala com o rosto contra meu corpo.

— Eu te amo demais mamãe, obrigado, obrigado mesmo. — O acolho em meus braços e fico emocionada junto a ele.

...

Minha mente volta a minha realidade e vejo os meninos junto a mim na sala.

— Tudo bem? — os olhos confusos e afirmo que sim com a cabeça.

— Vamos indo então Dan segue a frente lançando-se da sacada com o corpo em chamas para o alto a nossa espera.

— Vai dar tudo certo Diana, não fique preocupada. — Dante me conforta, giro com a mão o colocando sobre uma esfera de ar.

— Tem que dar certo. — Afirmo me lançando com ele em meio ao vento que passava por ali e subimos ao alto, seguimos em direção aonde o celular de Dante mostrava a localização do ponto de conexão dele com Ace. Achei inteligente da parte dele colocar o mesmo ontem enquanto estávamos no bar de modo despercebido por nós.

— No porto? — Sorrio de modo irritado — Típico de vilão fundo de quintal.

"Nos aguarde Ethan, estamos indo e tudo dará certo." — Penso de modo otimista. Poderia ser alucinações minha ter uma família com alguém que conheci a quatro dias, mas para mim era muito real e não poderia deixar de torná-lo realidade, me julguem, mas se lutar pela felicidade é algo doido, me considero muito louca. A tarde alertava um temporal, o vento sobre meu rosto fazendo meus cabelos esvoaçarem junto ao vento me mostrava e dava o sinal que isso só favorecia meu elemento o tornando mais forte, e força era o que mais precisaria no embate que iria acontecer a pouco.

Dan

Confesso estar preocupado e com medo do que possamos encontrar ou enfrentar, mas o que me dava mais medo e receio era de perde meu novo amigo. Talvez o medo da perda era o que me dava força e me motivava a enfrentar seja lá o que fosse, passo meus olhos para meu irmão e Diana ao meu lado e via que não estava sozinho.

Minha mente me mostrava cenas de quantas vezes Dante lutou por mim e agora via a situação de retribuir o mesmo por ele e impedir que ele morresse por um deslize meu, minhas chamas se tornam maiores com minha motivação e sentimentos sentidos naquele momento, o porto não era muito distante e de nossa localização á era possível visualizá-lo.

Estávamos perto de pousar quando surgem duas pessoas flutuando sobre o teto do galpão, barulhos de trovões ecoam nas nuvens cinzas fazendo clarões surgirem em atrás de nós.

— Sabem que estamos aqui, mas quem seriam aqueles dois? — Pergunto a eles nos entreolhando.

— Ela pediu reforços — Diana dá uma risada nervosa e seu tom saiu de forma irônica. — Ela não pensa que isso irá nos impedir de salvá-lo. — Dante semicerra os olhos fitando seus inimigos.

— Eles parecem ser como ela — Ele nos encara — Isso não vai ser fácil de impedir, são dois mesmos.

— Acho melhor a Diana ir atrás do Ethan e eu e você enfrentar esses dois. — Comento olhando para meu irmão que afirma que tudo bem.

— Estou morrendo de dor, mas dou conta de um desafio desses — Ele fala cerrando seus dentes e sua mão estava próxima da bainha de sua espada, seu corpo estava inclinado a frente e Diana desce ordenando que seu elemento envolve-se o corpo do meu irmão com uma armadura de ar que iria seguir os comandos do corpo de meu irmão, dando a ele a liberdade de voar e obedecer seus movimentos, ela sorri para nós de modo confiante enquanto seguimos a frente escutamos seu último falar conosco.

— Conto com vocês meninos.

— Vá resgatar a princesa. — Dante brinca me olhando dando uma piscadela.

Pouso junto a meu irmão sobre o teto do porto não muito distante de nossos inimigos que nos encaravam com um olhar de desdém em seus rostos, eles eram tão estranhos quanto a anterior, a garotinha estava agarrada a sua pelúcia e flutuando sobre uma foice o outro mantinha seus olhos fechados e tinha muitas bocas espalhadas sobre seu corpo seus braços estavam cruzados e seu semblante transparência seriedade.

— Até que não demorou muito para virem atrás da eterna paz não é mesmo Mrs. Franky. — Sua voz saia abafada através da pelúcia.

— Paz eterna? Não acha mesmo que irá nos matar. — Dante fica em posição de ataque.

— Sua espada não será capaz de nos ferir garoto — O garoto inclina sua cabeça ao lado abrindo seus olhos em azul ciano, duas das bocas se abrem e um som agonizante é escutado por nós, duas almas tomam formas pairando atrás dele, seu sorriso demonstra o quanto ele estava sedento para nos matar, sua língua passa por seus lábios e seus olhos encaram meu irmão enquanto reluzem. Antes deu falar qualquer coisa ele os espectros na direção de Dante que saca sua espada travando as garras de um deles, o outro vinha por cima fazendo meu irmão recuar, aponto com minhas mãos na direção dos espectros para desferir uma rajada de fogo, porém sou lançado por algo sendo arremessado sobre o telhado, meu corpo rola sobre o telhado de latão fazendo barulho e parando assim que forço minhas mãos em chamas sobre o mesmo.

— Mrs. Franky odeia ser ignorado — A garotinha falou vindo em minha direção, sua pelúcia havia ganhado vida e tamanho, seus olhos queimavam em vermelho e de suas mãos grandes garras estavam a mostra, ele grunhiu forçando os pontos dados em sua boca.

— Como aquele ursinho virou esse monstro? — Pergunto indignado enquanto ficava de pé. Porém, aquilo vinha novamente em minha direção, desvio dos ataques vendo que ela se lançava no ar vindo com seu corpo girando enquanto empunhava em suas mãos sua foice. Estendo minhas duas mãos desferindo grandes labaredas os fazendo recuar.

— Odeio calor e o Mrs. Franky também — Ela aponta sua foice para mim e seus olhos e semblantes mostravam irritação. — Por isso irei arrancar seus braços primeiro.

Ela gira entre os dedos o cabo fino de sua foice girando e dando passos como se estivesse dançando, desviando das labaredas a qual eu estava lançando, eu recuava e ela parecia se aproximar cada vez mais perto de mim, estava por recuar quando sinto um soco vindo por detrás de minhas costas, caio para frente de joelhos, meus olhos se destacavam assim que a vejo surgindo em minha frente com seu sorriso sádico desferindo um golpe, rolo para o lado e sinto um corte na mão a qual estende para atingi-la com minhas chamas.

— Tão lento — ela observa o sangue escorrendo de minhas mãos e caindo sobre a telha abaixo de nós. — Ainda quer continuar brincando?

Me ergo novamente de pé diante dela estendendo as duas mãos ao lado conjurando armas elementar, minha escolha no momento foram chicotes como o de indiana jones, usei umas vezes e estava me dando bem.

— Melhor para mim. — Ela vem em minha direção junto a seu urso monstro, desvio lançando golpes com ambos os chicotes os mantendo longe e lutando para que um de meus golpes os acertasse ou me livrasse daquele urso. — Torne isso divertido garoto, apenas você está se divertindo — Ela morde forte seus lábios desferindo um pequeno corte o fazendo sangrar — E isso está me irritando.

Consigo prender o pescoço da criatura com um movimento brusco de meu braço o puxo para frente o fazendo perder o equilíbrio e cair de joelhos, aperto o cabo do chicote mandando uma labaredas de chamas em direção a seu corpo que começa a queimar.

— Pinkuflame AGORA! — As chamas escarlates começam a perder sua cor quando o rastro das chamas rosas segue pelo chicote de chamas atingindo a criatura que se debatia contra o telhado tentando apagar as chamas. Vejo a garota cair de joelhos colocando suas mãos na cabeça e sua foice caindo ao lado de seu corpo, ela gritava de forma agoniante parecendo sentir o calor e ardor de sua pelúcia, ela erguia sua cabeça ao alto e gritava cada vez mais alto.

— ODEIO, ODEIO, ODEIO — Ela soltava em meio aos gritos. Seu corpo se inclina a frente e suas mãos tocam a telha enquanto ela se erguia, de seu rosto escorriam lágrimas de ódio, seu sorriso psicótico surgia na metade de seu rosto com cabelo curto, enquanto o outro ainda era descoberto pela parte longa, ela empunha com a mão direita sua foice. — Eu não queria ter que usar meus poderes com um verme como você — Sinto minha mão cortada formigar e a aperto no cabo do chicote tentando parar a sensação — Mas ao invés de me entreter você escolheu me irritar mais ainda ao destruir meu querido Mrs. Franky — Seus olhos ardiam em um vermelho infernal e antes deu perceber sinto mais um corte me acertando na vertical de meu corpo — O sangue espirra a minha frente e meu corpo cambaleia para trás, ela se apoia no cabo de sua foice e meu coração bate mais forte e rápido, o formigamento começa na região do novo corte — Se eu fosse você clamaria pela morte, pois estou prestes a tomar controle de seu corpo.

"Quem é esse pirralha" — Penso irritado cerrando os dentes a encarando, sentindo a dor dos cortes e meu sangue escorrendo por minha pele enquanto a encaro nos olhos, estava vendo cercado novamente.

" — É só nos pedir ajuda Dan." — Minhas formas em chamas sussurram no limbo de minha mente.

"Preciso provar para mim mesmo que posso vencer sem dar o controle a vocês." — Retruco com elas.

" — Está tentando, mas não vê que isso irá prejudicar a todos nós?" — Pinkuflame responde se aproximando próximo de mim.

"Irei combinar metade do meu corpo a blue e a você, dominarei ambas as chamas e as usarei nesse combate!" — Viro meu rosto as encarando.

" — Não tem controle total sobre mim!" — Pinkuflame esbraveja dando passos para trás falando de modo incrédula.

" — Não tem momento melhor para testar isso!" — Sorrio estendendo a mão conjurando ambas as chamas as materializando em meu corpo físico, meio a meio meu corpo manifesta o poder delas, de meus olhos resquícios de ambas as cores e chamas dão sinais, sobre minhas armas elementar o mesmo ocorre e pouco a pouco vou sentindo a regeneração ocorrendo nos cortes, porém tal coisa levaria tempo, só precisava dar ao luxo de não me ferir novamente.

— Decidiu mostrar as garras? — Ela aponta com a ponta da foice sobre o latão e vem o arranhando em minha direção.

— Irei lhe ensinar bons modos garotinha. — Estalo com ambos chicotes sobre o latão indo de encontro a ela.

— Odeio quando me subestimam — Ela vem correndo até mim.

— Digo o mesmo! — Sigo no mesmo nível que ela colidindo com nossos ataques assim que nos encontramos.

CAPÍTULO 15:

LUTANDO PELA VIDA

DANTE

O cara a minha frente era tão doentio quanto eu imaginava, além de seu poderes sem algo que eu jamais tinha visto antes, não sabia se sem meu elemento eu seria capaz de feri-lo ou se aproximar dele, se defender já estava sendo difícil o atacá-lo iria exigir muita habilidade de mim.

Recuo para o lado direito sentido o espectro lançado por ele passando próximo a meus ouvidos escutando seu sussurro agonizante e um frio me causando arrepios, dou dois saltos para trás desviando do que vinha a minha frente.

— Só sabe ficar fugindo e fugindo, me mostre seu poder elementar humano — Seus olhos se abrem e vejo o vazio

que neles continham, seu tom é provocador, seu sorriso maligno e sinto um impacto assim que ele me foca. — Sinto em seu cheiro resquícios de seu poder elementar, por que não os usa? Quer tanto assim morrer? — Ele se lança em minha direção e me defendo com minha espada desviando dos espectros e focando em atingi-lo enquanto o contra-atacava.

Sinto a dor em meu peito me fazendo cair de joelhos me desvio para o lado, porém sinto um dos espectros atravessando o peito, meu corpo todo tremeu ao sentir a sensação de vazio, o frio e tudo se tornar sem sentido e preto e branco, escutava o sussurros daquela alma ecoando pela minha mente e ouvidos, meu lábios se tornaram secos, a mão que empunhava a espada agora se apoiava entre ela e o latão da telha abaixo de mim, respirava o ar que entrava frio em meus pulmões, minhas mãos formigam, porém, ignoro tais sensações me forçando a ficar de pé, me ergo mesmo que minhas pernas insistiam em ficar trêmulas.

Ele gargalhava e ambos espectros estavam atrás dele agora enquanto ele vinha e contemplava minha humilhação perante ele. — Elas precisam se alimentar do que há de pior dentro de você, não me culpe, mas o mundo é feito de presas e predadores, lutar é irrelevante a você agora, aceite seu lugar na cadeia alimentar e morra de modo digno. — Ele vem até mim com tudo, os espectros saem à sua frente passando um em frente ao outro de um lado para o outro tentando confundir meu foco de seu líder que vinha ao meio.

Jogo uma das katanas ao alto, ela rodopia no ar acima de mim, me defendo com uma das katanas das presas das criaturas as lançando para trás e me lanço ao alto, meu corpo gira e chuto o cabo da katana que girava no ar a lançando no ombro esquerdo do homem que não tivera tempo de pensar ou se defender, se dando conta apenas quando o objeto o perfura, os espectro me fitam caindo no ar grunhindo e salivando de raiva por ferir seu portador.

— Agradeço a oferta, mas mesmo que perca algum membro do meu corpo, vai valer a pena ter sua cabeça empalhada em meu quarto junto aos meus troféus. — Comento o provocando enquanto ele cerrava os dentes tirando a espada de seu ombro e seu sangue escorrendo do corte e caindo junto a espada que ele lançara sobre a telha.

— Vou ter o prazer de acabar com você verme arrogante. — Ele me olha com desdém.

Vou na direção dele desferindo ataques com minha espada, ele recua e contra ataca alguns deles, meu corpo desliza sobre a telha, e giro com meu corpo chutando o braço do garoto que me lança para trás, meu corpo gira para o lado sentindo que a força que ele continha era o triplo da minha ao visualizar o quão fundo fora o golpe na telha. Um dos espectros vinha por trás de mim, salto para o alto o vendo passar diante meus olhos por baixo de minha antiga localização, a chuva começa a cair, sinto meu corpo sendo molhado gota por gota e a superfície abaixo dos meus pés se tornar mais escorregadia, não queria ter que usar muito o manto do ar que Diana havia colocado sobre mim, porém não tinha opção devido ao tempo.

— Que seja — murmuro concentrando-me e indo flutuar, sinto o ar repelir a minha volta a chuva e lanço-me na direção do garoto que agora sorria empolgado ao ver que não iria me conter. Ele estende os braços e inclinou sua cabeça ao lado rindo emanando em seus olhos sua sede de morte.

— Não se contenha, pois, essa será sua última batalha. — Foco com minha espada em meu alvo, ele estende sua mão à frente do ponto a qual foquei em atingir, noto que a lâmina não estava cortando-o, era como se aquele ponto a pele dele estive encouraçada e dura, a lâmina começa a deslizar e faíscas começam a sair, nos encaramos olho no olho com ira um do outro, passou uma rasteira nele e rapidamente pegou a espada ao lado ao girar meu corpo sobre a telha, desfiro um corte no estilo X cruzando as lâminas focando no corpo dele que estava em queda, porém os espectros veem em minha direção, flutuo para o alto e os vejo me seguindo, os trovões passavam muito próximos de mim, desvio dos clarões e dos espectros que me cercavam, noto que o homem abaixo de nós começa a abrir pouco a pouco uma das bocas de seu corpo.

— Irá entender aos poucos a função de cada espectro — A língua das bocas começa a passar em meio aos dentes e lábios à medida que as almas saiam do corpo dele. — Mas quando souber será tarde demais e será uma delas estando sob meu controle. — Meus olhos estalaram ao saber que aqueles espectros eram de seus antigos inimigos e pessoas que se opuseram contra ele.

— Não será tão fácil quanto pensa me vencer. — Meu corpo gira descendo em direção a ele, os espectros vinham tentando me impedir de chegar próximo a ele, bloqueando a minha visão e direção, desviava em meio a eles, as espadas estavam empunhadas a frente de meu corpo em posição de ataque. Quando o vejo abrir todas as bocas de seu corpo e seus olhos reluziam, o impacto que todos os espectros de seu corpo transmitem causa uma onda de energia pesada no ar, sinto meu corpo sendo lançado para longe dele, cravo com as pontas das espadas sobre a telha que vai se rasgando com a força do ataque dele até meu corpo parar um trajeto de corte é deixado por onde passaram. Linhas negras desenham o corpo dele até terminarem na bora de seus olhos. — Ainda pensa que tem chance? — Sou questionado por ele ao ver a forma dos sete espectros que estavam próximos a ele. Naquele momento eu estava me questionando se demoraria muito para Diana vencer Triana e eu ter novamente o controle de meus poderes, pois sem eles estava me perguntando se venceria aquele cara.

Diana

Passo entre os meninos vendo que eles estavam dando conta de distrair nossos inimigos, ambos pareciam fortes e ficava com medo deles saírem muito feridos, porém precisa crer na força deles e de que tudo daria certo, afinal eles não eram fracos e eu já tinha meu próprio desafio me aguardando.

Sigo caminhando pela entrada aérea dos galpões, o lado de dentro tinha pouca iluminação interna, a chuva começara a cair de modo forte, o vento também corria por todo espaço de forma violenta, meus cabelos começam a ficar molhado, as gotas batiam sobre o collant sendo repelidas e escorrendo, meus olhos encaram o espaço a procura de Ethan e da mulher, caminho em meio aos grandes albergues a passos lentos, meus olhos demonstram e reluzem que meu poder estava ativo, o vento começa a entrelaçar meus braços e pernas, sobrevoo poucos centímetros do chão.

— Tinha que ser você a rasgá-lo — A voz dela tinha um tom carregado de deboche e irritação, escuto sua risada após ela falar comigo, movimentos e passos rápidos.

— Para o seu azar sou eu mesma, mas será uma honra morrer aos pés de uma Deusa do ar. — Transmito do meu corpo uma onda de aura por todo o espaço, cada movimento e mudança no ar irei saber a localização — Ethan! — Falo em um tom baixo e sigo em disparada forçando meu elemento a lançar cada vez mais meu corpo em um percurso pelos albergues que passavam despercebidos pelos meus olhos no caminho que fazia.

— Não tão rápido — Uma das fitas de aura da garota entrelaça meu tornozelo parando-me de modo brusco, olho em direção ao mesmo irritada desferindo um corte com minha mão envolta a meu elemento.

— Não tente me impedir cretina. — Esbravejo enquanto torno a olhar para frente, sinto um tapa me lançando contra o albergue ao meu lado, rapidamente várias das fitas de aura dela surgem envolvendo meu corpo me virando de cabeça para baixo, a vejo andar sobre o ar, seus cabelos esvoaçavam junto ao vento forte, a aura que emanava a volta de seu corpo parecia mais densa e forte, seus cabelos estavam voando para o alto junto a sua aura, seus olhos saiam resquícios do mesmo, sua voz estava em um timbre mais firme.

— Não tenho mais tempo para perder com você, mas quero que o veja sofrer assim como quero que ele a veja morrer sofrendo — A mão dela pressiona meu pescoço enquanto a fito com ódio. — Você não é tão forte quanto pensa vadia, então banque a fodona comigo, o preço será alto. — Com um aceno de sua mão ela me tira de cabeça para baixo e dois albergues o vejo sendo drenado e se debatendo com dor, seus olhares estavam se abrindo, porém, parecia estar fraco.

— Sua vaca solte-o AGORA! — Grito furiosa me debatendo no ar presa as mordaças de suas fitas.

— Mas eu ainda não terminei nem com você ou ele o que quero fazer — Ela volta até mim após me deixar parada diante dele, ela coloca sobre meu pescoço uma coleira que bloqueia meus poderes elementares, mas ela não sabia que aquilo tinha um prazo em nós Elementarys X/Y.

— Se feri-lo mais do que já fez irei tornar sua morte o inferno na terra. — Ela envolta minha boca com uma das tiras fazendo um sinal de silêncio. — Tem que aprender a se colocar em seu lugar, para uma imunda como você, está falando muito e se opondo a quem está com o controle na mão. — Ela começa a se aproximar de Ethan me olhando de canto de olho e confesso estar doida para acabar com ela, ela me tirava do sério e mexia com quem era importante para mim.

— Ethan querido, tem que acordar, temos visita — Ela passa com a mão no rosto dele, ele parecia tonto e desnorteado, porém focou seus olhos em mim, a vejo ficando ao lado dele e pegando sobre a mesa de ferro como aquelas de médicos em meio as seringas e artefatos que fora usado para ligar nele e seu corpo o equipamento de extração.

"A adaga Haavik, não encoste nisso sua vaca." — Penso me debatendo e gritando internamente.

— Será que isso aqui vai ajudá-lo a sair do transe? — Ela a desembainha, a adaga de formato diferente fica com sua lâmina amostra, vejo o sorriso maldoso nos lábios dela, a ponta vai de encontro a pele dela, a mesma desferi um pequeno corte na ponta de seu dedo indicador, ela solta um pequeno gritinho abafado apertando os lábios e suas bochechas ganham um tom rosado. - Julgo que é perfeita, está bem afiada e ambos já mostraram ter um apreço grande por ela, assim que a viram em minhas mãos. Que assim seja.

— Não ouse encostar nela — Ethan fala de modo cansado com Triana.

A mulher leva seu indicador tocando os lábios dele, ela se senta de frente sobre o colo dele, com um movimento ela corte ao meio sua camisa deixando a mostra seu peitoral e abdômen, ela passa de modo sem vergonha sua língua entre os lábios enquanto puxa para o lado o tecido rasgado da camisa, seus dedos e mãos passeiam pelo corpo dele me deixando em estado de surto e ódio supremo.

— Quantas cicatrizes — Ela toca em cada uma com a ponta de seus dedos. — Adoraria saber a história de cada uma delas, quanta dor sentiu quando foram feitas, sentir sua dor e expressão dela em seu rosto, o cheiro de sangue, o doce amargo gosto que o vermelho tem — Seu rosto se aproxima do pescoço dele e a ponta afiada de sua unha fica próxima da jugular dele. — Tão fácil, mas tão sem graça não é mesmo?

— Pare enquanto há tempo — Ele fala em tom fraco.

— Eu até pararia, mas não é o que seu corpo diz — A vejo pressionando seu corpo contra o dele. — Seu corpo dá sinais de que me deseja, o que uma rebolada não faz com um homem, não conseguem esconder seus desejos, são fácies de serem manipulados pelo sexo oposto, posso lhe dar tal prazer antes de morrer, o que me diz? — Ela o beija de forma selvagem, suas duas mãos apertam o rosto dele, enquanto sua língua invade sua boca, sua cintura se mexe de forma sensual sobre ele. Sinto uma lagrima de ódio escorrendo pelo meu olho esquerdo, meu corpo tremia de raiva, engolia em seco enquanto meus punhos fechavam e minhas unhas feriam minha pele. A vejo de repente perfurar a coxa dele e girar com a adaga dentro de sua carne a rasgando, o corpo dela se inclina para trás assim que as bocas deles se desgrudam com o grito de dor de Ethan, o rosto da garota transparecia o mais intenso prazer de sua vida.

— ISSO, ISSO GRITE — Ela pressiona cada vez mais forte e o sangue começa a emanar do corte — GRITE COM SUA DOR, ME dê MAIS DESSE PRAZER HAAVIK — Ela retirou a adaga do corte apontando a ponta da mesma para o peitoral dele enquanto começa a fazer cortes sobre a pele, ela começa a desenhar o símbolo da lotus o mesmo símbolo da marca da maldição que deixara em Dante, Ethan se debatia na cadeira e sinto a dor dele enquanto chorava de ódio e de modo silencioso. Tentava usar meu poder, porém ainda não acumulara o suficiente drenando da força da tempestade e do forte vento do lado de fora.

— Preciso deixar indícios que eu fui a filha de Thomas que matei o poderoso e grande Deus diamantense Ethan Haavik — As unhas dela cravam no pescoço dele com tudo inclinando a cabeça dele para trás, seus cabelos esvoaçam para o alto e os olhos dela vão ao encontro do meu — O que acha de ter um filho comigo? Somos atualmente os seres mais poderosos e com sua morte seu legado irá acabar, mas posso criar um legado assim que nosso DNA se misturar.

— Mas antes de transarmos na frente da sua putinha e distração, preciso sentir mais prazer com sua dor — Ela girava com a adaga em meio aos dedos a parando e lambendo sobre a lâmina os resquícios de sangue que nela continha ficando trêmula e com as pernas bambas ao sentir o prazer com o poder que o DNA do homem continha, ela suspira de prazer e aponta com a lâmina para a mão dele. — Irei arrancar alguns de seus dedos, mas eles podem se regenerar não é mesmo? Mas não precisamos deles. — Ela se preparava para tirá-los um por um, Ethan olhava e respirava de modo agoniante, ele estava sofrendo psicologicamente e com as dores e torturas que estavam sendo aplicadas a seu corpo, no tubo eu via o quanto de sangue poder saiam à medida que ele sofria.

Meu sangue ferve e busco forças de onde jamais pensei ter, nunca senti um ódio tão grande em minha vida, cogitar que uma possível futura minha com ele estava por ser destruída por conta de um possível bastardo, me fez drenar tudo o que o ar daquele local tinha em um instante só. O vento de fora invade o local vindo de encontro a meu corpo preso, se acumulando em um único ponto de meu corpo, uma explosão ocorre e o ar se espalha de forma violenta destruindo parte das paredes, telhados e albergues a nossa volta, sou liberta da coleira e vou com tudo para cima dela a pegando pelo pescoço a lançando para o alto, o corpo dela rodopia batendo contra o teto de latão o perfurando e a lançando para o lado de fora.

Vou de encontro a Ethan e minhas mão ainda trêmulas não conseguem tocá-lo ao ver as feridas e o quanto de sangue ele estava perdendo, o quão fraco e indefeso ele estava, comecei a soltar suas pernas e braços daquela máquina, logo em seguida desligo o tubo de seu pescoço e a máquina, porém antes de libertá-lo da algemas em seu pescoço o meu é pego pela fita da mulher que me puxa, sinto algo perfumando o canto de minha barriga, meu sangue espirra sujando o chão, meus dentes cerraram com a dor e solto um grito interno.

— Não vai me impedir e nem barrar os sonhos e objetivos de meu pai cretina. — Ela comenta comigo, o ar se concentra na região ferida, alastro parte dele pela fita de aura dela que começam a ser cortadas pelo forte vento indo na direção dela, ela me solta recuando a poucos passos para trás, coloco uma de minhas mãos na região atingida sentindo a mesma latejar de dor, ignoro a dor e foco em me livrar dela.

— Uma marionete como você não entende a gravidade do que está fazendo com ele.

— A vida é feita de sacrifícios, se não entende isso é por que está vivendo uma ilusão. — Ela retruca comigo, lançando de vários pontos e velocidades alternativas suas fitas e auras, repilo parte delas com minhas rajadas de ar. Desvio de algumas passando próximas a elas e tirando fina entre uma, lanço esferas de ar na direção dela, as expando em uma tentativa de cerca-la e prendê-la em algumas, porém sem sucesso, pois ela recua e apela para as fendas.

— Irei te mostrar a diferença entre uma mulher e uma ninfeta. - Nos atracamos uma na outra ao nos

aproximarmos, desfiro um soco no estômago dela ela inclina com o corpo a frente devido o baque e a falta de ar no momento, sinto ela desferir um tapa em meu rosto assim que ergui seu rosto ao puxar seus cabelos, ela arranhava meu pescoço com suas unhas longas e afiadas como presa ao tentar pegá-lo novamente.

Triana me dá uma rasteira e a puxo ao tentar me equilibrar, nós duas caímos no chão, sinto ela ficando por cima de mim, ela desferiu mais dois tapas em meu rosto, ergo minhas duas pernas travando seu pescoço com meus dois pés a puxando para baixo, sinto que ela fizera o mesmo comigo, noto que ela estava ficando sem ar primeiro que eu e iria apelar para seus poderes.

— Vai arregar. — Esbravejo conjurando meu elemento lançando-a ao alto em um círculo com círculos de ar cortante, ela tenta criar uma fenda para levar poucos danos, porém toda vez que ela tentava estender sua mão para assim fazer levava um corte.

— Isso não vai me matar sua maldita. — Ela esbraveja tornando sua aura mais espeça para os cortes não serem tão profundos.

— Não quero que morra com apenas um ataque — Sorrio maldosamente semicerrando os olhos. — Quero vê-la ser humilhada por mim antes de morrer. — Estendo meus braços abrindo minha mão conjurando toda a força da tempestade do lado de fora direcionado para a esfera onde a garota estava cercada, os cortes e ataques são mais simultâneos, vejo seu corpo se estendendo e pequenos cortes sendo feitos por todo o corpo dela, ela grita com a dor e seu sangue começa a respingar e manchar parte do local que estávamos. Ela então consegue achar uma brecha no tempo de meu ataque sumindo e aparecendo atrás de mim, sinto ela pegando meu braço direito e pela primeira vez sinto a sua aura agourenta, em um movimento rápido ela chuta meu corpo e sinto o estalar de meu braço se deslocando, se não tivesse conjurando uma forte rajada ao meu corpo cogito que ela iria arrancá-lo, grito com a dor ao sentir o mesmo se deslocar e meu corpo sair rolando, torno a me erguer novamente e noto que ela estava puro ódio, suas roupas estavam muito danificadas e as feridas causada pelo meu ataque deixava um rastro de pingos de sangue que caíam de seu corpo, ela surge do chão segurando meus pés, antes que eu tivesse tempo de reagir vejo seu semblante que estava sedento pela minha morte, sua aura se transforma em correntes grossas que saiam do solo os quebrando subindo ao alto, alguns se entrelaçam em meu corpo me erguendo ao alto, ela começa a puxá-los e apertá-los em mim cada vez mais, meus gritos ecoavam por todo espaço ao sentir a dor.

— Não, não de novo — Meus olhos reluzem a força de meu elemento e um tornado a cerca a travando no meio a impossibilitando-a de se concentrar e dar o movimento final. Noto que Ethan se lança em meio ao tornado para me ajudar e grito com medo de algo acontecer com ele. — ETHAN NÃO! — Grito ao presenciar a cena, como se uma faca atravessasse meu peito, só me restava confiar e acreditar que ele sairia dali sã e salvo.

Illusion

Crossover 01: A saga irmãos Hawks & Reino lapidado

CAPÍTULO 16:
ACEITAÇÃO

TRIANA

Meus olhos se estacalam ao ver que o homem vinha saltando em minha direção para me atacar e ajudar aquela mulher, meu rosto e semblante expressam toda minha indignação com aquela situação fugindo de meu controle.

Meu corpo queima com minha aura como nunca, meu grito ecoa por todo o local mostrando toda a força que minha raiva emanava. Aponto na direção dele minha mão ordenando que aura o prendesse junto às correntes que vinham de baixo para cima do tornado, ela as repele para o lado lançando jatos de gelo as parado e usando para correr e escalar até mim.

— PORQUE NÃO ACEITAM O DESTINO DE VOCÊS! — Esbravejo concentro em mim toda a minha aura criando uma esfera a minha volta, abraçando meu corpo e me encolhendo como um feto no útero de sua mão, assim que grito forte e abro meus braços e pernas emano uma grande quantidade em massa de meu poder desfazendo o tornado. — NÃO AGUENTO MAIS

TER QUE LUTAR CONTRA VOCÊS, ESTÃO DESTRUINDO MINHA RELAÇÃO COM MEU PAI, ESTÃO ACABANDO COM TUDO O QUE ELE QUER CONSTRUIR, DESTRUINDO NOSSOS SONHOS, EM PROL DO QUE? ATÉ QUANDO SERÃO FILHOS DA PUTA EGOÍSTAS QUE PENSAM APENAS EM VOCÊS NÃO SE IMPORTANDO COM O QUANTO DE VIDAS PODEM SER SALVAS? NOSSO MUNDO ESTÁ GRITANDO POR SOCORRO E O QUE VOCÊS QUEREM SALVAR É APENAS A SI MESMOS.

— Estendo minha mão na direção dele criando uma onda de espinhos que saem do chão indo na direção dele, ele, porém apenas toca com seu pé no solo criando uma quantidade em massa de gelo, lanço em duas direções fitas com minha aura os braços e pernas dele são presos, sorrio comemorando minha vitória lançando uma quantidade de calor a fim de queimá-lo, porém ele é mais rápido do que eu lançando de seu corpo cristalino como gelo, a temperatura fria em minha direção, olho para meus pés os vendo fixados no chão com o gelo até meu calcanhar. — Isso não vai me prender — Antes de terminar minha frase vejo vestígios de sua aparição, resquícios de um verde esmeralda sobrevoavam próximos a mim e seus olhos encaram o meu.

— Você é a única que está vivendo uma ilusão aqui, seu pai apenas lhe vê como um objeto que ele pode manipular, você julga que está fazendo o certo, porém isso apenas irá levar não só o seu mundo como o nosso as ruínas. — Ele fala de forma objetiva, sua calma e paciência na voz me causam mais raiva, pois ele falava como se conhecesse meu pai, ele fala como se soubesse quem ele era e pelo que ele luta e defende.

Cuspo na cara dele e grito irritada — VOCÊ NÃO O CONHECE

SEU MALDITO, NÃO SABE DA ONDE ELE ME TIROU, O QUE ELE FEZ POR MIM E PELO QUE ELE VEM LUTANDO, O QUE ELE VEM ENFRENTANDO. PESSOAS COMO VOCÊ JAMAIS ENTENDERIA O QUE É SER VISTO, O QUE É SER NOTADO, APENAS QUEM JÁ FOI INVISÍVEL SABE A DOR QUE É SER UTIL OU TER ALGUM PROPÓSITO EM VIDA. — Meu rosto olho para baixo e sinto uma lagrima de raiva rolar pelo meu rosto e falo baixo. — Não posso falhar com ele, não quero ser uma decepção para ele. — Ergo meu rosto e sorrio cerrando meus dentes e falo determinada o encarando. — CUSTE O QUE CUSTAR IREI AJUDA-LO, DEVO MINHA VIDA A ELE, ELA SÓ TEVE UM PROPOSITO QUANDO O CONHECI, ELE TROUXE UM SENTIDO A ELA. PRECISO ATINGIR E ALCANCER ESSES OBJETIVOS QUE ELE VIU EM MIM, MESMO QUE ISSO CUSTE MORRER E LEVA-LOS COMIGO. — Meu corpo emana minha aura roxa e toco no rosto dele, meus olhos ativam meu poder ilusório no homem e vejo que o prendi na mesma cartada que aquele dia na esfera com aquela mulher. A vejo gritar o nome dele ainda presa, porém, saberia que ela não conseguiria escapar, iria acabar com um de cada vez, a primeira cartela com doze frascos com o sangue dele foram cheias, cumpri como que meu pai pedira, porém, não poderia o garantir vivo para ser o rato de laboratório que ele quisera, eles eram mais ariscos do que pensávamos.

— Mas o que é isso? — Olho incrédula e junto a mim, estava ele. - Crystal? — O encaro com raiva batendo nele — O que você fez seu cretino, por que estou aqui com você?

— Seu poder teve o efeito espelho em mim, sou apenas um visitante e você é o principal algo aqui. — Ele me encara com desdém e vejo a minha volta o mesmo cenário de quando eu mais nova e morava nas ruas junto a minha gata, começo a pensar que o que ele falara não era mentira e tinha medo, pois sabia o preço a ser pago para sair dali, mais uma vez estava sentindo medo em minha vida, a sensação a qual não sentia a um bom tempo retornará para me fazer sua prisioneira.

Dan

Giro com o chicote a frente do meu corpo, o lado esquerdo estava com as blue flames me defendendo e repelindo os ataques da foice dela, ela lança ataques mais firmes e rápidos, seu corpo flutuava a deixando acima de mim, meus pés deslizam sobre a superfície, a chuva forte vindo em meu rosto tornava difícil ficar com os olhos abertos, os fortes clarões dos trovões iluminavam o céu com nuvens escuras o forte som ecoava por toda a Paris e noto que não era o único com problemas ali, meu irmão estava enfrentando uma barra com o homem que controlava os Gasparzinho.

— MORRA! MORRA! MORRA! — Ela se abaixa passando uma rasteira e mim, meu corpo se desequilibra, caio com tudo de costas no chão seu corpo gira sobre o cabo longo de sua foice fina e ela direciona a ponta da mesma sobre meu ombro o perfurando, sinto que a mesma é pressionada com força, ela pisa na ponta ficando de pé sobre a foice me olhando de cima para baixo, a lâmina desce sobre meu ombro atravessando o mesmo e perfurando o latão, meu corpo treme com a dor e meu grito agonizante e doloroso de se escutar. — Sua dor é como música a meus ouvidos — Ela se agacha e seus olhos vão de encontro aos meus — irá pagar caro por destruir um de meus brinquedos, preciso que substitua ele — Da ponta de seus dedos uma aura surge, ela vem na direção do local aonde sua arma havia desferido o corte, a ponta de seu dedo indicador e do meio toca adentrar um pouco o buraco, meu corpo se debate e vejo claramente em sua expressão fácil como ela se divertia ao me ver sofrer. — Um sangue elementar poderoso, porém pouco explorado — Sua aura se mescla com meu sangue e uma pequena linha se conecta a vários pontos de meu corpo, ela torna a ficar de pé e com um movimento brusco arranca a foice de meu ombro a lançando para o alto se sentando sobre o cabo da mesma que flutua a poucos metros de mim, minha mão pressiona o lugar ferido que estava formigando e latejando de dor, meu sangue escorria e a olho com ira. — O que acha de matar o seu irmão? — Ela o fita com um olhar diabólico.

— Você não ousaria! — Esbravejo enquanto buscava entender o que aquilo faria comigo.

— Brinquedos não falam apenas obedecem a seus mestres — Ela movimenta seus dedos e sinto meu corpo sendo forçado a se mover, meus olhos esbugalham e sinto medo do que ela poderia me usar para fazer. — Amo a expressão que meus bonecos fazem ao entender que são apenas marionetes a serem manipuladas por mim.

— Eu que domino meu corpo — Forço minha aura sobre a dela resistindo ao meu corpo sentindo a dor que aquilo estava me causando a vendo irada por minha reluta contra seu poder e ordem.

— Idiota! — Ela grita como uma criança mimada inclinando seu corpo a frente rangendo seus dentes. — Odeio quando querem ir contra mim. — Sua aura se estende, o nível que ela aumenta cria uma onda no ar próximo a nós, resistir estava sendo mais difícil, relutar contra meu corpo estava causando danos a meus músculos. Sou lançado na direção de meu irmão assim que me distraio em pensamentos, lanço meu chicote com a pinku flame no pescoço dele o puxando para a frente, ele cai de joelhos e um dos espectros o atravessam seu corpo e o vejo perder o ar por um momento, ele me encara sem entender nada.

— Não sou eu Dante, preciso que fique longe de mim. — Falo triste com a situação e pela minha fraqueza naquele momento, meu corpo tremula na luta de tomar o controle novamente.

— Viu que seu poder não se equivale ao meu tolo. — Ela aumenta sua aura e meus dentes rangem, meu corpo treme ao reter seus movimentos, à medida que resistia ela aumentava mais a dose de sua aura que invadia e violava meu corpo e movimentos, tremo com as pernas e ela grita comigo — Anda logo maldito brinquedo, arranque a cabeça dele. Um movimento seu e tudo isso poderá acabar com a dor dele, ratos como vocês ainda estão sendo dignos de nossa misericórdia.

— Quem deu permissão para pirralhos se meter em briga de adultos — Dante ergue sua espada apontando para a garota. — Irei te mostrar seu lugar — Seu sorriso prepotente a deixa irada — Ficará de castigo por ser malcriada peste.

Ela sorri de modo insano, mostrando que ficará puta a maneira que meu irmão falará com ela.

— Dan fica com o caro das almas — Ele se aproxima de mim, usando do pouco de aura que Diana concedeu a ele envolta a lâmina gastando um pouco mais da mesma — Preciso mostrar a ela bons modos, esses irmãos mais velhos de hoje não sabem ser exemplo para os menores.

— Foi mal Dante — O abraço brevemente — Sempre está me salvando.

— O que posso dizer — Ele dá de ombros. — É minha cruz, mas curto lutar ao lado de um atrapalhado como você. — Ele segue passando por mim e invertemos nossos inimigos — Agora meta fogo nesses espíritos igual vemos em Supernatural.

— Pode deixar, tome cuidado com a pirralha. Seu corpo pequeno lhe dá mais velocidade e flexibilidade em ataques.

— Não está falando com amador meu irmão — Ele me olha de canto e completa. - O cara das almas se alimenta do pior que há em nós, a medida que os espectros atravessam nosso corpo maior fica a força e aura deles, não descobri muito, pois era difícil defender dessas coisas fisicamente com a Katana, creio eu que com suas chamas se dará melhor o enfrentando.

— Tudo bem. — Fito o rapaz a minha frente e o quão estranho era aquelas bocas batendo seus dentes enquanto ele me encarava com a cabeça de lado, seus olhos era tão doentio quanto a expressão em seu rosto, seus olhos corriam rapidamente por todo meu corpo, ele não mudava sua posição com a cabeça parecendo que ela estava pendurada.

— Temos um novo inimigo minhas almas — Suas línguas passam por todos seus lábios — Qual parte iremos saborear primeiramente — Ele gargalha brevemente — Estamos famintos por aura elementar. — Um dos espectros é ordenado a vim em minha direção, ao girar com o chicote e as chamas da pinkuflame se manifestar causando uma onda de calor e escudo a mesma recua para trás incomodada, o vejo morder os lábios como sinal de irritação, meu olho esquerdo com Blue flame ver a reação que ela tivera ao se aproximar sua força sobrenatural era reprimida para um único ponto.

— Não conseguirá chegar perto de mim, se forçar poderá perder as almas a qual roubou, não é mesmo? — O provoco de longe o encarando e buscando em seu corpo com a blue flame o ponto a qual manifestava sua aura e poder sobre as almas.

— Não subestime o poder do quarto irmão, nosso pai me chama de predador de almas. — Ele estende seus braços e as bocas se abrem soltando gritos que fazem o ar vibrar em minha direção, antes que meus olhos notassem as almas espectrais saem do chão a minha volta me cercando, meus olhos percorrem por elas que estavam prestes a me atingir. — Agora sua alma irá sofrer e perecer a mim. — Ele sorri e seus olhos fitam sua presa pronta para levar o bote.

Pinkuflame manifesta em meu corpo tomando controle da situação, lançando forte labaredas a volta do meu corpo que se alastram por grande parte da telha fazendo a chuva a minha volta evaporar, três dos espectros gritam sendo atingidas e explodindo em uma névoa verde-esmeralda sumindo e perdendo suas forças. Noto que as bocas se fecham no mesmo momento que elas se vão ao corpo dele.

- Pensa que vai ser do jeito e forma que quer? — Sobre minha mão é conjurada uma espada de duas pontas, os chicotes se desfazem em chama, meu olho esquerdo ainda queimava a chama azul, ela daria o suporte a qual pinkuflame precisava, dando suporte no visual e na defesa de uma das pontas da espada. — Está na hora de mandar o capeta para o inferno Blue.

"—Conte comigo Pinku! — Blue se manifesta em meu interior."

— Valera a pena ter sacrificado dois de meus espectros. — Ele mordisca ponta de seu indicador desferindo um pequeno corte escorrendo uma gota de seu sangue no solo fazendo um símbolo abaixo de seus pés, seus braços se erguem para o alto. O sangue se torna algo negro e ao ir subindo pelo seu corpo ganhara um tom verde musgo. — Meu ataque de tortura da alma foi ativado — Ele umidifica seus lábios e vejo o tom de sua pele mudar se tornando negra como a noite mais escura, astros daquele selo verde musgo desenha seu corpo todo, seus cabelos se tornam brancos como a neve ganhando um alongamento até sua cintura, seus olho fitam seu alvo que era eu reluzindo em um tom verde esmeralda. — Preciso apenas experimentar o sabor e dor que sua alma já sofrera jovem e os danos que causar a minha a sua sofrerá, um prazer e dor que ocorrera através do selo que meus espectros irão fazer assim que colidirem com ela. — Seu corpo se contorce para trás como pessoas possuídas em filme de terror e sinto medo ao vê-lo me encarar de cabeça para baixo. — Vamos brincar de morrer?

— Estou doido para meter o exorcismo em você coisa feia dos infernos — Pinkuflame aponta a espada na direção do rapaz que vem junto aos espectros que sobraram.

Ele vem em minha direção como uma aranha, os espectros se lançam primeiro em minha direção, giro com a espada a frente do meu corpo desviando delas com movimentos ágeis e precisos para o lado, saltando próximo a elas que passavam pelas laterais, por cima e por baixo em uma tentativa de me encurralar, lanço labaredas a medida que meus movimentos me permitia, mesclando entre as rosas e azuis, o rapaz surge abaixo de mim, lançando um grito e ataque sonoro que me dava o sentimento e sensação de vazio, dor no peito e despertava em minha mente o pior de minha vida, meu corpo queria se tornar mole e fraco, meus olhos focam e semicerram focando nele, abro minha boca concentrando ao centro dela uma grande massa de ar quente conjurando pela primeira vez um sopro de fogo, disparo como um forte grito e a medida que mais força fazia maior e mais forte ela se tornava, o vejo recuar e noto que seu braço esquerdo fora atingido pelo ataque, as almas recuaram para dentro do corpo dele e o processo de regeneração começa, porém de modo mais fraco.

"Não posso deixá-lo se regenerar! É minha chance de matá-lo."
— Penso, porém a Blue me para me alertando vestígios que uma das almas estava em oculto em algum ponto do galpão o guardando. — "Desgraçado!" — Esbravejo.

Capítulo 17: Marionetes

Dante

— TE ODEIO SEU BÊBADO! — Ela vem em minha direção girando sua foice desferindo cortes na vertical e horizontal, me defendo deles recuando para diminuir o impacto da lâmina, para uma pirralha até que ela era habilidosa, contra ataco o último golpe a lançando para trás.

— Dá para o tio a foice, uma nanica como você pode se cortar com algo perigoso como esse. — Sigo a provocando e sorrindo de modo que a irritasse mais. Não sabia até quando iria poder conter minha dor, aquela marca estava se tornando insuportável de se conter, sentia que meu corpo estava próximo de seu limite e do que mais ele suportaria.

— VOCÊ FALA DEMAIS, IREI CALÁ-LO DE UMA VEZ POR TODAS SEU VICIADO DESGRAÇADO!

— Olha a boca criança.

A vejo pegar um cordão em forma de um caderno no pescoço, de suas mão uma luz em vermelho reluz, o colar começa a tomar

forma, ficando maior diante das mãos dela, ela o agarra assim que sua magia termina, ela abre o mesmo em suas mãos, porém noto que a caneta não havia tingida.

- Poxa pirralha, conjurou uma caneta que nem tinta tem, como vai ficar P escrevendo sobre mim em seu diario? — Ele se teleporta diante de meus olhos e sinto a ponta da mesma em meu pescoço, o furo é pequeno, porém logo noto que o pequeno tubo se enche com meu sangue e ela recua gargalhando de modo doentio.

— Por que preciso do seu maldito sangue verme.

— Merda — Falo irritado com receio do que poderia sair dali.

— Seu sangue servirá como sacrifício para conjurar o que vai lhe matar. — O vento faz os cabelos dela voarem mesmo molhados eles batem contra o rosto dela, assim como os meus nos encaramos, logo a vejo rabiscar sobre o papel que repelia a chuva e apenas sugava meus sangue, ela desenha algo que vai tomando forma, a página a qual ela desenhou logo reluz contra seu rosto e algo salta da página para a realidade. — Meu bebe ganhou vida — Ela bate palmas e fala empolgada para ver o que aquela coisa faria comigo.

— O que é isso? — Meus olhos e rosto transmitem não crer o que presencio.

— SIM! SiM! SiM! — Mate-a, novamente, acha mesmo que seu DNA não transmite sua pior dor? — Ela gargalha e demonstra se divertir com minha dor. — Deixe-a matá-lo não resista como quatro anos atrás Dante, dê a vida por quem te deu a vida.

— Sua peste desalmada — Esbravejo intercalando meus olhares entre ela e a criatura.

— Não se sente nada quando sua alma é sacrificada em prol de um bem maior Dante — Ela aponta com a caneta em minha direção e minha mãe andarilho vem em minha direção lançando suas garras em uma tentativa de me acertar, mesmo que seja fruto de um ataque não conseguia sequer apontar minha katana para ela. Apenas desviava enquanto escutava a voz irritante da garota ordenar a ela. — MATA, MATA, MATA.

"—Dante querido, você se preocupa com o próximo mais do que com você mesmo. É mais generoso do que pensa." — Memórias sobre ela corre em minha mente, enquanto fitava o semblante do monstro que ela havia se tornado.

"Não é ela, não é ela" — Repetia mentalmente para mim mesmo enquanto uso as costas da lâmina da katana para me defender das presas dela, sem perceber escorrego na telha caindo de costas sendo encurralado pela criatura que bate com seus dentes próximos a meu pescoço forçando suas garras contra a katana e seu corpo pesado contra o meu.

— MATE-A DANTE — Seus olhos e expressão gritam comigo enquanto fica nítido que ela estava adorando os danos psicológicos que estava causando em mim, seu corpo se inclina e seus gritos são irritantes, sua atitude é maligna e desumana, porém aquela criança devia ter perdido seu lado humano há muito tempo, o que apenas conhecia era isso, um fruto maligno que havia sido distribuído e infectado parte das pessoas de meu mundo, os cegando e os fazendo enxergar apenas o pior lado de si, o errado era o certo o certo, acredito que nem deveria mais existir.

— Me perdoe — Sussurro e com um movimento rápido aponto com a ponta da espada em seu pescoço, a mesma atravessa seu crânio de cima para baixo, a abraço ao escutar seu grunhido a vendo explodir em mim com meu sangue e tinta preta a qual fora criada.

— COMO ASSIM! — A garota se debate não crendo que fui capaz de fazer o que ela menos esperava. — QUE TIPO DE MONSTRO MATA A PRÓPRIA MÃE — Seus olhos me encaram com indignação — VOCÊ NÃO É MAIS HUMANO, É TÃO PIOR QUANTO EU.

— Vai pagar por brincar com a imagem de minha mãe — Meus olhos emanam a fúria e meu elemento dera seu sinal, a dor em meu peito se torna mínima perto da raiva e fúria que sentia da pirralha. — Irei usar do meu lado monstro para ceifar sua vida.

— Não ouse me insultar dessa forma homem. Eu sou a manipuladora de corpos, contemple e se curve perante o poder cretino! — Seus olhos focam em mim e noto que ela começa a desenhar rapidamente sobre as folhas do caderno dela, a luz começa a reluzir várias vezes sobre os olhos dela e seu rosto o tornando claro. As formas começam a saltar das folhas e caírem sobre o telhado, criaturas que eu nunca pensei ter visto antes e um em meio a elas saem apontando a Katana contra mim. — Um monstro deve derrotar o outro — Ela gargalha se divertindo com o que iria presenciar a seguir. — Mate a si mesmo Dante.

— Qual o seu nome? — Pergunto a ela de modo frio olhando para baixo, as gotas de chuva escorrem de meu cabelo pingando telha abaixo, fito os respingos sobre a lâmina da minha espada que reluzia junto aos clarões dos trovões que ecoavam a nossa volta.

— Hannah, eu e meu irmão Irwin, fomos mandados para aniquilar ratos que vieram impedir os procedimentos que meu pai confiou a inútil de nossa irmã Triana.

— Preciso estar ciente de seus nomes.

— Não faz sentido para mim, mas se essa é sua última vontade — Gargalho ao escutá-la erguendo meu rosto e me lançando na direção dela a pegando de surpresa ao ignorar os alvos que ela me deu abaixo.

— Não posso criar seu túmulo sem antes saber que nome ali colocar.

Triana

— NÃO OUSE BRINCAR COMIGO — Me aproximo dele pegando a gatinha em meus braços enquanto esbravejava, ele não recuará e parecia não se importar com a fúria que minha voz e semblante emanava.

— Já lhe respondi, queria brincar com minha mente, porém meu poder repeliu seu ataque e agora você está presa dentro dele. — Ele fala como se fosse a coisa mais normal do mundo. Fico mais irritada ainda com aquela paciência toda e desfiro um, tapa nele.

— SEM JOGOS COMIGO — caminho de um lado para o outro. — ACHA MESMO QUE SOU TÃO BURRA A PONTO DE ME PRENDER EM MEU PRÓPRIO ATAQUE?

Sinto a dor em meu peito vendo que Crystal se torna mole em meus braços, a mesma sensação e sentimento da época a qual perdi ela surge em meu peito, meus olhos se enchem de lágrimas, pensei que havia superado, mais a morte é algo a qual nós nunca saberemos lidar, seja você humana ou algo assim como eu, a dor e gatilhos que a vida apresenta sempre trará a tona o sentimento de saudades e tentar explicá-la para nós mesmos é algo a qual eu ainda não aprendi e nem sequer tive quem pudesse me mostrar o caminho contrário da dor. Minhas pernas se tornam fracas e meu corpo cede seu peso sobre elas, caio sentada no chão sobre elas apertando o pequeno corpo dela gritando internamente enquanto as lágrimas jorravam meu rosto afora, a paisagem a minha volta mostra o quão quebrada e fraca internamente eu era, imagens do meu eu quando menor passava e se formava a minha volta se aproximando de mim, sinto o toque das mãos pequenas e o quão forte fui naquela época, o quão forte fui em superar aqueles anos, o encontro de quem eu me tornei hoje com quem eu era antes foi algo que me mostrara qual caminho eu estava tomando.

— Eu sei o que é ser usado por quem deveria cuidar e ser um exemplo para nós — Ele se aproxima de mim, porém recuo me recordando de tudo o que meu pai fizera para mim me negando a acreditar nas malditas palavras que ele tentava implantar em minha mente. — Porra, e como sei.

— Não tente se comparar a mim — Meu tom se eleva e salto na direção, o corpo de Crystal se tornara cinzas que voam diante dos meus olhos e corpo, minha aura dá seus vestígios, o agarro nos ombros o lançando para trás junto a mim em meu movimento inoportuno, seu corpo se colide com a paisagem da cidade atrás dele, ela nos absorve, de repente tudo se torna negro, uma fazenda em chamas é vista por nós dois, caímos sobre o mato capinado da fazenda, escuto gritos e uma senhora falando com a figura dele um pouco mais nova, seus dizeres parecem mexer com ele até hoje, é notável em seus olhos, assim que o corpo dele colide com o solo abaixo de nós, somos lançados em um mar negro, o sopro de ar que saia de nossas bocas criaram uma bolha de ar a volta de nosso corpo que caia lentamente ao fundo a qual não conseguíamos enxergar.

De repente várias bolhas surgem a nossa volta, vindo do fundo para o alto em nossa direção, por todos os lados, a nossa volta, mostrando memórias boas e ruins, tanto minha quanto a dele mostrava que havíamos tido em nossas vidas mais desgraças do que alegria, era como se um círculo vicioso de má sorte nos seguisse, como se a própria morte e dor fosse parte da nossa alma quebrada e o único propósito imposto por nós nessa vida fosse sofrer.

— Temos pontos parecidos, porém as nossas escolhas foram diferentes.

— Como pode nos comparar — meu tom saiu indignado, antes olhava atenta a minha volta e as imagens que nela surgiam. Mas agora olhava para baixo e o sentimento de vazio, solidão e inutilidade vinha sobre mim. — Eu falhei — Sorrio tristemente — Como vou encara-lo? — Viro pouco meu rosto e meus olhos o encaram em meio aos cabelos caído ao lado de meu rosto — Tivera mais momentos felizes que eu, tive pessoas que o amavam e se importavam com você ao seu lado, mesmo que tivera uma vida com perdas, que carregue um poder destrutivo, você tem o que eu sempre desejei, amigos e esses amigos foram como uma família, mesmo com as diferenças, mesmo que não se deem bem, lutam pelo mesmo objetivo.

— Não sabe o preço que pago por isso

— Para com isso! — Grito com ele — Não se faça de vítima, odeio isso. É mais fácil aceitar — Gesticulo — Olha a nossa volta, reconheço que sua dor, mas ela não se compara ao que passei, já foi humilhado? Já foi invisível? Teve que crescer sozinho em meio a um mundo cruel perdendo sua infância, não tendo o amor dos pais e suporte ao crescer? — Minhas lágrimas correm com força e todo o ódio que sentia em meu corpo. — NÃO ETHAN, VOCÊ NÃO SABE O QUE È SENTIR ISSO — Aponto para meu peito — AGORA O QUE ME RESTA E ACABAR COM

ISSO, MESMO QUE CUSTE A MINHA VIDA, IREI, LEVÁ-LO COMIGO.

— Não posso permitir isso! — Ele fala de modo firme estendendo sua mão em frente a seu corpo, ele aperta a bolha que se desfaz a sua volta estourando ele se lança em minha direção vindo até mim determinado a me parar, se colocando em risco em meio àquela vasta escuridão cercada da mais profunda e fria agua, minha aura manifestava a confusão que estava meus sentimentos, em defesa ela se torna uma lança que e lançada na direção de Ethan, escuto apenas o barulho do objeto pontiagudo atravessando o corpo dele ao meio, sua expressão expressa a dor sentida por ele, ergo meu rosto presenciando o sangue escorrendo ao lado de sua boca, seus dentes cerrados contendo a dor que seu corpo deveria estar sentindo, ele estava a poucos metros de mim, o vejo tocar a lança com suas duas mãos e forçar seu corpo em meio a ela para chegar até mim, meus olhos tremulam com tal cena "-Para com isso por favor" — Clamo mentalmente ao ver a dor dele e ao vê-lo agir como os caretas heróis que conhecia vendo nas vitrines da loja de tv. quando acompanhava os programas infantis pelas manhãs das lojas de eletrônicos da calçada. "—Eu já aceitei essa dor, essa vida, tudo e toda merda que com ela vier." — Meu eu interior estava sentada abraçada as pernas contra o corpo chorando em silêncio em um vasto e longo vazio e escuro subconsciente. "Não precisa resgatar quem já morreu há muito tempo, seu idiota." — Grito elevando minha aura causando mais dor a ela em uma tentativa de pará-lo com aquele tipo de morte dolorosa, porém mesmo cuspindo sangue e o mesmo vazando nas laterais de sua boca, sinto o toque gentil das mãos dele em meus cabelos e seu olhar singelo.

— Vai ficar tudo bem, você não tem culpa, porém precisa pagar pelo que fez. — Ele toca com sua testa na minha e a mesma luz reluz em seu corpo, a mesma luz azul ciano que surgiu quando ele salvará a mulher no dia que o sequestrou, meu corpo se torna mais leve, os sentimentos vão sumindo, todos os problemas e dores sentidos pela minha alma começam a sumir pouco a pouco, sinto que nossos corpos caem no chão no mesmo instante, escutou um grito agonizante da parte dele e somos apagados por esse poder estranho, mas cheio de paz.

Capítulo 18:

Dor doce dor

Diana

Sinto meu corpo caindo de repente, as correntes dela se tornam fumaças de sua aura, meu corpo atinge de repente o solo e pouso tensionando meus joelhos e sobre os solos de meus pés lançou uma rajada de ar amenizando a queda, me ergo em postura ereta indo à direção de Ethan que gritava com muita dor, olho para baixo dele vendo uma poça de sangue, levo minhas mãos a boca chocada com a situação, porém seus gritos não pareciam de dor física, mas sim psicológica, suas mãos pressionavam sua cabeça e ele a balançava em desaprovação.

Um pouco mais afastada dele noto que a garota estava desacordada com seu corpo encolhido, me levando irada prestes a ir na direção dela, quando Ethan segura em minha mão e me olha e fala de modo fraco.

— Não Diana, ela já sofreu demais. Levaremos ela para a

prisão em nosso mundo. Ela mais do que nós merecemos um recomeço.

— Você só pode estar delirando, olha o que ela fez com você, olha o que ela causou conosco.

— Ela é tão quebrada quanto nós, merece um recomeço, eu senti a dor dela, assim como a sua. — Aquilo me atingiu em cheia, olho para ela me mordendo de raiva por dentro, porém fito os olhos do Ethan e sabia que ele não estava falando aquilo em vão.

— Que merda, suas palavras e seu coração justo me convenceram — me levanto e vou indo na direção dela quando a mesma se ergue diante de mim, de joelhos e sentada sobre suas pernas ela ergue seus braços em minha direção, em um movimento rápido e sem pensar a chuto a fazendo cair no chão de modo brusco, logo prendi suas mãos com a algemas elementar que estava presa ao cinto de meu collant. — Não sou fã da ideia de lhe deixar viva, mas agradeça ao coração mole dele, por mim, acabava com isso aqui e agora. — Sinto as mãos dela tocar as minha o desespero em seu rosto e voz, seus olhos apavorados vinham ao encontro do meu enquanto ela falava sussurrando e com pânico.

— Eu clamo, me mate por favor, não posso voltar para as mãos D'ele. — Ela olha em volta enquanto prossegue se afastando — Eles não entenderão, não aceitarão que eu saia viva sem levá-lo, sem cumprir os desejos e objetivos de meu pai, não posso — Ela chora silenciosamente erguendo seu pescoço e estufando seu peito após ficar de pé. — A morte é melhor que servir como marionete, já não sinto mais a tristeza e vazio — Ela inclina seu rosto para o lado e sorri em meio a sua tristeza — Tenho quem me espera do outro lado — Sua voz falha em meio a seus sentimentos — Ela já me esperou um bom tempo, preciso aceitar meu destino e espero que me desculpem algum dia — Ela prosseguia fecha seus olhos enquanto sorria para nós agradecendo pelo seja lá o que foi que Ethan fez para abrir os olhos dela.

— Chega a ser deplorável contemplar tal cena Triana — A foice atravessa o coração dela que cospe sangue assim que seu corpo é erguido para o alto, seu corpo é lançado contra um albergue batendo de modo brusco e caindo sobre o chão, do canto de sua boca o sangue escorre, seus olhos sem vida me encaram, porém, sua expressão era de paz assim como seu sorriso era sincero em seu rosto, algo que jamais pensei ver da garota que tornará os últimos dias de nossa vida um inferno.

Porém, foi algo que Ethan conseguiu e que jamais havia passado por minha cabeça, o irmão dela lança um dos espectros na direção do corpo da garota, porém Dan surge atrás dele desferindo um golpe na criatura que explode em uma fumaça verde, Dante adentra logo em seguida com seu poder já de volta se lançando como um tiro na direção da garota com a foice que recua para próxima da máquina de extração, envolto o corpo de Ethan com meu elemento o puxando para próximo de mim, meu coração bate rápido com medo daqueles dois o pegarem e levarem com eles.

— Acabou o show por aqui crianças. — O seguro em meus braços notando que suas feridas estavam se fechando de modo que não entendia como.

— Quem decide o começo e o fim somos nós — Ela aponta sua foice para mim — A vadia burra da minha irmã entregou a bolsa de sangue nas mãos dessa cretina Irwin — Ela encara seu irmão, ela retira o conjunto de frascos com sangue e poder de Ethan da máquina de extração conjurando o portal que mostrava o laboratório da X-Bios, um dos cientista pega da mão dela e logo fecha em seguida. — Precisamos cumprir com êxito a missão que aquela inútil não conseguiu.

— Não precisa me lembrar irmã. — O rapaz vem em nossa direção com quatro de seus espectros enquanto se contorcia e vinha andando como uma aranha pelo teto, os fantasmas vinham na minha direção e de Ethan, Dan entra na minha frente, porém noto que sua expressão era diferente. — Pinku?

— Não me venha agora com papo, dona Diana — Ele me encara de canto de olho pelos ombros, ele gira com sua katana de duas pontas criando no ar, pontos de esfera que mesclavam as chamas azuis e rosa — Lance esferas de ar sobre elas por favor, preciso de você para acabar com esse filhote de exorcista.

— Não aguento mais essas crianças mutantes da X-Bios.

— Comento fazendo o que ele comentava, ventos cortantes são lançados em volta as esferas que aumentam de tamanho sendo consumidas pelo meu vento se tornando uma só.

Com um movimento de sua mão ele as lança em simultâneo na direção do homem e de seus fantasmas, eles recuam para o lado reverso, porém o sorriso de Dan diz que ele tinha algo em mente para aquilo, ele estala seus dedos uma vez, as chamas explodem se tornando pequenas esferas, do tamanho de balas de um revólver cercando o homem e seus fantasmas.

— Queime demônio — Ele instala mais uma vez e uma forte onda de ar quente sopra em nossa direção com a explosão que misturava as chamas dando um tom roxo, meus cabelos voam com a força do vento e o clarão que a mesma dá, o homem é lançado em chamas na direção da irmã dele que é atingida pelo mesmo.

— Inferno, por que papai só me manda inútil em missões — Ela grita batendo seu pé contra o chão irritada, com sua aura ela apaga as chamas de seu corpo e na do seu irmão que tiveram queimaduras em boa parte dela. Porém, sua birra cessará quando uma voz de timbre forte e autoritária surge atrás dela ecoando pelo espaço que estávamos.

— Retornem meus filhos, não quero perdê-los também. Fizeram o possível, mesmo que seja desonroso com o poder lhe presenteei.

- Papai? — A voz dela saiu tremula, seu semblante e olhos tremulam assim que ela reconhece quem era.

O portal se abre atrás deles e eles são puxados pela escuridão de dentro, eles sentem um frio que vinha com o imenso e escuro vazio que os chamava, era nítido nos rostos deles o pavor e medo do que teriam que apresentar da missão, a perda da irmã e o porquê de não conseguirem levar Ethan, a chuva havia passado e agora apenas restavam nós ali, Dante havia tentado impedir eles de ir lançando sua espada em volta a seu elemento, porém o portal se fechou de modo muito rápido assim que o corpo por completo dos dois jovens fora puxado, a espada dele fora repelida e lançada para longe.

O sol surge em meio às nuvens, nos mostrando que um novo dia havia começado, olho para o homem deitado sobre meu colo, ele desacordada por completo no processo de recuperação e cicatrização de suas feridas, passo com as mãos sobre os cabelos caídos de sua testa o acariciando e sussurro falando feliz ao deixar um sorriso surgir em meu rosto.

— Acabou — Uma lágrima desliza por meu rosto caindo sobre a dele, passou as costas de minha mão sobre me contendo, sinto as mãos dos meninos sobre meus ombros e os encaro vendo que todos estávamos bem machucados e exaustos, porém juntos havíamos conseguido vencer o que havia tentado nos matar desde o começo.

CAPÍTULO 19: REDENÇÃO

DAN

MOMENTOS ANTES

— Não tão rápido — Lanço rajadas de fogo na direção da criatura que recuava, ele era ágil e muito rápido em esquiva, os espectros que sobrara, vinham em minha direção a todo momento, aquilo estava a me deixar nos nervos, os barulhos dos dentes batendo um no outro parecia surtir efeito sob os espectros que vinham até mim. — Querem tanto me pegar — Comento irritado alto com a criatura que ria focando seus olhos medonhos em mim, desperto meu corpo em chamas sobrevoando e girando ao alto criando várias esferas próximas de meu corpo, me lanço como um tiro na direção dele, os espectros vinham até mim, porém não conseguiam se aproximar de meu corpo, eles gritavam por conta do calor emanado, as esferas lançavam rajadas de fogo a tudo que tentava me atingir, bloqueando-os.

— Moleque de merda! — A criatura esbraveja retomando sua

postura, assim que atravesso seu peito com minha mão em chamas ele sorri e não se incomoda com o calor, noto que havia caído em alguma armadilha, elevo o calor de meu corpo, porém parece ser tarde, sua boca se abre e o sinto sugar o ar próximo a nós, mesmo quente parece não incomodá-lo nem um pouco, sinto minha confiança sumindo gradualmente, meu corpo dava alerta de algo estava errado, eu só queria ficar sem fazer nada, não entendia o por que estava lutando contra ele. — Está sentindo? Não adianta lutar, deixe eu recolher sua alma, ela precisa do descanso. — Sentimento de perda, falha e culpa começam a me rodear.

— Eu preciso desse descanso — O encaro sorrindo triste, minhas chamas começam a perder sua força.

"—Pinku! NÃO, CAIA NA REAL!" — Grito do limbo dentro de mim, os espectros começam a se aproximar prontos para dar a cartada a qual ele desejava, porém, sinto o estalo em minha mente de meus outros eu. Fecho meu punho dentro do peito dele, sinto minha mão sendo pressionada pelo corpo dele e uma explosão das minhas chamas a joga para longe de mim a direita, seu corpo rola e se debate contra a telha, me viro o encarando e o vento com a chuva bate contra meu corpo e rosto, meus cabelos molhados caídos sobre meu rosto combinam com o semblante irritado das chamas que agora estavam em alguns pontos de meu corpo.

— Valeu Blue por me despertar e me mostrar o ponto que regenera rápido o corpo dele.

— "O que seria de você sem mim." — Sai mais convencido que

o de costume.

— Tem algo de errado — Comenta Dante ficando de costas para mim, o encaro pelo ombro de canto.

— Não percebi, foi mal — Falo em tom que apenas ele escutasse.

— Meus poderes retornaram — Ele puxa o canto de sua blusa vendo onde antes a marca da lotus estava.

— Será que?

— Tudo indica que sim. — Assim que ele terminara de falar aquilo as duas criaturas para fitando o céu e os trovões que clareou tudo acima de nós, o vento se tornou mais calmo e a chuva diminui, logo eles adentram o galpão e seguimos atrás deles sem entender o que os levou para dentro.

Acontecimentos Atuais

Caminho em direção a garota caída não muito distante de nós, seu corpo estava sobre a poça de sangue que saia do corte de seu corpo, noto que ela ainda estava viva, me abaixo segurando a cabeça dela, porém sinto que sua respiração estava fraca e seus olhos estavam por perder o brilho da vida.

— Pessoal, ela ainda está viva, mas não por muito tempo. — Me viro olhando na direção deles, porém volto a encara-la quando sinto o toque de sua mão na minha.

— Me ajude a me levantar — Ela se força a ficar de pé, porém ela tosse com o ar fraco de sua respiração.

— Ei para com isso, quer ir aonde? — Falo a repreendendo, Pinku havia se ido assim que nossos inimigos foram levados.

— Preciso usar o que me sobrara de força para manda-los de volta vocês a seu mundo — Ela sorri para mim — É a forma de conserta as coisas com vocês e o mínimo que posso fazer por quem me tirou do fundo negro do mar — Ela encara Scott deitado desmaiado sobre o colo de Diana.

— Ei! Não precisa se matar por nós, não queremos isso — A repreendo falando sério e preocupado com ela — A gente vai achar outro jeito, precisa aguenta firme, pode recomeçar assim como nós no vilarejo, pague como qualquer um seus erros e recomece logo em seguida, não é mesmo pessoal? — Olho para eles, Dante fica em silêncio e Diana ainda estava irritada por tudo que ela fez.

— Tanto faz para mim — Diana comenta irritada e vira seu olhar para outro lado.

— Espero que um dia me perdoe, somos de fato parecidas — Ela tosse cuspindo mais sangue — Bem que ele falou, é difícil perdoar, mas não tive tempo para aprender tal coisa, porém me desculpo com todos — A vejo emanar sua aura por todo seu corpo, seus olhos reluzem em um roxo quase puxando para o lilás de tão fraca que ela estava, assinto apertar minha mão e tudo a nossa volta começar a ser desfeito, um grande globo branco é visto por nós que flutuamos no centro, a Paris se desfaz diante de nossos olhos e ao fundo um portal surge, o mesmo portal que antes nos trouxera.

— Isso? Quer dizer? É sério que vivi uma ilusão, uma mentira? — Comento indignado intercalando olhares entre ela e eles que pareciam tão confusos quanto eu.

— É meu poder, me desculpe por fazê-los viver uma mentira. — Ela sorri sem jeito — Mas é tudo o que sou, aprendi e vivi. — Ela suspira tristemente — Uma mentira, mas olhem para vocês — Ela nos encara — A vossa amizade foi algo bom que surgiu dessa ilusão. — Ela sorriu se lembrando de algo que desconhecia.

— Venha, precisamos sair daqui — Me abaixo a pegando no colo, sinto seu rosto se acolhendo sobre meu peito.

— Até que a morte não dói, ela me trouxe de certa forma a paz que procurava e me levou até quem me amou de verdade. — Encaro seus olhos enquanto caminhamos em direção ao portal — Ela suspira pesadamente — Quero que queime meu corpo com as mais fortes chamas que tiver, deixe que o vento guie as cinzas — Ela sorri carinhosamente para mim — É uma pessoa gentil, uma pena termos nos conhecidos dessa maneira.

— Realmente é uma pena Triana.

— Diana — Ela fala olhando de canto para Diana que parecia estar relutando e se fazendo de durona, Dante carregava Scott nas costas andando próximo à mulher. — Cuide dele, ele precisa de você mais do que pensa, gostaria de poder conhecê-los mais, no fundo, é tão boa quanto demonstra e nem preciso comentar da sua força.

— Não fode com meu emocional — Diana estava com os olhos cheios de lágrimas — Você foi uma vaca, mas se não fosse por isso não tinha conhecido ele, então só agradeço por isso.

— E Dante, seja o exemplo de homem que sempre foi para seu irmão — Sinto seu corpo dá um pulo sobre meus braços e sua respiração se tornar forte e sumir de uma só vez, seus olhos perdem o brilho e seu coração parou assim que adentramos o vortex, nossos corpos são puxados e seguimos rapidamente em meio ao vasto portal azul que nos ligaria novamente a nosso mundo, saímos vitoriosos, porém não queria que fosse dessa forma, sentia que poderia ter feito mais, para que não apenas nossas vidas fossem salvas, mas como ela comentou, ela encontrou a paz a qual tanto procurava, uma pena que foi dessa forma cruel. Mas nem sempre a vida c justa ou pega leve alguns de nós.

...

Era noite nas terras sem fim a neblina era densa as voltas do novo vilarejo Grimory, Diana estende as mãos a frente de seu corpo e uma rajada, ar abre caminho em direção a entrada em meio a montanha.

— Dinah precisamos de você — Ela toca no ponto em seu ouvido.

— Diana, o que está fazendo por aqui? — Ela comenta surpresa de primeiro — Tudo bem irei pedir para Ace abrir a passagem secreta, três passos a esquerda montanha do sul, uma escada subterrânea vai surgir.

— Tudo bem — Escutamos grunhidos não muito distante de nós, Diana faz sinal para nós irmos à frente, caso alguma criatura surja ela nos daria cobertura. Os estalar de ossos e grunhidos estavam ficando mais fortes a medida que nos aproximávamos da passagem que abre com uma luz branca a três passos à nossa frente, Dante salta junto a seu elemento voando passagem abaixo, sigo descendo rápido e escuto disparos de ar do lado de fora, logo Diana adentra e a mesma se fecha de imediato, as criaturas batem com ferocidade sobre a paisagem fechada e grunhiam alto uns aos outros por saberem que suas presas ali estavam, Diana ignora assim como eu e seguimos em direção ao vilarejo.

— Foi por pouco — Suspiro — Será que não teremos paz no dia de hoje? — Comento com ela com bom humor.

— Nem me faço mais essa pergunta Dan — Vejo que ela estava pensativa — Dan — Ela hesita e suspira prosseguindo, ela encarava o caminho a nossa frente — Será que Ethan — Ela sorri sem graça — Esquece, você não entenderia...

— Posso não ter a resposta, mas tenho certeza que você se sentirá melhor colocando para fora.

— Tudo bem, só não tira uma — Ela me encara passando uma olhada séria, afirmo que tudo bem com a cabeça — Tô com medo de ter me apegado a ele e agora ele vai embora, sinto que não deveria ter me lançando tanto assim — Ela encara Triana em meus braços, desfalecida. — Ela brincou mesmo conosco — Suspiro — Mas não a culpo, nem todo vilão nasce mal, as vezes a vida não facilita e o único caminho que parece ter a nossa frente é o de fazer mal ao próximo, mesmo que não queremos, meio que parece certo e não enxergamos isso.

— Sentimento é algo que não pode controlar sabe — Faço ar de pensativo — Eu mesmo — Sorriso bobo — Ajo mais pela emoção, as vezes quebro a cara, mas é a vida, e esse sou eu, não podemos mudar o que somos, mas podemos aprender com toda situação a qual nos surge, você não errou em amar a primeira vista — Pisco para ela de modo confiante — Seja sincera com ele e acredito que ele retribuir de alguma forma suas palavras e sentimentos, ele é carrancudo, mas tem bom coração.

— Quem são esses? — Dinah nos esperava ao fim da passagem e entrada da nova vila, ela estava junto de Ace e Sue.

— Longa história, poderíamos ir à enfermaria, eles estão precisando urgentemente de ajuda.

— Foram para guerra e não nos chamaram Dinah — Sue comenta notando os ferimentos de ambos.

338

— Sue sem graça agora por favor — Dante comenta próximo à garota.

— E você não fala comigo sem um bom banho por favor, está cheirando a cachorro molhado — Ela sai de perto dele e caminhamos atrás dela as seguindo vilarejo adentro, noto o quão diferente estavam elas, não apenas fisicamente, o vilarejo era modesto se comparado ao de Rey, porém ela ficaria alegre ao ver o que Dinah fez e aplicou ao aprender com ela.

A nova ala da enfermagem tinha cerca de dez macas, não era tão ampla e tecnológicas quanto a de Rey, porém já era o suficiente para atender e cuidar dos feridos, o vilarejo não era tão amplo e agora tinha menos da metade do povo Grimory com eles, dava para entender e ver que estavam se adaptando a nova realidade deles e lidando com os últimos eventos acontecidos. Colocamos cada qual em uma cama. Sue dava suporte a Ace rasgando a roupa deles que estava um caco devido à batalha, pelo corpo de ambos havia muitas feridas a serem limpas.

— Ace ela está sem pulso — Sue comenta colocando o ouvido próximo ao peito.

— Tem pouco tempo que ela parou de respirar.

— Quanto tempo — Ace me questiona rápido vindo próximo à cama de Triana junto de Sue.

— Cinco minutos? — Chuto na cara dura.

— É muito para uma vida — Ela comenta correndo pelo local pegando uma injeção e a máquina de choque, ela perfura rapidamente o tórax dela injetando o líquido, ela massageia a área bombando o peito e logo em seguida Sue aplica o choque tentando reanimar o coração dela, seu corpo salta sobre a cama, mas não responde às tentativas, as meninas tentam de três a seis vezes, porém sem sucesso, os danos foram severos ao corpo deteriorado dela.

— Sue já era, precisamos agora focar em salvá-lo — Ace segue com a amiga e nos olha com pêsames — Sinto muito pessoal, mas ela já estava morta.

Fecho meus olhos engolindo em seco, sinto uma lágrima deslizar apenas pelo meu olho direito pensando " — Eu tinha esperança em um novo recomeço para ela." mas nem sempre podemos salvar todos, me aproximo dela fechando seus olhos e sorrindo enquanto encarava o corpo dela. "— Seja feliz em sua nova paz, aonde quer que esteja acredito que será melhor que aqui."

Triana

Era silencioso, leve e muito claro, como o mundo zero, meu corpo se erguia pouco a pouco enquanto ficava de pé, sobre meu corpo havia um vestido de tecido fino e longo na cor branca, meus cabelos estavam soltos e bem penteados, estava descalça, mas era como se eu pisasse em algodões.

- Onde estou ? — Me questiono olhando para minha pele que não tinha mais aquele tom acinzentado, toco em minha cabeça não sentindo os chifres, sorrio feliz chorando ao ver que voltei a minha forma normal e comum antes de ir com o doutor, escuto um miado vindo em minha direção, minhas mãos vão até minha boca e caio sentada sobre minhas pernas abrindo meus braços acolhendo minha pequena e linda gata Crystal. — Não acredito — Falo em meio as lagrimas de alegria e sentimentos fortes de amor que sentia em meu peito, ela esfregava seu pequeno rosto no meu tentando secar minhas lágrimas, sinto sua linguinha sobre meu queixo e a apertava em um abraço carregado de saudade. — Eu também te amo, senti tanta saudade — A ergo em minha frente e ela mia — Foi muito difícil, mas agora estamos juntas — Inclino meu rosto para o lado — Sim, para sempre.

— Querida? — Era uma voz feminina reconhecida por mim — Olho na direção a qual ouvi, a minha frente estava a imagem de um casal, vou me erguendo de pé com Crystal em meus braços.

- Mamãe? — Pergunto andando a passos largos na direção deles — Mamãe é você — Sem perceber corria na direção deles, seus braços se estendem e sou acolhida por ambos em um forte abraço.

— Finalmente estamos juntos, nos perdoe por lhe deixar, vimos tudo o que passou e aconteceu — Ela ergueu meu rosto me dando beijos.

— Tudo isso ficou para trás — Olho para ambos — eu finalmente estou com vocês e essa é a paz a qual sempre procurei por lá e finalmente a achei aqui, se não fosse por tudo o que passei jamais teria chegado até esse momento.

— Vamos indo minha filha, temos muito o que conversamos e muita saudade a matar no decorrer dessa vida eterna. — Meu pai pega em minha mão esquerda e sigo com eles. — Um ser de capa preta e uma foice nos observa atravessando a paisagem das almas para o mundo da morte e pelo contrário que muitos dizem a morte não é má, ela é uma amiga que nos busca de forma singela e sem dor, acompanha nossa alma até a passagem da vida terrena a vida espiritual, sua forma e aparência desconheço, pois abaixo de seu manto negro apenas ouvi sua voz me fazendo o convite para acompanha-la a paz eterna.

CAPÍTULO 20:

MÃOS ESTENDIDAS

DIANA

As meninas levaram uma hora para dar banho a seco nele, dar ponto na ferida maior e aberta que cicatrizam lentamente, elas ficaram surpresas pela recuperação rápida do corpo dele, Ace recolhe amostra de sua pele para estudo do seu DNA e tipo sanguíneo, observei e não o tirei os olhos dele por um minuto, neguei assistência delas, na enfermaria, pois só tive alguns arranhões, apenas o que corria por minha mente era a rejeição que poderia levar dele, sempre tive medo dessas coisas meu falecido marido que sabia, minhas reações e ansiedade não me permitiam enxergar o óbvio, sou o conjunto completo de problema, porém que estava sendo lapidada gradualmente pela dura e cruel realidade.

— Obrigado meninas — Comento ao vê-las seguindo caminho para fora da sala.

— Tem certeza que não quer um remédio para dor? — Ace olha para mim entre a porta e o lado externo, me viro sorrindo a olhando entre os ombros.

— Valeu, mas a dor mesmo que seja leve me faz lembrar que estou viva e o por que ainda estou aqui, á algo que me faz refletir sobre as escolhas a qual tomo. — Sorrio para ela tristemente mostrando o pouco de força a qual carrego em minhas veias.

— Vê se fica bem, precisa se cuidar também para aí sim cuidar daqueles que se importam com você — Ela acena para mim e retribuo — Boa noite Diana.

Os irmãos haviam ido tomar um bom banho e comer algo no refeitório do vilarejo, o silêncio àquela hora dava sinal que a madrugada havia chegado, o vilarejo descansava em meio a paz e silêncio que a noite lhes proporciona, caminho em direção a cama que Ethan repousava e visto do espelho ao lado minha imagem, vendo a mulher forte e guerreira que me tornei, caminho em direção ao trocador ao lado, começo a me despir ficando completamente nua, o reflexo do lamparina acesa do lado contrário mostrava meu reflexo sobre a tenda do lado da parede, enquanto passo um pano úmido no meu corpo me limpando e tomando um banho a seco sinto o ardor nas partes que me arranhava, aperto os lábios enquanto sigo com o processo, não demorou muito e coloco um vestido fino como uma camisola, tinha a altura até meus joelhos, um decote considerável que mostrava parte de meus seios fartos e realçava minhas curvas na parte da cintura, penteie levemente meu cabelo o amarrando em um rabo de cavalo, abro a tenda do trocador e me deito ao lado dele para descansar, o abraço e caso ele acorde estaria pronta para conversar com ele e falar tudo o que estou guardando dentro de mim e explicar para ele onde estava e a pior parte, comentar sobre a volta dele a seu mundo, meus olhos pesavam e quando menos percebo estou dormindo sobre o peito dele, suspirou sentindo o cheiro de sua pele e caio no sono.

...

— Ei! tá tudo bem — Comentei me sentando colocando a mão sobre seu peitoral, ele se vira me encarando e nos sentamos na cama, a manhã havia chegado e aquela madrugada voará que eu nem sequer percebi. — Estamos seguros — Ele olha atento a nossa volta enquanto falo com ele — Está em meu mundo, trouxemos aqui para tratar de suas feridas.

— Não precisava disso.

— Claro que precisava seu teimoso cabeça dura — Bufo levemente irritada — Você estava com um buraco no estômago Ethan, isso levaria muito tempo para fechar.

— Me regenero Diana.

— Você estava desacordado. — Ele se força a se levantar da cama — Aonde pensa que vai?

— Voltar para meu mundo — Ele encara Triana e se vira

para mim — Ela de fato morreu?

— É o que parece né — Estava irritada, seguro em seu ombro — Posso falar com você antes de sumir para sempre? — Ele percebe minha irritação e assenti que sim com a cabeça — Obrigado. — Engulo em seco e respiro fundo — Existiria a possibilidade de ficar aqui? — Ele balança que não com a cabeça — Poderia me dizer o porquê?

— Tem muita coisa rolando em meu mundo, assuntos inacabados que não podem ser concluídos sem mim, é meu dever, meu legado e sou a chave que irá dar fim a isso, de uma vez por todas.

— Consideraria voltar — Fico tímida e minha voz quase falha — Por mim? — Toco na mão dele, meu coração acelera e fico mais corada e nervosa do que nunca, sentindo um frio na barriga.

— Você — Antes dele completar me lanço em direção a seus lábios, minha mão vai até sua nuca trazendo seu rosto para mais perto de mim, sinto sua mão em minha cintura, seu corpo se virando contra o meu, ele me deitava sobre a cama enquanto nos beijávamos, sua mão ia subindo sobre meu corpo e o vestidinho ia subindo acompanhando-o, nossas respirações mesclavam e garanto que ele entenderá meus sentimentos.

— Ei! Minha enfermaria não é motel — Ace adentra o local com um infopad na mão, não se incomodava com a cena que viu e se senta mexendo no computador ao canto da sala, me recomponho me sentado e ajustando meu vestido ao lado do Ethan. — Agora sei por que não quis sair Diana — Ela olha pelo canto de seus ombros com os olhos abaixo dos óculos com um sorriso de soberba no rosto — Nem respeita a morta perto de vocês, que pervertidos. — Ela se levanta indo próximo a nós e Ethan nem se incomodava com o que ela falava. — Bonitão, você está recuperado por completo, é incrível esse poder de regeneração, porém precisa comer bem e ingerir muito líquido, perdeu muito sangue e um corpo desse porte precisa de toda energia possível, então sexo só depois que estiver com forças e energias recuperadas. — Ela olha para mim — Diana segura essa periquita.

— Ace sua cientista boca grande — Esbravejo me controlando para não a xingar, a seguindo com os olhos enquanto a via saindo da enfermaria.

— Se juntem a nós no café da manhã, Dinah quer vê-los.

— Quem é ela Diana? — Ethan me questiona me olhando confuso — Ah! e onde estamos ? Sei que é seu mundo, mas esse local? Essa gente?

— É um refúgio onde pessoas que lutam pelo certo vive, são meus amigos, ajudamos uns aos outros a lutar e sobreviver a quem nos persegue e quer acabar com esse mundo. Agora sem perguntas e vamos indo lá — Iria falar "Ande, vamos indo você precisa seguir seu caminho. Mas simplesmente não sai. Me entendem?" Ele se levanta e me acompanha até o refeitório.

— Aqueles dois?

— Estão bem, se brincar já estão até comendo — Sorrio conversando com ele seguindo caminho. Ele olhava atento a todo o vilarejo subterrâneo.

— É incrível esse mundo debaixo da terra — Ele faz um breve comentário e seus olhos vêm a meu encontro.

— Elas são pessoas que controlam o elemento terra, antes diferia, elas perderam muito, porém se reergueram com o pouco que lhes restou. — Sorrio me lembrando de minha amiga.

— Esse é o significado de um verdadeiro guerreiro, não importa o que perca, seu alvo e direção não muda, o caráter e força que os move continua o mesmo. — Ele sorri de canto para mim e fico surpresa e retribuo segurando em seu braço ficando próxima a ele.

Adentramos o local nos juntando aos demais na mesa, Dinah se encontrava na ponta da longa mesa bem servida e repleta de itens de café da manhã, o pessoal conversava e ela assente com a cabeça para mim e retribuo o gesto, Ethan parecia tímido e se senta devagar, ele encarava rosto por rosto, Dan, porém cutuca ele que o encara sem entender o garoto.

— Tá melhor cara?

— Não sinto dor, então sim. Obrigado por perguntar — Ethan o responde e o observa comer de modo feroz seu pão com ovos.

— Dan! — O repreendo — modos a mesa — Passo a ele um olhar após dar a bronca.

— Estou com muita fome, horas. — Ele fala de boca cheia.

— Perdoe os modos primitivos de meu amigo — Bufo olhando para Ethan sorrindo sem graça. Escutamos Dinah tocando com a faca na taça que empunhava em sua mão direita, todos se silenciam e olham na direção dela.

— Bom dia meus amigos e guerreiros — Ela olha para os lados sorrindo enquanto fala de modo educado com os ali presentes — Como sabem ontem recebemos amigos distantes de nossas terras em nossa vila, ficamos sabendo pelos Hawks os novos alvos e inimigos que a X-Bios trouxe a tona — Ela suspira e vejo uns olhando aos outros de modo preocupado — Mais do que nunca eles estão mostrando que não estão para brincadeira, nosso inimigo está tomando forças, ficando mais forte e ousado em seus movimentos. Peço que se preparem para o que está por vir, peço que se apoiem, protejam e cuidem um do outro nesses tempos. — Ela ergue a taça para o alto dando um grito de guerra — Juntos somos mais fortes!

Fazemos o mesmo que ela, todos se ergueram de pé no momento e se sentam logo em seguida, ela olha em nossa direção e prossegue — Diana, Ace preparou tudo para a fenda dimensional para levá-lo de volta a seu mundo.

— Agradecida Dinah — Assinto com a cabeça com um sorriso de gratidão em meu rosto.

— Ethan sou grata por ajudá-los na batalha. — Ela fala diretamente a ele o encarando.

— Eu que os agradeço por lutarem uma luta em prol de me salvar — Ele nos encara e sinto sinceridade em suas palavras e gratidão, os meninos sorriem e acenam a ele em gesto de "De boa ou não foi por nada"

— Me chamem assim que terminarem — Ace gira com a chave do portal, um dardo pequeno robótico que girava na ponta de seu indicador refletindo as luzes em azul ciano nos olhos avermelhados dela.

— Tudo bem — Comento não muito animada para ela que seguia comendo suas panquecas como uma lady.

Ethan se servia pegando alguns itens bem pequenos para alguém de seu porte, era engraçado e bem contraditório para um homem de sua estatura, dou uma risadinha interna observando-o enquanto me servia e o acompanhava junto aos meninos e os demais no café da manhã. Iria aproveitar esses simples e restantes momentos ao lado dele, pois não sabia quando o veria novamente, era triste, mas a realidade que teria que me acostumar.

...

— Diana temos que ir — Dan comenta comigo se levantando junto a Dante.

- Tá cedo ainda não — Brinco com eles e meu tom saiu junto a meu sorriso sem graça.

— Irei buscar o corpo da Triana para fazermos o que ela pediu, te encontramos no topo das montanhas com o Ethan?

— Tudo bem — Dou de ombros olhando a ele que assentiu com a cabeça aos meninos.

- Tá tudo bem mesmo? — Ele me questiona tocando em meu ombro, olho para baixo não curtindo a ideia e me viro o encarando nos olhos por cima do ombro.

— Irá ficar — Toco na mão dele e seguimos adiante.

Ethan parecia intrigado em saber o que eu pensava, até para ele é incomum eu ficar muito quieta, será que meu toque transmitia algo para ele, ele pode ler mentes? Me perguntava, ele tinha uns poderes bem fora do comum, aí era difícil lidar com isso, minha mente não ajudava também.

— Você está pensativa, algo lhe preocupa? — Sou questionada por ele e nem sequer tinha a resposta certa, porém deveria ser sincera.

— Estou com medo desse adeus.

— Como assim?

— Medo de não te ver mais, sabe — Sorrio timidamente, meu rosto transmitia meu sentimento, seguíamos pelas escadas que dava nas montanhas, eram um pouco estreitas, iluminadas por tochas nas laterais das paredes rochosas e bem frias por sinais, o vento fino vinha pelas laterais dos chão e faziam meus cabelos e vestidos balançarem na direção dele. — é incerto saber se o verei novamente — gesticulo — ou o ver novamente, a gente criou um bom laço e a distância pode rompê-lo tão rápido. — Sinto o toque de sua mão sobre meu pulso pequeno, meu corpo para seu caminhar de repente, suas mãos firmes segurando meu rosto e o sinto se aproximar de mim, meu corpo permanece imóvel enquanto o resto parece estar prestes a entrar em erupção.

— Diana a distância é apenas um obstáculo pequeno diante do que despertamos dentro de nós — Ele me dá um beijo, meu corpo fica mole com a intensidade do mesmo, minhas costas encostam contra as rochas e sinto sua mão deslizando por meus cabelos até virem a minha nuca, o olho nos olhos e suspirou soltando um gemido baixo assim que ele separou nossos lábios. — Se mantenha firme e forte, prometo que nós veremos novamente.

Abraço meu corpo que eleva sua temperatura e balanço a cabeça afirmando — Tudo bem-querido — Fico corada levando a mão boca e soltando um risinho sem graça o deixando sem graça também — Tem algo que desejo realizar a qual minha mente vem mostrando e sem você é impossível.

— Espero saber na próxima vez que nos vemos — Ele segura em minhas mãos me convidando a ir junto a ele a saída a nossa frente.

"A com certeza não vou só contar como vou logo colocar em prática." — Penso maliciosamente.

A passagem se abre assim que notifico Ace no ponto de comunicação, o forte vento vem a nosso encontro naquela altura da montanha assobiando em nossos ouvidos devido à força, estendo minha mão à frente de meu corpo o deixando mais calmo, assim o mesmo fica, o sol e céu bem claro tingem o céu em seu azul mais belo, o calor do sol dava uma sensação boa em nossos corpos, Ace olha para Ethan.

— Está pronto?

— Sempre estou! — Ele fala firme se virando e olhando para mim, sorrio o incentivando e ele me abraçou dando um beijo em minha testa, ele segue se despedindo dos meninos dando aperto de mãos, Dan dá um abraço nele como um camarada, ele estranha, porém sorri de canto com a atitude de Dan.

— Aí sou desses mesmo Ethan, se acostume. — Ele faz sinal de toque e Ethan parece se lembrar do gesto o retribuindo fazendo a felicidade do menino.

Ace lança o dardo que sai em disparada a frente do pico da montanha, ele gira e do centro dele um raio de luz azul com branco se mesclam formando um círculo mostrando um floresta coberta pelo branco do inverno, o vejo se virar para mim enquanto cobre seu rosto com a máscara que estava presa ao cinto de sua roupa de couro, achava uma pena, pois ela cobria seu rosto por completo, até mesmo seus olhos, aquela pequena risca na região dos olhos ocultava toda beleza que seus olhos carregavam, porém, ele tinha seus motivos para tal, ele coloca seu capuz seguindo seu caminho. Ele acena para nós e segue adentro, aquilo partia meu coração, mas era o legado de quem um dia eu teria a honra de chamar de pai de meus filhos e marido.

Antes do portal se fechar e ele seguir seu caminho corro na direção do mesmo, porém controlo meus sentimentos e paro em frente a ele, sentindo o vento frio do inverno que caia no mundo dele, respiro de modo ofegante controlando minha emoção.

— Prometa que não irá morrer até nos vermos novamente — Meu tom saiu carregado de meus sentimentos e meus olhos se carregam de lágrimas, não de tristeza, mas já de saudades, ele vira seu rosto e seus olhos encontram o meu, sua voz abafada pela máscara e barulho da tempestade de neve não me impedem de entendê-lo.

— Prometo que voltarei para você Diana. — O portão logo se fecha e o vejo sumir diante de meus olhos, o dardo sobrevoa em direção a Ace parando e caindo sobre a palma da mão dela.

— Quando menos esperar o veremos de novo Diana — Dan coloca a mão em meu ombro me motivando a não ficar triste.

— Anseio por esse dia Dan — Sorrio para o garoto fechando meus olhos e respirando fundo guardando a imagem dele em minha mente e coração me preparando para dizer da próxima vez o que não tive coragem de dizer a pouco "Eu te amo Ethan Haavik"

CAPÍTULO 21: PAZ

DAN

Me afasto de Diana olhando o corpo de Triana enrolado sobre um tecido branco flutuando sobre o ar conjurado por meu irmão, olhamos uns aos outros, vejo eles fazendo sinal para que eu fizesse o que ela me pedira.

Estendo minha mão direita a frente de meu rosto, conjuro uma chama em forma de um lótus, olho para meu irmão e Diana e faço um breve comentário a eles. — Dante lembra que quando ela colocou a marca da maldição em você — Meu irmão me olha e afirma que sim — Ela tinha o formato da flor de lótus — Sorrio agora ao compreender todo o contexto da história. — Sabe o por que ela o usou como símbolo da maldição, logo a flor de lótus — Eles me olham esperando eu prosseguir — Na cultura oriental a lótus significa um símbolo de pureza espiritual, como ela não tinha isso por estar quebrada e só encontrar isso após a sua redenção na luta com Ethan na dimensão ilusória dentro das memórias e lembranças dela, agora mais do que nunca ela finalmente conseguiu essa pureza e esse símbolo concorda com a Triana na dimensão espiritual. Antes o que era maldição agora se

357

tornou o símbolo de sua paz, sua alma e espírito finalmente encontraram o equilíbrio e estão em paz eterna — Lanço a chama em formato de lótus na direção do corpo dela, a mesma sobrevoa em cima do corpo dela bem ao centro, movimento com meus dedos e as chamas começam a sair em meio as pétalas e consumir o corpo dela por completo, a mesma vai aumentando pouco a pouco a temperatura e diante de nossos olhos seu corpo começa a ser cremado e as cinzas caírem dentro de um vaso com pequenos furos circulares ao lado, o mesmo quase o enche por completo e Diana estende a mão à frente de seu corpo e o vento natural nos ronda e cerca, pouco a pouco as cinzas dela começam a ser levadas de forma circular céu acima, sendo carregada gradualmente pelo destino livre e sem dor a qual a garota sempre procurou e finalmente achara.

A flor de lótus em chamas se desfaz junto ao vento, caminho junto a meus amigos a beira da colina visualizando as terras sem fim, não era o mundo perfeito, alinhado e o qual eu amava e gostaria de viver para sempre, porém enquanto tiver pessoas que topem lutar ao meu lado para o tornar melhor, ainda valerá a pena lutar, mesmo que seja todos os dias, sei que juntos podemos vencer e conseguir realizar esse sonho realidade.

FIM

CAPÍTULO EXTRA

Um grito é escutado no andar subsolo da empresa, não era um grito comum, era um grito agonizante que dava arrepios na espinha de quem o escutava, a medida que se aproximava ele se tornava mais insuportável de se ouvir, porém, adentrar aquele espaço sem a ordem dele poderia tornar aquele grito o meu, me aproximo de forma cautelosa visualizando de esquina criando o que ele poderia estar fazendo com meus irmãos a forma de punição aplicada que estava me causando pavor.

Ele não se importava se ela tinha dez anos, suas medidas de punição e disciplina não se restringia a ninguém ou a nada. — É tão difícil assim concluir uma missão — Ela respirava pendurada pelos braços em correntes negras que queimavam sua pele com chamas negras, o cheiro de sua carne queimando exalava um forte odor no ambiente, meu estomago embrulha e vejo que seu corpo tremia de dor, ela havia urinado devido à tortura que ele aplicava, seu corpo era sustentado apenas por conta das correntes, meu outro irmão estava desmembrado e ria de forma alucinógena enquanto seus olhos percorria seus membros espalhados pelo espaço.

— Mesmo que tenham conseguido os doze frascos agora minhas experiências tem limitações — Ele a enforcou causando falta de ar nela. — Se eu o tivesse aqui poderia ter experiências infinitas, seria um rato de laboratório em minhas mãos. — Ele a larga e seu corpo balança sob as correntes, ele passa com as mãos em seus cabelos e caminha pelo local — Eu como pai odeio ter que machucá-los, ele chora de forma fria, suas lágrimas escorrem pelo seu rosto, não entendi se são de desgosto ou de dor por causar aquilo com os meus irmãos. — Espero que não se repita, na próxima vez não serei tão misericordioso quanto desta vez. — Com um gesto de suas mãos sua aura negra restitui o corpo de seus filhos regenerando seus corpos, eles se prostram de joelhos perante o pai retomando seus fôlegos.

— Não iremos lhe desonrar novamente Pai. — Ele segue seu caminho para fora da sala os deixando para trás, sigo saindo daquele corredor ocultando minha presença em uma das salas ficando escondida debaixo da janela, tampo minha boca contendo minha respiração, controlo as batidas do meu coração para que ele não notasse minha presença.

— Não irão, caso ocorra não hesitarei de dar o mesmo fim que teve Triana — O vejo tocar no ponto de comunicação e um holograma surgir diante de seu rosto, ele estava falando com a central de pesquisa interdimensional, meus olhos o seguem pelo canto da janela. — As pesquisas acharam o segundo poder das chaves do caos?

— É com imenso orgulho que lhe dou está notícia, meu senhor.

— Ele lança sobre a tela da chamada foto de uma garota com

semblante frio e calculista, seus olhos mostravam firmeza, seus cabelos eram negros como o céu na altura de seu ombro. — Meredith Taylor a bruxa mais forte do mundo 4, atualmente em nova york de 2029, está sendo perseguida por seu tio um mago que assim como senhor deseja o poder da jovem mulher.

O vejo ri maldosamente, seu rosto transmitia a soberba e auto confiança de meu pai, tolos, pessoas fúteis, ratos que anseiam por poder, mas nem sequer sabem como domá-los. Prepare o novo portal, possuímos apenas mais dois fragmentos dimensionais, irei preparar dois de meus filhos para essa missão — O vejo bater com o punho sobre o vidro do laboratório que eu estava, os cacos caem sobre mim e colidem sobre o chão a minha volta, meu corpo treme com medo de ser vista e pega por ele, porém permaneço no absoluto silêncio, sinto que pequenos cortes ferem feitos em meu braço e na maçã de meu rosto, mas resisto a dor dos arranhões finos. — Não quero ter que mandar vermes inúteis que sequer conseguiram cumprir com a missão de sequestro, preciso mandar os que estão sedentos de sangue e sede de morte e caso falhem eu próprio irei de encontra a bruxa. — Seus olhos queimam no tom mais forte do vermelho e ele segue seu caminho, sumindo na escuridão do fim do corredor, não demora muito e meus irmãos seguem caminho logo atrás dele de cabeça baixa e envergonhados, porém ele nada comentou a nós sobre Triana naquele dia ou sequer da nova missão, mas eu sabia que mais alguns de nós poderíamos morrer assim como Triana, estava clamando dentro de mim que não fosse eu, mas todos os caminhos levavam a morte, eu deveria escolher o menos doloroso e mais rápido.

A luta pelas dimensões continua no primeiro semestre de 2021 Em:

DIMENSSIONS

CROSSOVER 02: A SAGA IRMÃOS HAWKS &DESALMADA

Illusion

Crossover 01: A saga irmãos Hawks & Reino lapidado

Sobre os autores

D.Y Holland

D.YHolland é o nome autoral de Rodrigo da silva, jovem estudante de 23, nascido em 1994 o jovem cursa ciências da computação na Unicsul, cresceu e ainda vive na cidade de são Paulo aondemora com sua família.

Em fevereiro de 2018 D.Holland começou a publicar os capítulos semanalmente de Origem (Primeiro livro da saga Irmãos Hawks) na plataforma do wattpad, ele estava um pouco receoso do que os leitores da plataforma iriam achar e comentar de seu primeiro livro, sendo desconhecido e com poucos seguidores, poderia se dizer que ele se jogar ano escuro e no meio de tantos autores conhecidos e que já faziam sucesso com suas obras, após receber elogios e ser motivado pelas pessoas próximas e na internet o mesmo começou a escrever e aprofundar na série de livros irmãos Hawks.

CAMILA C.RAMOS

Camila C.Ramos é o nome autoral de Camila Cardoso Ramos, jovem autora de 23 anos, nascido 1997 a jovem cursou ciências biológicas, nasceu em Santa Catarina na cidade de são José e atualmente mora com a família em Florianópolis.

O primeiro contato da jovem com a escrita foi aos seus 12 anos, aonde escrevia pequenas histórias que guardava apenas para si, pois tinha receio de mostra-las por não achar elas boas.

Em 2017 a autora tomou coragem de postar a obra na plataforma do Wattpad, o que ela não contava era que a obra iria ser bem recebida pelos leitores da plataforma e um livro único se tornou uma trilogia a qual a autora está finalizando o primeiro arco de Ethan Haavik.

www.ingramcontent.com/pod-product-compliance
Lightning Source LLC
Chambersburg PA
CBHW030631020726
47493CB00006B/1667